日華

ミステリーアンソロジー

島田荘司 選

Japan and China
Mystery anthologies
Selected by Soji Shimada

講談社

CONTENTS

ブックデザイン
坂野公一＋島崎肇則
（welle design）
装画
曄田依子

島田荘司選・日華ミステリーアンソロジー、前書き

島田荘司

新世紀も深まり、本格ミステリーの振興を考える上で、最近は、ミステリーの文学性についても思うようになった。原点のポーは現代アメリカで有数の文学者であり、新本格を縛し続けたヴァン・ダイン呪縛も、いささかやんだように見える昨今、呪縛甘受が悦びの日本人であるが、このまま文学以下厳守を行儀処世訓にしていては、わが本格の将来性にも関わってしまう。

海外に行くことが多くなり、編集者たちと会い、どこの国でも屈折配慮なく、気軽にミステリーを文学と呼びならわすのを見るにつけ、あるいは文芸畑の作家の商売官能に寄りすぎた作を前にしても、なんとかこれよりミステリーを一段下に看做さんとして、美点探しに四苦八苦するわが民の献身を見るにつけ、多少厳しい言い方を許してもらえるなら、日本国の文壇事情は、草深い片田

舎の、偏屈爺さんの村議会のようにも思われてきて、いつまでこんなことを続ける気かと、以前にもまして首をひねるようになった。

中国の事情も欧米と同じだから、現在台頭が著しい華文ミステリー作家たちの新作のパワーを日本に紹介することは、この惰眠への啓蒙黒船になると思えたし、いずれ日本が世界のミステリーシーンを牽引する時代が来ると、四十年ばかり前、爆笑を浴びながら語ったこちらの主張が、今や誰の噴き出しも誘わなくなった昨今、ここで、台湾の金車島田荘司・推理小説賞の出世頭、陳浩基氏と、日本の福山ミステリー文学新人賞の出世頭、知念実希人氏の二作を柱にして、中日のアンソロジーを作るのは意味があることに思われた。

勢いある二人の書き下ろし作を獅子のお頭に仕立てて、上り調子の書き手たちの新作や未発表作、まだまったくの無名だが、将来有望な才能たちの習作などを後方にしたがわせて、いわば獅子舞を目論んだというところである。

私はただ尻尾としてくっついていこうとしたのだが、後方からの眺めは、やはり華文勢に若干の分があるように見えた。その理由をいくらか考えるに、やはり文学に寄っても気にしない中国勢の屈託のない習い性が、なに分か関係しているように見える。日本人のミステリー愛好家は、ここでも珍妙な洗脳を受けていて、文学より一段下でなくては常識を欠くとか、出世に関わるといったような、今や意味不明の、無用の謙虚を身にまとってしまっている。

こんな行儀を守っていては、世界のミステリーシーン牽引の重責は華文勢にあっさり移動して（もっとも最初から狭視日本人の頭上に、その責はなかったのかもしれないが）、現在のＧＤＰランクのように、勢いある華文勢にお先を譲ってのちは、日本人作家はひたすら隣人の背に貼り付いていくことにするのであろうか。

とまあいったふうがこちらの警句になるが、これは思索のどこかにたたんで、ともかく中日の若い才能たちの獅子舞を楽しんでいただければと思う。

二〇二〇　師走

ヨルムンガンド

Jörmungandr

陳浩基
稲村文吾 訳

台北・島田賞のエース、香港の陳浩基氏は『13・67』で突如世界から大注目された。地元の葛藤を描けばノーベル賞にも手が届きそうで、ぼくなどは熱心に勧めるのだが、当人は興味がない。純粋な本格こそが目標と言う。以前から「二十一世紀本格」への挑戦も約してくれていて、今回、当本の意義に同意してくれ、理論物理学の命題「シュレーディンガーの猫」と、時空移動をテーマに、こんなすごい二十一世紀本格を書いてくれた。

1. 世界樹　Yggdrasill

World 616／2022.5.11 13:26:11

「ずっとまえから思ってるんだ、並行宇宙論を持ちだして祖父のパラドックスを解決するのは、ただのつじつま合わせとしか言えないって」

「カルヴィン、何回も言ってるだろ、〝並行宇宙〟じゃなくて〝多世界解釈〟だって」

大学の食堂でカルヴィンと物理学の問題を議論するのは、もうお決まりになっていた。上級生たちの目からすれば、こうして大学二年生二人が限られた知識で、聞きかじった難解な物理理論をもっともらしく議論しているのはとても滑稽《こっけい》かもしれない。でも当のぼくたちはそれを楽しんでいて、しかもいつか自分の名前はニュートンやマクスウェル、アインシュタイン、ボーア、ハイゼンベルクといった偉大な物理学者と並び立ち、人類文明の新しいページを開くのだと信じている。

「〝並行宇宙〟と〝多世界なんとか〟はなにが違うんだ?」ホットドッグを半分かじりとったマーティンが口を挟んでくる。マーティンとぼくとカルヴィンは寮のルームメイトだけど、物理学専攻のぼくたちと違って、マーティンは商学部の経済学科で勉強している。

「〝多世界解釈〟だよ」呆《あき》れて答えた。「前世紀に、量子物理学者のエヴェレットが提唱した仮説で……このまえ話した、〝シュレーディンガーの猫〟は覚えてる？」

「あの死にかけの猫がどうとかって？　あんなよくわからん話、覚えてたって理解できないさ」ノヴァト大学の商学部は理学部よりも有名だけれど、マーティンのSAT〔大学入学前に課される標準試験〕の成績は自分たちより下だという確信がある。

「〝死にかけ〟じゃないんだよ、箱を開けて観測するまで、猫は生と死が重ねあわされた状態にあるんだって」カルヴィンがマーティンに答えた。「観測者が箱を開けることで、確率が等しく配分されている事象が二つ重ねあわされた状態にあったのが、そのうちの一つに収縮して、そうやって自分たちは生きている猫か、死んでいる猫を見ることになるんだ」

「わからないな。おまえたち物理オタクの言う道理をおれが信じて、原子が変な法則で動いているんだとしても、おれが箱を開けたせいで猫の生死が決まるとか、因果《いんが》のひっくり返った理屈は信じられないよ」マーティンは首を振った。

「多世界解釈はずっと簡潔だよ」笑って返す。「エヴェレットは、〝収縮〟なんてのはたわごとで、実際に起きるのは、箱を開けたときに現実が二つに分裂して、一つの世界の猫は死ぬ、一つの世界の猫は生きのこると考えた。それだけの話なんだ」

「ううんと……そっちこそわからないけどな」マーティンはホットドッグの最後の一口を呑《の》みこんで、もごもごと言う。「マーベルのコミックみたいなのか。アース616、〈マーベル・ユニバース〉のスパイダーマンはピーター・パーカーだけど、アース1610、〈アルティメット・ユニバース〉のピーターは死んで、マイルズがスパイダーマンになるだろ」

コミックと物理学の理論はいっしょくたにするものじゃないけれど、もしかするとそれが、普通の人がいちばん理解しやすい切り口なのかもしれない。

「オズ」カルヴィンが白い目を向けてくる。「ほらな、コミックとかSF映画に出てくる並行宇宙とそっくりだろ？ 〝多世界解釈〟と呼ぼうが、〝並行宇宙〟と呼ぼうが、結局検証できない仮説は物理学とは呼べないのさ」

「物理学の理論の新発見はかならず予想から生まれるんじゃないのか？」そう反論してやる。

「予想と幻想は別物だぞ」カルヴィンがせせら笑う。

「ふん、この中国野郎《チャイナマン》は想像力が足りないんだからな。物理の勉強よりも携帯の組み立てをやったほうがいいんじゃないか」

「じゃあ、それだけ想像力豊富なベトコンは映画学校に行ったほうがいいな」カルヴィンがお返しを見舞ってくる。

「おい、おまえら、またかよ……」

ぼくたちがお互いの民族を冗談の種にするたび、マーティンは居心地悪そうにしている。思えばマーティンは、オレンジ郡の裕福な家庭で生まれた典型的なカリフォルニアの男子なわけで、小さいころから両親にアメリカの伝統である多文化主義を教えこまれて、自分と肌の色の違う子供を差別してはいけないと言い聞かされながら育ったらしい。カルヴィンとぼくはどちらもアメリカ生まれとはいえ、移民の子孫という立場なら怖いものなしで、ふだんから敏感な話題で相手をからかい、黒人たちがしょっちゅう〝Nワード〟を口に出すように、政治的に正しくない、ろくでもない言葉を言う特権を持っている。

　もちろん、カルヴィンとはからかいあうことがあっても恨みなんて残さないし、それはむこうがリー《李》、こちらがグエン《阮》だからというだけでなく、ぼくたちが出会って十数年、ともに育ってきた幼《おさな》なじみだからだ。

　カルヴィン・リー《李凱文》は香港《ホンコン》からの移民の子供で、両親ともが華人だ。もともとあの一家はサンノゼに暮らしていたのが、父親の仕事の関係でノヴァトに引っ越してきて、ご近所同士になった。そのとき七歳だったカルヴィンがぼくと同じ学校に通いはじめることになって、クラスにほかにアジア系の子供はいなかったから、ぼくがカルヴィンとほかの子供の架け橋になったわけだ。実を言えば、こちらも自分が〝アジア系〟に数えられるのかははっきりしない。そもそもは祖父のベトナムの血が四分の一入っているだけで、見た目は白人の子供と違わなかったわけだから。もちろん、名前を明かせば実際のところに気づかれることになる。カルヴィンのように英語名と対応する漢字の名前は持っていないにしても、〝グエン〟という姓ははっきりとうちの家族の起源を相手に伝える。

　ぼくたちは小さいころから片時も離れず、大学に進むときすら同じ学校の同じ専攻を選んだわけだけど、ずっとともに成長してきて、似たような志を持っていたのを考えれば驚くようなことでもなかった。口に出したことはないけれど、カルヴィンのことはずっと実の兄弟だと思って接している――七年前、十三歳のとき、小型飛行機の操縦教官をしていた父が嵐《あらし》に遭い、ファラロン諸島の西沖で消息を絶ったとき、母と二人でなにもできずにうろたえていると、幸運にもカルヴィンとその両親が手をさしのべてくれたのだ。人生のどん底にいたとき寄りそってくれ、自暴自棄になるのを防いだのは、ここにいる背の小さな、平凡な見た目の、ぼくと同じく科学を愛する本の虫なのだ。

ぼくたちが五年生のころ、カルヴィンがはしかにかかってずっと楽しみにしていたサマーキャンプに参加できなくなったとき、ぼくは腹痛のふりをしていっしょに欠席し、運命をともにした、ということがあった。あとになって、なぜだかカルヴィンは仮病のことに気づき、何日間もうしろめたく思わせてしまった。それがあって二人は、お互いのことをなんでも受けいれ、面倒ごとがあったら一人で抱《かか》え込《こ》まないことを決めた。仲がいいからこそ、あけっぴろげに考えを口にできて、なんでも意見を戦わせることができる――物理学においての立場の違いも含めて。朝に顔を真っ赤にして言い争っていても、午後になればなんでもなかったこととして、また二人で仲睦《むつ》まじくいられる。

「なあ、その〝多世界なんとか〟とカルヴィンの言ってた祖父のパラドックスはどう関係するんだ？　おれたちはタイムトラベルの話をしてたんじゃないのか？」マーティンが話題を元に戻す。昨夜、寮に三人でいたとき、ネットフリックスで三十何年もまえの古い映画を見た。主人公は自動車型のタイムマシンに乗って過去に戻り、偶然両親の結婚に干渉してしまい、あやうく自分が消えてしまいそうになるのだ。〝祖父のパラドックス〟というのは、ある人間が父親の生まれるまえの時代に戻って自分の祖父を殺したときに起きる、論理的な矛盾のことを言う。

「あの映画の展開は、物理学の法則をまるきり外れてるんだ……」ソーダをすすって話を続ける。「多世界解釈に従えば、過去に戻ったその瞬間に現実はすでに二つに分裂していて、到達する過去は自分自身の過去ではなくて、もう一つの現実なんだ。言いかえれば、あの映画の主人公が過去に戻って出会う両親は、もともとの世界の両親じゃない。二人が付きあわなかったとしても、主人公がどこかに消えてしまったりはしない」

「映画の展開がおかしいのは同意するけど、オズの考えには同意できないな」カルヴィンが口をはさんできた。「タイムトラベルの論理的な矛盾を並行宇宙論で解消するのは都合がいいけど、それは結局〝矢を当ててから的を描く〟ってやつだ。それはほんとうのタイムトラベルじゃないだろう。量子レベルの計算では〝時間反転対称性〟の性質が学問的に発見されてる。時間が前後どちらに流れても量子系の運動には影響しないで、時間のベクトルが逆転することが可能なんだ。だからいま話してるのは〈マーベル・ユニバース〉から〈アルティメット・ユニバース〉に移動するとかじゃなく、ほんとうに、同じ現実のなかで過去の時空に戻ることだろう」

「でもそれこそ矛盾があるじゃないか。過去に戻って自分の祖父を殺す、父親は生まれることがない、それじゃあ自分は論理に反した存在じゃないのか？　どう説明するんだ？」

「殺せないんだよ」カルヴィンは肩をすくめる。「自分自身の存在が、過去に戻ってもすでに起きたことは変えられないと証明してくれる」

「見下げたやつだなカルヴィン、多世界解釈を否定するだけじゃなくて、自由意志まで否定してるのか！」声が高くなった。「つまりは宿命論だ。その話に従うなら、過去に戻ってからのあらゆる出来事は起こるのが決まってるってことだけど、タイムトラベラーの主観的な視点からいえば、それはまだ起きていない未来だろう？　もしすべてが運命づけられているとしたら、人間は造物主の台本どおりに動くあやつり人形でしかないじゃないか」

「人間にほんとうに自由意志があると証明してくれるかな。人間たちはいつだって偉大な存在だと自負して、万物の霊長、世界の支配者だと得意になるけれど、それが量子のように微々たる存在でないとどうしてわかる？　不確定性の考えで量子に〝自由〟があることは証明されるが、量子からなる物質は古典力学の原理に従って動くんだ。もしかすると人間も量子と同じようなもので、宇宙の意思のもとでは個人の自由になんてそもそも意味がないのかもしれないだろう」

「その話は、物理学の範疇《はんちゅう》を外れてる。哲学の問題そのものじゃないか」

「そっちが〝多世界解釈〟を持ちだしたときから、とっくに哲学の話になってたんだよ。言わなかったか、検証できない仮説はそれこそ物理学じゃないって？」

「でも――」

「二人とも、いったんやめろ！」マーティンが間に手を入れて、二人の弁論をさえぎった。「おれたちは映画のことを話してただけじゃないか。この物理の優等生どもが、人類とか宇宙のことまで話を広げなくていいだろうに……どっちの主張も理解できないんだが、でもそもそも、二人が両方正しいかもって考えたことはないのか？　前に聞かせてくれたあの話みたいに、なんだ、物理学者たちは光が波動なのか粒子なのか数百年議論して、結局は両方とも正しかったたって……」

「波動と粒子の二重性と、時空のパラドックスをいっしょにできるわけがないだろ！」マーティンのほうをどなりつける。

「そう、いまは論理の矛盾の話をしてるんだ。マーティン、いちおうは経済を勉強してる身で、こんな簡単な理屈もわからないのか？　教授が泣きだすぞ」カルヴィンもマーティンに向かって言う。

「お、おれは素人なんだぞ」

「素人だとしても、それは〝どうしてスパイダーマンはアベンジャーズに入らないんだ〟って訊《き》くぐらいに馬鹿《ばか》らしいな」

「いやむしろ、〝同じように空中を飛びまわれるんだから、なんでスパイダーマンは『進撃《アタックオン》の巨人《タイタン》』に出てこないんだ〟って訊くみたいだ」

「ちっ！」マーティンが舌打ちする。「おまえら熟年夫婦にはうんざりだよ、こっちは場を収めようっていうのに、かわるがわる冷やかされて、しかもおれの好きな漫画を冗談の種にするなんて。もう知らないぞ、こっちは授業があるんだ、おまえらは人類文明とビッグバンとエイリアンの論争を世界の終わりまで続けてろ」

マーティンはデイパックをつかむと、にやにやしているこちら二人に向かって口を尖《とが》らせてみせ、一度も振りかえらずに食堂を出ていった。

「マーティンは何事もなあなあで済ませたがるからな。あいつが法律科でなくてよかったよ、もしそうなら将来のあいつの依頼人は全員罪を認めるように諭《さと》されるはずだ」笑って言ってやる。「それに、科学研究は議論があってこそ進歩するんだから」

「とはいっても思いつきを話してるだけだろう。もしかすると、学年が上がって量子力学の講義を受けたら、考えかたが正反対になるかもしれないぞ」

そうだ、いままでマーティンの前で、とらえどころのない量子論について滔々《とうとう》と議論を交《か》わしていたけれど、実のところ二人とも必要な科目を学んだことはなくて、知識はすべて参考図書を読んで得てきたものだ。物理学の研究は仮説を打ちだして実験を行うだけでなく、その裏には大量の数学的な計算があり、正しい計算によって導かれた理論だけが科学者たちからまともな扱いを受けるわけで、そうでなければどんな考えもただの空想でしかない。

「そうだ、きのう図書館でエドワード・ウィッテンの新しい本を借りてきたんだけど……」

バン！

食堂のまえの廊下で大音響が鳴り、ぼくの言葉をさえぎった。それまで食事をしていた学生、友達と笑いあいながら騒いでいた学生、ノートパソコンにかじりついて課題を進めていた学生、そして食堂の従業員たちが、示しあわせたかのように食堂の入口へ視線を向ける。音が消えて二秒もしないうち、廊下から女性の悲鳴が聞こえてきて、無秩序な、慌てて走る足音がそれに続いた。

「なにが起き――」

カルヴィンが質問を言いきれなくとも、たちまち誰もが事態を理解した——ぼろぼろの服をまとい、顔をひげで覆《おお》った、灰色のざんばら髪の中年男が食堂に飛びこんできた。その右手に握っているのは、セミオートマチックの拳銃《けんじゅう》だった。

「まずいぞ！」

バン！

食堂の掃除を任されている清掃員のおじさんが男のほうを向いて叫ぶと、男は銃を掲げて撃ってくる。ただ命中はしなかった。学生たち一人一人は先を争って逃げようとするけれど、食堂の出入口は一つだけで、男を越えて出ていくことができない。

「………」男は口のなかでもぐもぐ呟《つぶや》いている。しかし食堂は悲鳴と泣き声で埋めつくされ、なにを言っているのか聞きとれはしなかった。

しかし、それ以上考えをめぐらす機会はなかった。

バン！

銃声が響くと同時に、胸元を激痛が襲う。意識を失うまえに、男のどんよりしたうつろな眼《め》と、その手のなかで煙をあげる銃が視界に入った——こいつはクスリをやってるんだろうな。大学のキャンパスに侵入して銃をぶっぱなしたのは、社会に報復するためか？　なんであまりにも運悪く、こんな意味のない死を迎えないといけないんだ？　ぼくにはまだ叶《かな》っていない夢があるんだ……カルヴィン……

バン！

二発目の銃声が聞こえた気がした。

「オ……オズ！　オズ！」

あれ？　死んでいない？

目を開けると、自分は床に倒れていて、涙で顔をぐしゃぐしゃにしたカルヴィンに抱きかかえられているのがわかった。入口のほうに目を向ければ、男は二人の警備員に床へ押さえつけられ、銃はここから少し離れたテーブルの下に転がっている。男は右肩が血で染まっていて、さっきの二発目の銃声は警備員が撃ったようだった。

「オズ！　死ぬな！　持ちこたえろ！　すぐに救急が来る！」

カルヴィンは泣きながら声を張りあげる。ただ、ぼくはちょっとした違和感を覚えていた。

手で自分の胸元を触ってみると、痛みは減らないけれど、間違いなく血はなかった。

「オズ！　動くんじゃない――」

痛みをこらえて、懐《ふところ》から小さなものを取りだす。カルヴィンはその動きを見た瞬間、唖然《あぜん》とした。ようやくぼくが助かったことに気づいたようだった。

懐にあったのは金属のライター、父の形見で、ずっとお守りにして身につけていたものだった。ライターの中央で灰色の弾頭を食いとめている。弾丸の衝撃できっと肋骨《ろっこつ》の一、二本は折れているけれど、父の加護があったのか、そのライターが命を救ってくれたのだ。

「オズ！」カルヴィンが笑顔に変わり、興奮した様子で腕をつかむ。

はじめは、のんきぶってくだらないことを答えようと思った。「多世界解釈なら、さっきまでの現実は現在では二つに分裂してて、いまいるこの世界をワールド616としたら、ワールド617ではほんとうに弾丸で死んでたかもしれない」とか。ただ胸の痛みで話ができなかった。

それに正直に言えば、さっきは死ぬほど怖かった。

World 617／2022.5.11 13:42:41

バン！

「オズ！」思わず叫んだ。

銃弾は無情にオズの身体《からだ》を襲う。後ろに倒れこむのを慌てて抱きかかえ、そのまえを身体でさえぎり、二発目が向かってくるのを防ぐようにした。あの男のほうを振りむくと、銃口がこちらに向けられているのが見えた。

──撃ってくる。

銃を持った男の目を見て、次の目標が自分で、数秒後に自分は死ぬのだとはっきりと察した。

しかし、男は撃たなかった。

もしかすると、こうしてオズのまえに身を投げだしたことで、むこうを困惑させたのかもしれない。食堂にいる誰もが身を隠す場所を求めているのに、一人だけが捨て身の覚悟で、我が身を危険に晒《さら》しているのだから。

自分には、兄弟分が殺されるままにはしておけなかった。

数秒の時間がまるで何時間もの長さに感じた。男の腕がわずかに動き、ふたたび引き金を引こうとしているのが見えたとき、食堂の入口から一つの人影が敏速に現れた。

バン！

銃を持っていた男の右肩から血が散り、身体ごと左側《ひだりがわ》に倒れて、手にしていた銃も落ちた。発砲したのはあの男ではなく、入口に立った一人の警備員で、男の拳銃に向かっていってテーブルの下に蹴《け》りとばすと、後ろに付いていたもう一人の警備員が男を床に押さえつけた。

「オズ！」オズのほうに意識を戻したが、振りむいたその瞬間、冷静さを保《たも》てなくなった。

オズの胸元は緋色《ひいろ》に染まっていた。

急いで傷口を押さえても、鮮血はこの指の間から絶えず流れだしていく。

「オズ！　いやだ！　耐えてくれ……」涙をこらえられなくなり、視界がぼやけてくる。

「ケ……ヴィン……」

オズは名前を呟き、それから口を開くことはなかった。鮮血はいつまでも傷口から流れていて、しだいに床へ緋色の血だまりを作っていく。誰よりも身近な友人が、自分のもとを去ったことを知った。

救急隊に引きはなされるまで、この手はオズの胸の傷口から離れないままだった。

まるでその手を離すと、オズが死んだという事実を認めることになるとでもいうように。

十数分まえにはまだ、二人は並行宇宙と論理パラドックスの議論をしていたのに、いまの自分はそれとは違う、現実離れした時空に生きているかのようだ。

オズが正しかったらよかったのにと思う。もし並行宇宙がほんとうに存在するなら、どこかの世界でオズは難を逃れられるから——

死ぬのが自分でもかまわない、望むのはオズが生きつづけてくれることだけ……

2. ミーミルの泉　Mímisbrunnr

World 616／2038.2.19 16:25:14

「それでは最新のローレンツ・メダルの受賞者、プリンストン高等研究所のオズワルド・グエン博士の登場です」

司会者が言いおえるとたちまち、雷のような拍手が響いた。ぼくはゆっくりと演台への階段を上がり、会場の観衆たちへ手を振って静める。

「みなさん、こんにちは。今日の議題は〝超対称性粒子と空間〟ですが、今回は論文発表会ではないので、この場には物理以外が専門のみなさんも多くいることでしょう。なるべくわかりやすい例を使って研究成果を説明したいと思います……」

スタンフォード大学の記念講堂で、ぼくは舞台に立ち、一千人以上の観衆に向かい、ぼくをこの数年間で物理学界の新星に押しあげたいくつもの成果について話している——それまでのM理論を発展させ、第三次ストリング革命をもたらしたこと。場の量子論での零点エネルギーの推測値が正しいことを証明し、また高次元理論を使って観測誤差を正確に算出し真空崩壊の問題を解決したこと。共振する超対称性粒子と負物質の交互作用を提唱し、人工的に時空を歪《ゆが》めるために必要なエネルギーを計算したこと……この場の若者たちは、ぼくの口から八年前の逸話を聞くことを切望しているのはわかっていた。いかにして、前任の研究者がたまたま残していった数学書と出くわしたことでインスピレーションを得て、高次元空間の粒子のふるまいを記述する数理モデル〝オズ方程式〟を算出し、人類が空間を操る可能性を現実にしたのかを。

つまり、人工ワームホールを作りだす可能性を。

「……オズ方程式の助けによって、重力がどのようにわれわれの宇宙を逃れて、さらなる高次元へ分散していくのかの把握が可能になっています。その裏を返せば、充分な負のエネルギーさえあれば、高次元の重力を捕獲して、われわれのいる三次元空間をねじ曲げられるということで、理論的には一つの〝ゲート〟を通るだけで一瞬でサンフランシスコからニューヨークまで移動できるわけです。もちろん、現在の物理学者にとって負物質を生産する技術はまだ未発展で、この分野の権威であるジョン・ジャクソン博士とそのチームであっても、絶対零度に近い環境でたったマイナス百電子ボルトの負質量粒子を作りだせただけで、これでは空間をねじ曲げるには遥《はる》かに足りませんし、有意義な測定結果は得られませんがね」大学一年生らしい一人が負物質についての質問を口にして、ぼくは微笑を浮かべながら答えた。

「そろそろ時間になりますので、最後の質問とします。そこの、青い服のきみ」司会者は左側で手を挙げていた少年を指さす。評判に惹《ひ》かれて来た八年生に見えた。

「こ、こんにちは、グエン博士。物理が大好きなんですけど、一つ訊きたいんです。空間をねじ曲げたら、地球が破壊されませんか？」

会場に笑い声が湧《わ》きあがる。これは、一般人がよく誤解する問題なのだ。

「ぼくが小さいとき、ヨーロッパのCERNが衝突型加速器を起動させて、そのときにはたくさんの人が、人工ブラックホールが生まれて世界の終わりが来るのではないかと心配しました」ぼくは笑って言った。「でもいま、われわれは元気に生きているでしょう？　一万歩譲ったとしても、空間のねじ曲げは人工ブラックホールより安全です。ボウルに入った水を想像するといいでしょう。勢いよくかき回すと水面には渦が立ちますが、手を出せば渦はゆっくり消えていきますね。いまぼくたちは一本の糸で湖をかき回しているようなもので、水面を乱すことは無理な話です。負物質の技術が発展したら、その糸はなんとかティースプーン一本に変えられるとはいえ、どんなに懸命にやったところで、かき回された水面はもとに戻ってしまいます」

陰謀論者はきっと、科学者がそう思いたがるだけの希望的観測だと考えるだろうが、これは数学的な裏づけのある事実だ。理論的には、直径一メートルの〝渦〟を作り、一メートル先にある空間の一点に接続させるとして、つぎ込む必要のある負の純エネルギー量はニューヨークの街が一日で消費する電力に等しい。

講演が終わったのは五時半だったが、ぼくは六時半になっても講堂に留まっていた。スタンフォードの研究者や学生たちが熱心に話しかけてきて、スタッフに促《うなが》されてようやくしぶしぶ離れていったからだ。

「やっとファンに解放されたんだな、大スター様」

講堂の出口を通るとすかさず、よく知った声が外から聞こえてきた。

「カルヴィン！　どうしたんだ！」顔を向けるとすぐに、カルヴィンが出口のところへ立っているのが見え、驚かされたぼくは喜びに腕を広げ、三年会っていなかったこの兄弟分を抱きしめた。「いまスタンフォードに着いたのか？　東京にいるんじゃなかったのか」

「ずっと客席にいたよ」カルヴィンは歯を見せて笑った。「東京大学は半年前に辞めて、いまはテキサスにある民間の実験室で研究をしているんだ。このあと予定はあるかな？　ないなら食事に行こうじゃないか」

「予定があったって関係ない。スタンフォードの教授たちに招待されてたが、きみと話をするほうが優先だよ。いま電話して、むこうは辞退してくる」

カルヴィンとぼくはパロアルトのメキシコ料理の店で食事にし、その席ではおのずとお互いの近況に話が及んだ。十四年前にノヴァト大学を卒業してから、ぼくとカルヴィンはそれぞれ行く先が分かれ、違った道へと足を踏みだした——こちらはイギリスのケンブリッジで博士課程に進み、純理論物理学を中心に研究したのに対し、むこうはハーバードに進み、実験物理学の分野に身を投じた。かつてはしょっちゅう顔を合わせていて、一年に二、三回は相手のもとを訪ねていたのが、ここ数年は仕事に忙殺されて、せいぜいネット越しにすこしだけ言葉を交わすくらいだった。ぼくとカルヴィンはお互いの性格を、研究に没頭しているときに邪魔されたくないのをよくわかっていたから、十数ヵ月なんの音信もないのもおかしなことではなかった。

ぼくはこのところうなぎのぼりに名が売れているが、カルヴィンのほうも物理学界では日の当たらない存在というわけではなく、粒子衝突実験の分野ではすでに有名人だ。ヨーロッパのCERNで数年働いたあと、日本の東京大学の物理学科に高給で雇われ、準粒子の研究に従事していた。去年の夏にぼくが連絡を取ったときまだカルヴィンは上野に住んでいたが、気づけば帰国していたとは。

「いまはテキサスで働いてるって？　でもテキサスに有名な科学企業があるなんて聞いたことがないな」食事を終えたぼくたちはビールを飲みながらおしゃべりを続けていた。

「そんなに有名な機関じゃなくてね……」カルヴィンは頭を掻《か》く。「あと、もとからそろそろアジアを離れたほうがいいと思ってたんだ。なにしろあそこは〝新冷戦の前線〟だからね、情勢がややこしい」

ぼくたち物理学者はいつも象牙《ぞうげ》の塔に籠《こも》って研究し、世間に関《かか》わらないものだが、国際情勢が日増しに厳しくなるなかで、誰も自分の関心だけ考えてはいられない。気候の変化につれて農作物の収穫は減り、食料の価格が急騰して、国家同士の紛争はおのずと増えるばかりだ。前世紀の米ソの冷戦では、双方が正式に交戦することはなかったが、朝鮮戦争とベトナム戦争という二つの代理戦争が繰りかえされた。そして歴史というのは循環するもので、六年前にパキスタンとインドが領土問題から開戦したあとには、米中両国がそれぞれ背後から軍事支援をおこなった。去年には南アジアの諸国にも戦線が拡大し、フィリピンやベトナム、インドネシア、マレーシアが南シナ海の領海問題で中国と散発的に衝突している。

日本は中立を保っているとはいえ、その立場はいつまで維持できるかわからない。

「今回カリフォルニアに戻ってきたなら、ついでにノヴァトに里帰りするつもりなのかな？」カルヴィンが訊いてくる。スタンフォードからノヴァトまではたった六十マイルで、車で九十分もせずに着く。

「いいや」ぼくは首を振って、ため息をついた。「そもそも、あそこに家族はいないんだから」

カルヴィンの両親は健在で、いまではロサンゼルスに移っているけれど、ぼくの祖父と母親はそれぞれずっとまえに病気で死んでいる。飛行機の事故で失踪《しっそう》した父親は裁判所によって死んだものとされていて、ノヴァトにぼくが心をかける相手はいない。

「この話はよそう」ぼくは一気にグラスを干す。「店が混《こ》んできたな、どこか静かなバーで飲みなおそうじゃないか」

「同じ酒を飲むなら、こっちのホテルの部屋にしよう。日本からウイスキーを持ってきたんだ」カルヴィンが笑う。

「ははっ、ぼくが日本のウイスキーを褒めたのを覚えてたんだな。山崎か、竹鶴《たけつる》か？」

「どっちもだよ」

カルヴィンはタクシーを拾い、十五分後ぼくたちはサンドヒル・ロードに建つ五つ星ホテルに到着した。

「ここに泊まってるのか？　安くないだろう？」ぼくはすこし怪訝《けげん》に思った。カルヴィンは昔から金にうるさく、大学のときいっしょに旅行するといつもユースホステルに泊まっていたのに。

「上が出してくれるんだ。自分で選んだんじゃない」カルヴィンは肩をすくめる。新しい雇い主にそれだけ資金の余裕があるとは。

豪華なスイートルームで、カルヴィンはウイスキーの瓶《びん》を二つ取りだし、改めてぼくと酒を酌《く》み交《か》わした。こちらがスーツのジャケットを脱ぐと、カルヴィンが受けとって掛けてくれる。ごろんと音を立てて、偶然ポケットに入っていたものが絨毯《じゅうたん》に落ちた。

「ああ、いまもこれを持ってるのか」腰をかがめて拾ったカルヴィンが複雑な表情を浮かべる。

それは、ぼくの命を救ってくれたライターだった。

「家族の形見だからな」グラスを揺らして淡々と言った。

カルヴィンがあの恐ろしい事件を思いだしたがらないのは知っている。ぼくたち二人は難を逃れたとはいえ、あの事件はあわせて三人が死に、十二人が怪我《けが》をした、振りかえるのもためらうような惨劇だった。銃を持っていた男はポール・カジンスキーといい、事件のとき四十五歳、無職で、南部のマリンウッド近くにある低所得者用の公営住宅に一人暮らしだった。生まれはサウスダコタで、事件の二、三年前にどうやら借金から逃れるためカリフォルニアに移ってきたらしく、近所からは偏屈な性格で、誰とも付き合いはなかったと言われていた。姓が〝ユナボマー〟テッド・カジンスキーと同じだったせいで、あの男は自分が、過激な手段でアメリカに変化をもたらす使命を神から与えられたと信じこみ、銃撃事件を起こしたのは〝未来の邪悪な資本家を減らすため〞だとうそぶいていた――ノヴァト大学の商学部は州《しゅう》内でとても知られていた。裁判では終身刑が言い渡され、いまも収監されている。

それまでぼくはキャンパスでの銃乱射事件をどこかほかの場所での出来事としか思っていなかったが、自分の身に起きてはじめて、冷え冷えしたニュースの裏に、ああした言葉にならない悲しみと怒りがあることを意識した。犯人を処刑したところで、死んだ知人や親友が生きかえるわけでもなく、過ちを埋めあわせることはできない。まるで悪意によって命の一部分が奪われ、永遠に取りもどせないようなものだ。

ぼくがノヴァトに帰りたくないのは、これも理由の一つだった。

銃乱射事件から、人生についてのぼくの考えはがらりと変わった。命はいつ終わるかわからず、時間を浪費するわけにはいかない。成績も二年生から急上昇を始め、カルヴィンと話すのはいつも授業についての真剣な問題になり、余計な話に逸《そ》れることはなくなった。

カルヴィンもぼくと同じだ。事件はカルヴィンのことも変えていた。

「このライターは弾丸を食いとめたのに、いくつか傷が付いただけでぜんぜんへこんでないんだな」カルヴィンはライターをもてあそび、ぼくの前に置く。

「その傷も、弾丸で付いたんじゃないんだ。材質がなにかはわからないが、これだけ頑丈なら軍用技術なのかもしれないな」

ぼくの祖父はベトナム戦争の末期、米軍の撤退とともにアメリカへやってきた難民で、ライターもその持ち物だったらしく、父親はぼくに、小さいころその祖父の部屋から勝手に持ってきたのだと話してくれていた。祖父は煙草《たばこ》を吸わず、このライターはベトナム戦争期にアメリカ兵が愛用していたジッポーに似ているようにも思えたので、ぼくは軍人から手に入れた記念品ではないかと思っている。ベトナム戦争のとき、ライターが弾丸を食いとめて命拾いしたアメリカ兵がいたという話があって、ぼくはずっと作り話だと思っていたが、我が身で体験してみて、ある程度信じられる話なのかもしれないと思うようになっていた。

「そうだ……」カルヴィンの口調が変わり、表情が真剣なものになる。「実は、スタンフォードには職務があってやってきたんだ。ここで一つ訊きたいことがある」

「なんだ？」

「いっしょに働く気はないか？　報酬はいまのきみの二倍、研究のための経費に上限はない」

「働いてる企業の名前すら教えてくれてないじゃないか」ぼくは苦笑した。「さっきの食事のときはずっと話を持ち出さないで、いまになって上司のためにヘッドハンティングか」

「働いている場所は〈ブルー・ムーン〉研究所という」

「ふうん……聞いたことがないな」雑誌でその名前を目にしたことはなかった。「その運営者はどこの金持ちなんだ？　経費に上限を作らないだなんて」

「運営者はＤＡＲＰＡだ」

口元まで運びかけていたグラスを思わず止める。ＤＡＲＰＡ、略さずに言えば国防高等《Defense Advanced》研究計画局《Research Projects Agency》、国防総省の管轄下にある組織だ。

「い、いま政府の下で働いてるのか？」唖然として尋《たず》ねた。

「名目上は民間企業だけれど、実際にはそのとおりだな」カルヴィンはすこし黙りこんで続けた。「扱いに気を遣うプロジェクトで、公衆の面前で説明はしたくなかったんだ。この部屋なら安全で、噂《うわさ》が漏れることはない」

「どんなプロジェクトに関わっているんだ」

「負物質と超対称性粒子の共振だよ。技術部門の責任者をやっていて、オズは理論研究部門の責任者になれる」

カルヴィンがたずさわっている研究が、ぼくと重なっているとは思わなかった。

「さっきの講演で、現在国内でいちばん先進的なチームでもマイナス百電子ボルトの負物質しか作りだせないと言っていたけれど、あれは間違いだ」カルヴィンは微笑を浮かべる。「こちらではすでに億、兆電子ボルトのレベルを突破して、〇・四秒間持続する、距離一メートル、入口の直径一マイクロメートルの空間歪曲《わいきょく》に成功したんだよ」

「おいおい！」ぼくはグラスを置き、興奮で立ちあがった。「それはノーベル賞ものの成果じゃないか！　公開したらきっと、科学界がまるごとひっくり返ることになるぞ」

「そうだな。ただ公開したら、ひっくり返るのは科学界だけじゃないだろう」

うって変わって黙りこむことになった。どれだけ微小な規模の空間歪曲技術であっても、国家にとっては絶対的な優勢をもたらすことが可能で、SF映画に出てくる反重力飛行やエネルギーシールド、ワープエンジンなどももはや絵空事ではなくなる。そもそも、空間を折りたたみ、二つの地点を連結できるというだけでこれまでの人類の認識を根本から転覆させているわけで、海洋や山脈といった戦争における天然の障壁は意味を失い、太平洋を隔《へだ》てた二つの国家が造作もなく相手の国土で直接交戦することができる。

「つけ加えると、ジャクソン博士はもうブルー・ムーンへの就職に同意しているし、去年に量子色力学で飛躍的な成果を出したリンダ・カーター博士と広瀬徹也《ひろせてつや》博士はいま理論研究部門で働いていて、きみが入ってくれるなら、こちらの〝学友会〟はさらに秀でたものになる」カルヴィンは笑う。ジョン・ジャクソンはノヴァアト大学で修士を修め、ぼくたちも彼が助手を務める講義を受けたことがあったし、カーターと広瀬はぼくたちより一学年下の後輩たちだ。彼らと職場を共にできるのはまずない機会で、しかしぼくの心の奥には引っかかるものがあり、申し出に応《こた》えることはできなかった。

「カルヴィン、とても魅力的な提案だが、ぼくはいまの研究所に残りたいんだ。今回は付いていけないが、許してほしい」

「どうしてだい？　国のために働くのが嫌なのか？　いまの政府はきみの支持党が政権をとってるじゃないか」

「いや、たんに命令を受けて研究するのが気に入らないだけだ。これまでずっと企業の機関で働いたことがないのも、ぼくは学問に身を捧《ささ》げて、社会に還元すると決めたからなんだ」ぼくはテーブルのライターを見つめ、ゆっくりと話す。「命拾いをしてからぼくは、研究成果を個別の政権や団体に渡すんじゃなくて、人類にとっての利益を生むことに決めたんだ。わかるかな、カルヴィン、いまでもぼくにはこれが現実なのか夢なのか確信が持てない。このときも自分が十六年前、大学の食堂の床で虫の息でいて、いま〝観測〟している現実は自分の意識が生みだした幻影なのか、そうでないのか、もしくは並行宇宙のどこかでちまちまと生きているだけなのか、ぼくにはわからないんだ。それなら、むしろ自分の内心の声を聞いて、理想に従って生きたほうがいい」

カルヴィンは口を開かず、静かにぼくの目を見つめるだけだった。しばらくして、ため息をつき、また笑みを浮かべた。

「オズ、きみの考えを変えさせられないのはよくわかってる。無理にとは言わないよ、上司はかなり失望するだろうけど」ぼくのグラスに軽くウイスキーを注ぎ、続けた。「ただ、きみは高次元空間の計算式を算出しているのに、どうしてまだ自分のいる世界が幻かどうか恐れているんだ？　わかってるはずだろう、多世界解釈は高次元空間でも成りたつとはいえ、ここに生きている人間にとってほかの並行宇宙はなんの意味もないんだ」

「そうだ、たぶんなんの意味もない、ただ……」ぼくは最後まで言いきることができなかった。理由が見つからないからだ。香り高いウイスキーを一口すすったが、心のなかの苦さを押し流してはくれなかった。

World 617／2038.2.19 11:32:45

「カルヴィン、こうして講演を開いてくれて感謝するよ、学生たちも得るものは大きかっただろう……」

講演が終わり、ブレマー学部長はふたたびわたしの手を握ってきた。

卒業してから十四年、母校のノヴァト大学に戻ってくるのはこれが初めてだった。地質学者のリチャード・ブレマーは理学部の学部長で、学術的には大した成果は挙げていないとはいえ熱心な教育者だ。長年にわたって繰りかえし、母校で学生たちに講演をするよう勧められて、わたしは五度断ったのちに、これ以上ノーと言うのはあまりに無情というものではないかと思えて、しぶしぶながらなじみ深い場所に戻ってくることになったのだ。

「お気になさらず。ただの母校への恩返しですから」

心にもないことを答える。

できることなら、なんとしても戻ってきたくなかった。

ここはオズのことを思いださせるばかりだから。

オズが亡くなってから、わたしが精力を取りもどすまで半年くらいはかかった。あの四人の命を奪った銃乱射事件によってわたしの意志はくじかれる寸前まで行き、のちに、当時学生指導を担当していたブレマー学部長――当時はまだただの教授だった――の励《はげ》ましを受けて、ようやくまた立ちあがることができたのだ。

「きみは、オズワルドのぶんも含めて努力を続けないといけないんだ」

わたしを変えたのはその一言だった。

わたしは勉強に打ちこみ、オズの遺志を叶えることを誓った。卒業後はイギリスのケンブリッジに留学し、純理論物理学の研究に関わって、数年間でなかなかの成績をおさめ、博士号を取ったあとはニューヨークやワシントン、ドイツのベルリンといくつもの大学に勤めて、三本の論文を発表し賞を獲得した。

科学界からは好調な評価を受けているとはいえ、わたしはずっと不十分だと思っていた。

高次元空間の数学モデルの研究において、たぶんわたしは最前線にいるうちの一人だが、何年にもわたって成果を得られないでいる。

たぶん、オズが生きていたなら、賢くて想像力豊かなあいつはきっと突破口を見つけられると思う。

これは死者を美化した考えでしかないと考える人もいるかもしれないが、わたしは心の奥底から、本来のオズの達成はきっとわたしを上回っていたと思う。

でも、オズの命はあのカジンスキーという名の悪魔によって奪われてしまった。

「おう、カルヴィン、おれを覚えてるか?」

講堂を出たところで、わたしを呼びとめる声があった。

「マーティン? マーティンなのか?」

マーティン・A・ミッチェル、寮でのわたしとオズとのルームメイトだ。十数年ぶりに会って驚いたことに、昔よりさらに屈強な体格になっていて、スーツを着てネクタイを締めてはいるが、とてもビジネスマンらしくは見えなかった。

「おまえが戻ってくると聞いて、顔を見て思い出話をしようと訪ねてきたんだ」爽《さわ》やかな物腰のマーティンはわたしと握手する。「でも、さっきの講演で話してた物理学はぜんぜん意味がわからなかった」

その言葉に、わたしの心のどこかが締めつけられていた。きっと、たくさんのことが変化したこの十数年間でも旧友が変わっていないのを知って、あのころのたわいのない、すばらしい日々が頭によみがえったんだろう。

「マーティン、ノヴァトにいたのか？　てっきり、ニューヨークのどこかの銀行か格付け会社あたりで働いてるんじゃないかと思っていたのに」

「いや、大学を出てからずっとここにいる」

マーティンはスーツのジャケットを開いて、腰元の警官バッジと拳銃を見せた。

「警察官に？」

「刑事捜査課所属の警部、ノヴァト署の刑事課ではいちばん上だ」

かつては何事もなあなあで収めようとしていたやつが、こうして白黒をはっきり付ける仕事に就くようになるとは。

「あのころはしじゅう、金融業に進むんだって騒いでなかったか？　なにが変わったんだ」

「あの件を経験したら、人生について考えるのは当然だろうさ」

マーティンは、キャンパスの建物のそばにある小さな記念碑のほうを振りむいた。ずっとまえに、銃乱射事件の死者を悼むため建てられたものだ。

「昼飯でも食いながら話さないか？」マーティンは笑顔になり、近くに停《と》まっていた灰色のセダンを指さした。

わたしたちは大学の近くのレストランで食事にし、お互いの近況が話題に上がった。

そのあと、どうしてかオズの話になった。

「オズの家族の近況は知ってるか?」マーティンが訊く。

わたしは首を振った。

もともと、ノヴァトでオズと暮らしていた家族は両親だけで、お祖父《じい》さんも近くに住んではいたが、認知症のせいで老人ホームに入れられていた——オズのお祖父さんには小さいとき何度か会ったことがあって、その英語が地元生まれと同じくらい上手だったのを覚えているのと、名前のことがよく印象に残っている。英語で書くとVan Don《ヴァン・ドン》といって、わたしに思い浮かぶのは食べものの餛飩《ワンタン》だけだったけれど、中国語が少しわかるオズのお父さんがわたしに、漢字の〝文敦〟がほんとうだと教えてくれた。

〝ワンタンお祖父さん〟のことをわたしが最後に見たのはオズの葬儀のときだった。そのときは車椅子《くるまいす》に座って、うつろな表情をして、認知症になっていたとはいえ、孫が思いがけず若くして命を落としたという事実は理解しているようだった。

——オズは死んじゃならない……死んじゃならなかった……

呪文《じゅもん》のようにぶつぶつ呟いていた姿をわたしは覚えている。

一人息子は海上で行方不明になり、孫は頭のおかしいやつに銃で殺される。神さまはきっとあの人が気に食わなかったんだろう。

あの人もたしか、数年後には天へ召されていった。

それからオズのお母さんもノヴァトを離れて、東海岸の親戚《しんせき》のところで暮らしはじめた。わたしの両親とはときどきつながりがあったようだけど、よく知らない。

オズの住んでいた家は売られてしまったんだろうか。

十一歳だったかのころ、わたしがはしかにかかってサマーキャンプをあきらめないといけなくなったとき、オズはわたしを置いていきたくなくて、わざわざ仮病を使ってわたしとともに欠席した。わたしがほんとうのことを知ったとわかったとき、オズはものすごく驚いていた。自分の両親だって見抜けなかったわけだから――あいつは自分に寝言を言う癖《くせ》があるのを知らなかった。あの年の夏休みわたしたちはしじゅうお互いの家に泊まっていたが、ある日の夜中にオズは、みずからその思いやりぶかい嘘《うそ》をばらしてしまっていたのだ。

オズの家の、狭苦しい部屋でのことだった。

「そういえば、神さまってのはほんとうに冗談が好きなんだな……」マーティンがコーヒーを飲んで言う。「おまえが講演をしに学校へ戻ってくると聞いたのは何日かまえだが、そのときおれは十何年もまえの、自分たちに関わりのある昔の事件を掘りかえしてたんだ」

「わたしたちに関わり？」

「おれはいま、ポール・カジンスキーのことを調べてる」

その名前を聞いて、わたしは思わずはっとした。あのときの、オズの胸から流れだす血で両手が染まっていた光景がまざまざとよみがえる。

「あいつが……控訴したのか？」

「いや、やつがほかにも罪を犯しているかもしれないとわかったんだ」コーヒーカップを下ろす。憤りをうっすらと感じる口ぶりだった。「サウスエリアの公営住宅が建てなおしになったんだが、取りこわしの段階で、ある家の裏庭から白骨化したバラバラ死体が掘りだされた。その家はむかしカジンスキーが住んでいたところなのさ。あのクズ野郎と関わりがあるのかまだ確定はしてないが、鑑識の判断だと骨の主は死んで十五年以上経《た》ってるらしい。クリス・ルイスのことは覚えてるか？」

「誰だ？」

「うちの大学でおなじ寮にいた後輩だよ、おまえは会ったことないかもな。いまは州知事のところで働いていて治安維持を担当してるんだが、そいつは、カジンスキーは当時借金から逃げてサウスダコタからカリフォルニアに移ってきたんじゃなく、警察が迫ってきて、仕方なく退却したんじゃないかと考えてる――おれたちは、やつが連続殺人鬼じゃないかと疑ってる」

　この知らせを聞いて、わたしの髪はぞわりとした。

「もちろん根拠もない推測でしかないが、サウスダコタに山ほど未解決事件があるなかで、あいつがそのいくつかに関わっていたとしても意外には思わないな」マーティンは続ける。「大学で銃を乱射するやつと殺人鬼の性格はふつう違うものだが、殺人鬼が銃乱射犯の素質も備えてるってのもない話じゃないだろう。クリスはおれに捜査を頼んできてる。証拠が見つかって起訴できれば、州知事が年末の選挙で再選される助けになるからな」

「カジンスキーはいまどこで服役してるんだ?」

「サン・クエンティン州立刑務所だ。どうした?」

わたしはしばらく黙りこんで、そしてマーティンの両目を見つめて言った。「あいつに話を聞きにいくんだろう? わたしも同行させてくれないか?」

「どうして」マーティンが怪訝そうに訊く。「あのころおまえが、オズの仇《あだ》を討つために自分の手でやつを殺してやりたいと言ってたのは覚えてるぞ。おれのまえで私刑を実行するつもりじゃないだろうな」

「もしあいつがサウスダコタで人を殺していたと証明できたら、むこうの裁判所に送られて審理を受けるんだろう?」

「もちろんだ」

「カリフォルニアでは死刑は廃止されているが、サウスダコタではまだ制度が残っている」口の端《はし》が持ちあがる。

マーティンは口を開けている。そのことを考えもしなかったようだった。

わたしは冷血な人間だと思われているだろうか。ただこれが、オズのために遅まきながら正義を示す機会だということはわかっていた。

——オズは死んじゃならなかった……

お祖父さんの言葉は、いまも耳元に響いている。

3. フィンブルの冬　Fimbulvetr

World 616 ／ 2043.1.22 08:42:45

「オズ……こちらは……失敗した……聞いてくれ、オズ方程式は間違っている……」

研究所のオフィスに戻ってさっそく、内部ネットからぼくは困惑させられるメッセージを聞くことになった。その声がカルヴィンのものだとはわかったが、どうしてふつうに電話してこないのか理解できなかったし、ましてどんな方法で音声メッセージを研究所の内部ネットに入りこませ、ぼくの個人連絡先へ送ってきたのかはわからない。カルヴィンのメッセージはたった六秒で、携帯やほかのメッセージボックスを調べてみたが、ほかにメッセージやメールは見つからない。

電話をかけてみようとしたが、オフィスの番号も個人の番号も、どちらもつながらなかった。

メッセージのなかのカルヴィンの話しかたは妙だった。息を切らせているようで、しかも意識して声を抑えているように聞こえた。むこうがなにを失敗したのかわからないが、ぼくにはメッセージの後半のほうが気にかかる。

オズ方程式に間違いがあった？

実験中に、計算式の予測と食いちがうデータを発見したのか？　しかしいままで先例はなかったのでは？　聖人ですら間違いを犯すことがあるというのは認めるが、あの方程式については強い自信を持っているし、まして去年ぼくはあれのおかげでノーベル賞を受けたというのに。

五年前にスタンフォードで顔を合わせて以来、ここ数年のあいだぼくたちが席をともにすることはなく、ネットを通して会話を交わしたり、クリスマスにプレゼントを贈りあったりする程度だった。あれからカルヴィンにむこうの組織へ参加するよう誘われることはなかったが、ぼくの考えでは、上司は諦《あきら》めておらず、カルヴィンが面倒ごとをすべて防いでくれているだけのはずだった。口に出したことは曲げないこちらの性格はよくわかっているのだから。

ぼくたちが最後に連絡をとったのは一ヵ月ほどまえ、カルヴィンが送ってくれたワインを受けとって、ビデオ通話で礼を言ったのだ。記憶ではあのときの電話にとくに変わったところはなく、物理学の話にもならなかった。いまのカルヴィンの業務内容は機密保持が必要で、二人の研究内容が似かよっているとはいえ、互いに探りは入れないという暗黙の了解があった――もちろん、ぼくが新しく発表する論文をカルヴィンはすべて読んでいると確信があった。

ぼくは一日中《いちにちじゅう》落ちつかない気分を抱えて仕事をし、同僚との会議中も心ここにあらずだった。夜、帰宅してまたカルヴィンへ電話をしてみたがやはりつながらず、ほかの連絡手段にもオフライン中と表示されている。

「いいか、カルヴィン、これを聞いたら連絡をくれ」

諦めてこうメッセージを残すしかなかった。

しかし、夕食を済ませてなんとはなしにテレビを点《つ》けたとき、ぼくは唖然とさせられる事実を目にした。

テレビではニュースが流れていた。最近のニュースはどれも世界の戦況がらみだ。ウクライナ内戦では東西の陣営がそれぞれロシアとNATOを後ろ盾にしている。サウジアラビアとイランはペルシャ湾を挟んで両岸から牽制《けんせい》し合い、戦争へは一触即発だった。インドとパキスタンの戦争は二年前に沈静化していたが、南シナ海の主権争いは完全な戦闘に移行していた。二ヵ月前にベトナム、インドネシア、ブルネイなどで排華暴動が起きたことで、中国は現地居住者の保護を理由にして軍隊を〝自衛反撃戦〟のため派遣し、真っ先に標的とされたのは当然ながら国境を接しているベトナムだった。米軍はグアム島と日本からベトナムを支援する部隊を派遣しているが、中国軍の進攻は迅速で、先週のニュースではすでにハノイが陥落したと伝えていた。コメンテーターは今日も、ワシントンはアジアの戦局に介入しつづけるべきか議論するものとぼくは思っていたが、画面に映ったのはテキサス州の地図だった。

「……現場はサンアントニオから西に十マイルほど離れた精密機械工場で、専門家の推定によると爆発の威力は五百トンの高性能爆薬に匹敵するとのことです。現時点で当局は死傷者数について公表しておらず……」

アナウンサーの声はその先よく聞こえなくなった。画面に無事だったころの工場の写真が映しだされたからだ。その名前はブルー・ムーンといった。

この工場が、カルヴィンの働いている〈ブルー・ムーン実験室〉となにかつながりがあるかはわからない。しかし不吉な予感がしていた。カルヴィンは、自分たちはＤＡＲＰＡのプロジェクトのなかでも上級クラスの機密を扱っていて、実験室は隠蔽《いんぺい》されていると話していた。

二日後、ぼくの恐れは事実に変わった。

死亡者リストにカルヴィン・リーの名前が載っていた。

ニュースによればその工場では国防総省から仕事を請け、潜水艦のエンジンと部品を生産しており、爆発は化学薬品が漏れ出したのが原因だという。事故が起きたのが深夜で、大部分の職員はすでに帰宅していたので、被害に遭ったのは夜間にメンテナンスをしていた人員と夜勤の警備員だけで、死傷者は予想よりも少なく十五人が死亡、怪我人が二十八人だった。

カルヴィンは〝メンテナンス人員〟の一人だった。

絶叫して、心の奥にある悲しみをのこらず表に出してしまいたかった。ただ、悲嘆にくわえてぼくはもう一陣の不安にまといつかれていた。

カルヴィンを殺したのは自分ではないのかと怖かった。

ぼくにカルヴィンが残した言葉は、オズ方程式に間違いがあったと伝えていた――ではその間違いが実験のミスを招き、惨事を引きおこしたのでは？　実験に問題が起きたとカルヴィンが察したときにはもう手遅れで、だからその事実を懸命にぼくへと伝え、これから先、さらなる研究者がぼくのうかつさから思いがけず命を落とすことがないようにしたのか？

カルヴィンの死の知らせを聞いてから一週間、ぼくは部屋に閉じこもり、オズ方程式の計算についてゼロから検証を始めていた。しかしどれだけ粉骨砕身しても、どこにも見落としとしは見つからなかった。

「オズ、来てくれたと知ってカルヴィンはきっと喜んでいるよ……」

葬儀で、カルヴィンの父親はそう言ってくれた。

死に顔と対面することはできなかった。葬儀のときの棺《ひつぎ》は、実際には空《から》だったのだ。爆発の中心部の高温は、一瞬で人体を気化させるほどだったのだろう……これはささやかな慰めなのかもしれない。とにかく、カルヴィンがこの世を去ったとき苦しまなかったことはわかったのだから。

カルヴィンの友人たちが一人ずつ前に立って弔辞を述べたが、ぼくは遠回しに断った。自分がカルヴィンを殺したかもしれないという事実を思わず漏らしてしまいかねないと感じたからだ。ついさっき自分は図々《ずうずう》しくもカルヴィンの母親に悔《く》やみを言っていた。そのうえ仮面を着けつづけ、カルヴィンとぼくがどれだけ血を分けた兄弟のような仲だったかをすこし話しでもしたら、ぼくはきっとその場で取り乱してしまう。

「グエン博士、お目にかかれて光栄に存じます」空の棺が土に埋められ、墓地を離れようとしていたとき、サングラスをかけた一人の男がこちらへ来て話しかけてきた。この男はずっと隅《すみ》のほうに立っていて、ほかの招待客とは話していなかったと思いだす。

「あなたは……」

「カルヴィンの同僚です」男は名刺を渡してきたが、企業についての情報はなにも書かれておらず、〝K〟という文字一つと、電話番号だけがあった。「みなからはK氏と呼ばれています」

眉《まゆ》をひそめる。自分を呼びとめた意図がわからない。

「グエン博士、いまここでこうしたお願いをするのはいささか失礼とは思いますが、こちらとしてもほんとうに致し方ないのです」K氏の表情は厳粛で、口ぶりは落ちつきはらっていた。

「五年前にカルヴィンがあなたに聞かせた提案について、再度考えていただけますか」

ぼくは、相手の鼻柱を殴りつけてやりたい衝動をこらえた。カルヴィンが亡くなって間もないのに、おまえたち政府の犬は上司に尽くして手柄《てがら》を挙げることしか考えていないのか。

「おまえたち――」

相手にさんざん罵詈《ばり》雑言をぶつけてやろうと思ったとき、考えががらっと変わった。これは真相を確かめる機会なのだと気づいたのだ。

「いったい、どうして爆発は起きたんだ」ぼくは訊く。

「現時点では、操作のミスと考えています」

「計算の間違いなのでは?」

「それはあなたが教えてくれることだ」K氏は微笑《ほほえ》みを浮かべた。「カルヴィンの遺《のこ》した仕事を、あなたに引きついでいただけないかと思っています。目標はすでに間近なのですから」

「目標はなんなんだ?」

「実用化可能な、アインシュタイン゠ローゼン橋《ブリッジ》」

アインシュタイン゠ローゼン橋はワームホールの別称で、つまりは空間転送技術のこと――

〝実用化〟という言葉が表しているのは、戦車や輸送機、軍艦が通りぬけられる大きさだろうと確信があった。

数秒黙りこんで、振り向きカルヴィンの墓碑に目を向ける。

「わかった、カルヴィンとの縁を考えて、提案に応えよう」

「ありがとうございます」ぼくと握手したK氏の手は力強かった。「サンアントニオの実験場は爆発してしまったので、われわれは第二拠点に転進します。一週間後にプリンストンへ迎えを送りますので。研究所へどう説明するかの心配は無用です、こちらで支度《したく》は済ませておきます」

K氏の提案に応えた理由は、カルヴィンの仕事を完成させるのがすべてではなく、それ以上にぼくは爆発の真相を明らかにしたかった――とはいえ、もし事故の元凶がほんとうにぼくの計算式の間違いにあったと知ってしまったら、どんな身の振り方をするべきなのかわからないが……

World 617 ／ 2038.2.22 10:31:21

「おれが殺した」予想外にも、画面越しに見える部屋で、カジンスキーはマーティンからの告発を正面切って認めた。

先週、マーティンと別れたあとで、わたしは働いている大学へ十日間の休暇を申請し、ノヴアトへ留まってマーティンがカジンスキーの罪を掘りかえすのに手を貸すことになった。

月曜日の朝、わたしたちはサン・クエンティン州立刑務所にやってきた。マーティンの部下のエドも同行している。

マーティンはわたしが尋問に加わることを嫌がり、許されたのはエドとともに隣の部屋に残り、映像を通して会話の進行を眺《なが》めることだけだった。

「これだって実際には規則違反なんだ。ただ共通の目標がある以上、いちおうおまえには見せてやる」事前にマーティンは言っていた。「おまえはおれより頭がいい。ひょっとするとやつの話のぼろに気づいて、手がかりが見つかるかもしれないだろう」

しかし、まさかカジンスキーがあっさりと、家の裏庭の死体は自分が殺したものだと認めるとは思っていなかった。

「あれは誰なんだ？　名前はなんという？」マーティンは眉をひそめ、机に置いた死体の写真に目を走らせて、カジンスキーの両目に視線を戻し訊《たず》ねた。

「さてな。要は、ずっとうちの周りをうろついてたホームレスだ」カジンスキーは淡々と答える。

画面に映るカジンスキーの姿は当時よりもずっと老《ふ》けこんでいて、灰色だった顎《あご》ひげはほぼ全体が白に変わり、眉の周りはしわに覆われている。

その顔は痛々しい記憶を思いださせ、わたしはふたたび、そのうつろな目におののいた。あのときオズが撃たれたあと、あの銃はいちどわたしを向いたのだから。

内心の震えを押しころして、映像を眺めつづける。

「どうして殺したんだ？」マーティンが訊いた。

「大学のクソガキどもを懲《こ》らしめる準備をしているのが見つかったから、殺すしかなかった」

「計画を知られたのか？」

「ああ……夜中に、あいつが食べ物を盗みにうちへこっそり入ってきて、テーブルにあった銃と大学の地図を偶然見て、おれの秘密に気づいたんだ。あいつを絞め殺して、ばらばらにして、何ヵ所かに分けて死骸《しがい》を埋めた」

「家の裏庭と、あとはどこだ」

「忘れたな……フリーウェイを車で走って、ちょうどいい場所が見つかるたびに捨てていったんだったかな。腕の一本と太腿《ふともも》を忘れてて、とりあえず裏庭に埋めて済ませたんだ」

マーティンはしばらく黙りこみ、ふたたび口を開く。「その前には誰か殺してるのか」

「いいや」

「初めて人を殺したやつが、そんなに手際よく死体をばらばらにして捨てられるとは思えないが」

「天才だったのかもな」

その下等な冗談にはじめ気分が悪くなったが、しかしだしぬけに、一筋の違和感が脳内を通りすぎて、わたしの感情を追い散らしていった。

ある瞬間のカジンスキーの表情が、十二、三歳のわたしの記憶のどこかにある顔を呼びおこした。

二人の会話の応酬をよそに、わたしは横にいるエドへ尋ねた。「犯行時、カジンスキーは何歳だったんだ？」

「四十五歳ほどです」

指折り数えてみる。生きていれば、当時の歳《とし》はちょうど四十代。

ただ、どうして彼が大学に銃を持ちこむ？

しかも、オズを殺したというのは？

相手のことがわからなかったのか？

「マーティンに、中断するように言ってくれないか？　重要なことを話したいんだ」

エドが携帯に何度か触れると、映像のなかのマーティンは自分の携帯に目を落として、四人を見張っているよう看守に指示を出し、ひとり部屋を出ていった。十秒としないうちに、わたしのところへやってくる。

「どうした」

「わたしは子供のときに、この男に会っているかもしれない」わたしは画面を指さす。

「ええ？　小さいときにカジンスキーを知ってたってことか？　あいつはむかしカリフォルニアに住んでたのか」

「いいや、ここにいるのはポール・カジンスキーじゃないと思ってる」深く息を吸いこんで言った。「あれはオズのお父さんかもしれない」

マーティンは啞然とした顔でわたしを見つめる。

「オズの父さんは、ずっと前に飛行機の事故で死んだんじゃないのか？」

「死んだんじゃない、行方不明なんだ」

「でも、間違いない、囚人が入れかわる隙《すき》なんてあったはずが――」

「囚人が入れかわったとは言ってない。オズのお父さんが、本物のカジンスキーを殺して、その身分を乗っ取りずっとサウスダコタに住んでいて、そのうちに銃を持って大学のキャンパスを襲ったと――」

「じゃあ、ばらばらになった死体の主は本物のカジンスキーということですか」エドが話に入ってくる。

「そう思う」

「カルヴィン、これはとても聞き流せる指摘じゃないぞ」マーティンはわたしの肩をつかむ。

「あいつが、おまえの知ってるグエン氏だっていうのは確かなのか？　なんでいままで言わなかった？　それにあいつはアジアの血を引いてるようにも見えない……」

「いままでわたしはずっと、あの相手の姿をはっきりと見られなかったんだ、あの惨劇を思いだすんじゃないかって……」このことにわたしは悔《くや》しくなる。「オズのお父さんが行方をくらましてニ十数年になるんだ、もちろん百パーセント確かだとは言えないけれど、さっきのあいつの話にはおかしいところがあった」

「おかしい？」

「計画をホームレスに見抜かれたから手を下したと言ってただろう。ただそれは夜中のことで、ホームレスは暗いなかを家のキッチンに入って食べ物を探すことになるが、その状況ではテーブルの上の銃が目に入ったとしても、その横の大学の地図まで気づくものかな？　考えてみれば、〝拳銃〟と〝地図〟が並んでいたというだけなのに、計画が見抜かれたと思うのはあまりに性急じゃないか？」

「カジンスキーは頭がいかれてるんです、そうやって思いこんでもおかしくはない」エドが言った。

「なら次の問題だ――銃は闇市場《やみしじょう》で値段が付くものだろう。死んだホームレスが、民家に忍びこんで食べ物を盗むくらい暮らしに困っていたなら、銃を目にしたらテーブルに放っておくだろうか、自分のものにしようとしないか？　首を絞められたとき、どうして銃を手にして相手に一発食らわせなかった？　それ以上に、〝カジンスキー〟の話では、死んだホームレスは家の周りをずっとうろついていたらしい、ということはその公営住宅についてある程度知っていたんだろう。マーティン、自分がホームレスだったら、そのあたりにある婦人と子供だけのひとり親の家庭を選ばず、大人の男の一人暮らしの家へ盗みに入るか？」

「たまたま間違った家に入って、それで銃を見つけたときには驚いて逃げようとしたけど、間にあわなかったってだけじゃないのか」マーティンが言う。

「ああ、そうだな、いままで言ったものがどれも証拠にならないとして、さっきあいつの言っていた一言に戸惑っているんだ」わたしは言う。「いま働いている大学にはサウスダコタから来た院生がいるが、フリーウェイを車で走る、とわたしが言うたびに戸惑うんだ。中部と東海岸では高速道路をハイウェイと言って、フリーウェイというのはカリフォルニアで一般に使われている。カジンスキーはサウスダコタの出身なのに、どうして西海岸の言い方を使っているんだ？」

マーティンとエドは顔を見合わせる。ただすぐにマーティンは言い返してきた。「ただ、それでも証拠にするには足りない……」

「ならＤＮＡを照合しよう」すこし考えて、わたしは言う。

「どうやってオズの父さんのＤＮＡを手に入れる？　ここは中国でもロシアでもないんだ、国民のＤＮＡデータを記録してるわけじゃない」

「たしか失踪のあった年のあいだ、サンフランシスコ市警がゴールデンゲート海峡で身元のわからない死体を見つけるたびに、ノヴァト署を通してオズの家族に確認を頼んでいたと思うんだ。そこで一度、死体が腐敗して見分けがつかなくて、オズにＤＮＡの提供を頼んで親子鑑定をするしかないときがあって、最終的にはただの無関係な人間だとわかった。ノヴァト署かサンフランシスコ市警に記録があるはずだよ、それを出してきて、あそこにいる〝カジンスキー〟と照合すれば、あれがオズのお父さんかどうかはわかる」

マーティンはあごに手をやり、しばし考えこんだあとうなずいて、エドに付いてくるよう命じた。

ただマーティンは、なによりも肝心なことをわたしに訊いてこなかった――

オズのお父さんは記憶をなくしていたのか。自分のことを忘れてしまい、息子を殺したことすら気づかないでいたのか。

もしくは、撃ってしまったのが実の息子だと気づいて、引き金を引くまえにわずかな躊躇《ちゅうちょ》があったから、わたしは生きながらえたのか。

わたしはずっと、オズを救えなかった自分を責めているが、現実はその反対で、オズがわたしを救ってくれたんだろうか。

4. スキッドブラドニール　Skíðblaðnir

World 616／2045.7.10 10:34:51

「粒子共振の同期率九十八・二％、負物質の準備が整いました」

「〈アリス〉を起動」

わたしたちの面前にある、大型のトレーラーすらも収められる巨大なガラスのドーム、その中央に突然、オーロラのような影がどこからともなく現れ、次第に拡大し直径三メートルほどの螺旋《らせん》状の形を取るようになる。この形のもっとも異様なところは、左側から見ようと右側から見ようと、その〝渦〟がこちらに正面を向けているように見えることだ。

「〈ボブ〉にて粒子振動の観測に成功しました、橋架け達成《ブリッジング》」スピーカーからは、実験場の別の建物からの声が流れてくる。

「カウントを開始」

「ただちにサンプルを投入」

長さたった五十センチのラジコンのトラックが渦へ向けて走りはじめ、〝オーロラ〟の縁に触れた瞬間に、車は渦のなかへ吸いこまれていった。トラックはそれそのものが測定器のかたまりになっているうえ、三匹のラットを乗せていた。

「計測値はゼロ、〈ボブ〉からはなんの活動も測定できていません――」

周りの研究員たちが失望のため息をつくのが聞こえる。

「〈アリス〉の停止を準備」

「待つんだ」ぼくは命令を下した。

「グエン博士！〈ボブ〉はまもなく臨界点を突破します！」

操作を担当していた助手を押しのけ、時間計を睨《にら》みつける。秒数は九から十へ変わるところだった。それが十三になった瞬間、わたしはようやく見切りをつけて停止ボタンを押した。

「〈ボブ〉のブリッジは消失。サンプルは受けとっていません」スピーカーからあちらの失敗報告が流れてくる。

「全データを点検して、二時間以内に結果をオフィスへ送ってくること」いまのぼくのふるまいに顔をしかめている研究員に向かい、言った。

ブルー・ムーンに入ってからの二年間、順調に進む事柄《ことがら》にはほとんど出会わなかった。実験はいくつかささやかな進展があったとはいえ、実際にはどれもカルヴィンの残した功績だった――その仕事を引きついでようやく、ぼくはカルヴィンがどれだけすぐれた成果をなしとげていたかに気づいた。ぼくは理論を提案する科学者だが、それはどこまでいっても理論で、数学的に成立するからといって実行の方策が存在するとは限らない。しかしカルヴィンは一つ一つのキイポイントを把握し、巧妙な、聡明このうえない方法で実験を成功させていた。まるで造物主のソースコードをハックしているかのような不思議さだった。

ぼくはかつて賞を受けた論文で、空間のねじ曲げに必要なエネルギー量を算出し、どのように空間へ穴を開けるかを理論上の問題として述べた。ただ実行となると途方もなく困難で、たとえばワームホールの出入口をどこにも固定することができず、また実験に必要なだけの大量の負エネルギーと負物質を生産する方法もない。ぼくからすればそれらは越えることが不可能な障害だったが、カルヴィンはその解決法を見つけていた。カルヴィンは、量子もつれの状態にある一対の粒子を基準点として利用し、一つを用意した機器のなかに留《とど》めて入口として、もう一つをほかの物質に向けて発射し――たとえばある銅片に原子一つを付着させて、出口としていた。機器内にある粒子は――ぼくたちは〈アリス〉と呼んでいる――負物質の刺激によって共振が発生し、銅片の粒子、ぼくたちが〈ボブ〉と呼ぶ量子もつれ状態にある粒子にはEPR反応によって変化が生じ、二つのあいだにアインシュタイン＝ローゼン橋が形成される。こちらが物体を〈アリス〉の渦に投げこむと、その物体は〈ボブ〉の存在する位置から排出されるのだ。

この方法で基準点という難題は解決したが、ぼくたちの成功率はたった三割だった。入口に投入した物体は三分の一しか転送されず、そのほかはまるで虚空に飲みこまれたかのように、次元のすき間へ姿を消してしまっていた。

ぼくにその原因は説明できなかった。

この二年間でぼくの貢献といえばただ一つ、〝十三・七秒〟という臨界点の数値を発見したことだけだった。

以前のぼくが空間のねじ曲げを実行不可能だと考えていたのは、人間が通過できるほどのワームホールを生成するためには大量の負物質が必要で、その生産過程にはおそらく数兆ドルを費やす必要があり、どこの組織もそんな天文学的な額を提供できないからだった。しかしカルヴィンは解決法を考えついていた。ぼくの方程式を土台に、高次元空間から重力を捕らえてきたうえで、連鎖反応のように高次元空間の負質量を次々と誘導し、集積する。これを空間歪曲の実行を支えるエネルギー源として使うことで、必要な投資は一般的な大学の研究所でも調達可能なほどにまで下がった。カルヴィンが遺した書類では冗談めかして、これはほかの次元の資源を盗むことによる資金節約法だと書いてあった。

　しかし、盗みには対価が伴う。

　ぼくが計算の過程で発見したのは、高次元空間のエネルギーを際限なく〝盗んで〟くることはできないということだった。ワームホールが開かれて十三・七秒が経過すると、〈ボブ〉――つまり出口として使われる粒子――が逆順の反応を起こし、その場所を中心として、周囲のすべての物質をエネルギーに変化させ高次元空間へ返してしまうのだ。

　これこそが、カルヴィンの命を奪った事故の真相だった。

　調査によると、二年前にカルヴィンとそのチームは深夜に実験を行っていて、そのときすでに転送経路の生成には成功していたが、まだ物体を投入していない段階で、単純にデータを測定していたのだという。もともとはエネルギー波動を観測した時点でシステムは自動的に停止するはずだったのが、当日その安全機構が起動しなかった。〈ボブ〉が置かれた地下室で逆反応が発生し、その上の建物をまるごと消滅させ、吸収しきれなかったエネルギーは核爆発を起こして拠点をほぼ完全に壊滅させたのだ。ブルー・ムーンに入ったあとぼくは爆発現場の中心地を訪れたが、地面に穿《うが》たれた半球に近いクレーターは直径二百メートルほどはあり、一般的な災害現場とは違って、そこには一つの瓦礫《がれき》もなく、建物と地面を神さまが巨大なスプーンですくいとっていったかのようだった。

先ほど十三秒までこらえて停止ボタンを押したのは、至極当然に周りの恨みを買う行動だった。ぼくは全員の命を危険に晒したのだから。わずかな手違いでぼくたちのいる、ニューメキシコ州にあるブルー・ムーンの第二実験場は第一実験場の後に続き、誰ひとり生き残らない死の地帯と化すのだ。

ひょっとすると、カルヴィンはこれが理由で事故を引きおこしたのかもしれない。あのときはこの決定的な〝十三・七秒〟は算出されていなかったはずだ。

ただ、いまだにぼくはカルヴィンの遺した言葉の意味がわからないでいる。自分の方程式のどこにも誤りは見つからなかったし、カルヴィンが〝失敗した〟と言った理由もわからず、そもそも、取り返しがつかないことに気づいてからどういう次第で、ぼくにメッセージを遺すだけの時間があったのかも定かでなかった。

「あの事故はどこか妙なんだ。カルヴィンの実験で作業に協力していたのは、ぼくも存在を知らない新しく作られたチームだった」去年の末にほかのプロジェクトから転任してきた広瀬博士は、そうぼくに話していた。「死亡者リストのなかで知っていた名前はカルヴィンだけで……K氏がカルヴィンに第二チームを用意して、上層部の指示で秘密の実験を進めていたんじゃないだろうか」

このことはK氏に質問したことがあるが、相手の返答は一言だけ、〝ノーコメント〟だった。K氏が何者なのかは、いまも察しがつかない。ブルー・ムーンとDARPAどちらにも所属していないが、ぼくたちよりも上の権限を手にしていて、会議では毎度席に座っている。軍の人間か、もしくは国土安全保障省の所属ではないかと思う。三ヵ月前にはぼくへ、実験の進度を速めるよう勧告してきた。

「もちろんすぐに成果を挙げられればいいとは思うが、研究というのは一歩のうちに進展するものじゃないんだ」そのとき、ぼくは反論した。「うまくいかなかったら、資金カットやクビが待ってるのか？」

「グエン博士、もちろんそんなことはしないさ」K氏はうわべだけの笑みで答えた。「しかし、この国が戦争中であることはよくわかっているだろう。〈スキッドブラドニール計画〉を戦場に投入できたなら、数百、いや数千と軍人たちの命を救えるのだからね」

こうして大義名分に則《のっと》った答えを返されると、こちらから言いかえせることはなかった。〈スキッドブラドニール計画〉はわれわれのプロジェクトのコードネームで、北欧神話をもとにしている。〝スキッドブラドニール〟というのは自由に大小を変化させられる軍船で、北欧の神々はそれに乗って敵を討伐したという。

ロシアはウクライナを併合すると、NATOと本格的に敵対し、バルト三国は戦場と化した。中国は南シナ海の戦いでほぼ全面的に勝利を続け、ベトナムやインドネシアなどではクーデターが起きて、新政府は中国に服従している。第七艦隊は中国海軍とフィリピン北沖で正面からぶつかりあったが、予想外にも米軍は大打撃を受けた。第一列島線を乗りこえて中国の第三空母打撃群の勢力はフィリピン海まで拡大し、グアム島を目前にしている。グアム島の基地が襲撃を受ければアメリカの国土に侵入されることを意味し、そのためK氏はこれほど急《せ》いて成果を挙げるよう要求しているのだった。〈スキッドブラドニール計画〉が成功すれば、われわれは絶え間なくグアム島へ補給物資を送りこむことができ、第二列島線を越えられないようにできる。

しかしぼくたちは依然として実験の目標を達成できていなかった。三割の成功率では戦場への投入には不足だ。

午後になって、朝に失敗した実験のデータを受けとったぼくは重ね重ね詳細に分析し、どの変数が転送の成功と失敗を決めているのか、探りだそうとした。〈ボブ〉周辺のニュートリノ計測量が資料から欠けていることに気づいて、ぼくは部屋を出て、コントロールセンターのオペレーターに請求を出さないといけなかった。階段を歩いてコントロールセンターへ入ったところで、室内にひとつも人影がないのに気づいた——ふだんは二人の職員が機器の動作を監視しているうえに、すくなくとも四、五人がデータの整理を進めているのに。

あたりを見回してみると、休憩室に続く出入口から音が聞こえてくるのに気づいた。そちらに行くと、一同が黙りこくって映像投影スクリーンのまえに立っているのが目に入る。そのうちの一人、見知ったオペレーターに声をかけてみたが、相手は反応を返さず、呆然《ぼうぜん》とスクリーンの映像に見入るばかりだった。皆の視線の向かう先へふと目を向け、そして、ぼくは見た。

「……こちらは、韓国《かんこく》のテレビ局の提供による映像です……」ＣＮＮのニュースキャスターの声がスピーカーから流れてくる。

スクリーンに映っていたのは、ぼくたちの実験室の全員が目にしたことのある、恐ろしい映像だった。

目にすることを恐れていた、地獄のような情景だった。

World 617／2038.2.26 11:44:51

サン・クエンティン州立刑務所の訊問室《じんもん》で、わたしとマーティンはテーブルの同じ側に座り、看守が囚人を連れてくるのをじりじりと待っていた。

目の前の書類に視線を向ける。手のひらの汗が止まらなかった。

マーティンは一言も口にしていないが、わたしと同様に、内心ではとてつもない混乱を抱えているのはわかっていた。

ぎいっと音がして、牢舎《ろうしゃ》に続いているシャッターが開かれ、オレンジ色の囚人服を着た〝ポール・カジンスキー〟が体格のいい看守にうながされて部屋へ入ってきた。

彼がマーティンに目をやると、その目にひとすじの笑みが通りすぎたように感じた。しかしわたしと目を合わせた瞬間、とたんに表情が凍《こお》りついた。

その特別な反応に、わたしは息が詰まるのを感じた。この男はきっとわたしのことを知っている。

ただ一秒としないうち相手は落ちつきを取りもどし、手錠をかけられた両手をテーブルに置き、ゆっくりと腰を下ろした。

「ミッチェル刑事、今日はお客を連れてきたんだな」わたしを横目に見ると笑いを浮かべる。

「こいつを知らないか」マーティンが尋ねた。

「ああ……あのとき撃ち殺せなかった大学生だな？」

その答えに、わたしははらわたが煮えくりかえった。さっきも結局、わたしのことはもうすこしで自分の銃で亡き者とするところだったから記憶にあって、目が留まったというだけだったのか。

いや、違う。

「おまえは……誰なんだ？」わたしが問いかける。

「おれか？　もちろんポール・カジンスキーだ」男はこともなげに答えた。

「数日前のミッチェル刑事の尋問のとき、わたしは画面越しにそれを見ていて、この顔にどこか見覚えがあるのに気づいて、おまえがオズワルド・グエンの父親じゃないかと疑いを持った……」わたしは話しながら目の前の書類を開き、向きを変えて相手が読みやすいようにしてやる。「これは、生前のオズワルドのＤＮＡ記録を使って、おまえと親子鑑定を行った報告書だ」

ＤＮＡという単語を口にしたとき、相手の顔の冷静さがたちまち崩れさるのが見えた。

「検査所の報告では、おまえはオズワルドの父親ではなかった。ただポール・カジンスキーでもない……」唾《つば》を飲みこむ。「おまえのＤＮＡは、警察が保管していたオズワルドのデータと完全に一致した。おまえはオズワルド・グエン本人だと言われたんだ」

与太話めいた結論を口にすると、室内の空気が固まってしまったような息苦しさを感じた。

「ただ、おまえがオズのはずがないのはわかってる。オズは十六年前、わたしの腕のなかで死んだからだ」震えを押し殺し、一つ深呼吸して続けた。「検査所には改めて鑑定を行うように頼んだが、結論は変わらなかった。警察も、オズの記録がすり替えられたはずはないと保証した、電子記録も当時の紙の記録も合致したんだ。双子の可能性を考えてみたけれど、おまえの歳がオズよりずっと上だってことが問題になる——唯一考えられる可能性は、オズがおまえのクローンだってことだ。ただグエン家はごく平凡な難民二世の家庭で、オズの両親がそんな議論を呼んだ実験に関わっているはずがないし、それ以上に、三十数年、四十年前のクローン技術はせいぜい短命な羊を一頭複製できる程度だった。じゃあ、おまえは誰なんだ？」

男はぽかんとわたしを見つめている。その表情から内心を読みとることはできなかった。この男が誰かわからない。あらためてまじまじ見ても、たしかにオズによく似ている。数日前にオズの父親だと考えたのはたぶん、父子には顔のどこかに似た特徴があったからだろう。この白いひげを満面に生《は》やした、わたしより三十歳ほど年上の男が、ずっと前に死んだオズだとは考えもしなかった——

いや、違う、こいつがオズのはずがない。

「おまえはいったい誰なんだ?」マーティンが質問を向ける。

「弁護士を呼べ」

男はその一言だけを口にした。その表情は硬く、眉間《みけん》に深いしわが寄っている。

「おまえ——」

「話すことはない！　弁護士を呼べ！」

興奮した声音に気づいた看守が、わたしたちに襲いかからないように近づいてきたとき、オズに似た男は、いきなり頭を猛然とテーブルに打ちつけはじめ、すさまじい大音響を響かせた。二人の看守が身体を引きあげると、その顔は血で覆われ、鮮血が鼻筋に沿って流れて、ひげを赤く染めていた。

この展開を、わたしとマーティンはまったく予想していなかった。刑務所の責任者が出張ってきて、囚人はすぐに治療を受けないといけないと言いだし、しかもむこうが弁護士との面会を要求したとあって、マーティンの尋問は中止するしかなかった。

こうして、わたしたちは一つの謎《なぞ》が部屋から連れだされるのをむざむざ見ているしかなかった。

男が部屋を出ていくその一瞬、ふたたびわたしと目が合う。そのたった一秒に、わたしの全身は総毛立った。

相手の顔に浮かんでいた表情は、かつて見た、心にどれほどの悲しみを抱えているか表に出せないときのオズと生き写しだった。

科学展に出した模型を同級生に壊された、九歳のオズのように。

父親が事故に遭ったと知らされたオズのように。

わたしの腕のなかで死んでいったオズのように……

「あいつは……オズなのか？」わたしはひとり呟く。

刑務所を出ると、わたしもマーティンもいまからどうすればいいのか思いつかず、次の日尋問に来るときもわたしを連れていくとマーティンが約束して終わりだった。

しかし、サン・クエンティン州立刑務所に足を踏みいれるのはそれが最後になろうとは思わなかった。

「おい、カルヴィン」翌日の朝、安宿から出発する前で、ほぼ一晩中《ひとばんじゅう》眠れずにいたわたしにマーティンから電話が掛かってきた。「落ちついて聞いてくれ、あのカジンスキーを名乗っていた男だが……死んだよ」

わたしはにわかにめまいを感じた。

「な、なにがあったんだ？」

「自殺だ。夜中に、鉄格子に縛りつけた囚人服を縄代わりにして首を吊《つ》った」

「あいつは……遺書は遺してたのか」

「ない。だから、永遠に真相はわからなくなったんだよ……」携帯のむこうからマーティンのため息が聞こえる。「そうだ、おまえ、〝ロジャース・ラマー〟って誰か知ってるか？」

「ロジャース・ラマー？　聞いたことがないな……」記憶のどこにもその名前はなかった。

「おれはあの男と同室だった囚人たちに話を聞いて、あいつの正体を探ろうとしたことがあったんだが、役に立つ手がかりはなかった。一つだけすこし気になったのが、あいつが寝言でその名前を言っているのを聞いたやつがいるんだ」

寝言——思いがけず物憂《ものう》い気分になる。オズも寝言を言う癖があった。

マーティンが電話を切ると、言葉にならない悲しみがわたしの心に湧きあがってきた。どうしてかわからないが、オズが目の前でふたたび死んだかのような錯覚を感じていた。

昼にノヴァト署へ行ってマーティンと会ったが、お互いなんの成果も交換できなかった。

マーティンによると、身元の分からない名無しが死ぬことは毎年かなりの数あり、〝カジンスキー〟の件はほかの事件とおなじく署の資料室に捨ておかれ、未解決のまま終わる運命なのだという。

その事実を変える力はわたしたちになかった。

「リーさん、用があるって人が来ましたよ」

午後三時、宿へ戻ると、入口で友達としゃべっていた宿の主人がそばのソファを指さした。青いスーツを着込んだ、五十歳ほどの黒人の男性が書類を読んでいる。革靴は縁が擦り切れ、横に置いたブリーフケースも長く使いこんでいるらしく、銅のボタンはかすかに緑色がかっていた。

「カルヴィン・リーです。どなたでしょう？」相手に歩いていきながら尋ねた。

「ああ、ヤングと申します」相手は書類を置くと、立ちあがってわたしと握手する。「ポール・カジンスキーの代理人弁護士でして、カジンスキー氏からは、死後に手紙をあなたへ渡すよう頼まれていました。それと、ともに遺品もあなたへ委《ゆだ》ねるよう指示があって——入獄のとき、刑務所へ預けた私物は一つだけだったのですがね」

ヤング弁護士はブリーフケースから書類封筒を取りだしてわたしに渡し、そして別れを言って去っていった。封筒を開くと、中には封書と、もう一つ妙なものが入っていた。

表面に擦り傷のある、金属製のライターだった。

5. 雷神の鎚《つち》 Mjölnir

World 616／2045.7.10 15:54:02

ぼくは怒り狂いながらK氏のオフィスに踏みこんでいった。むこうの助手が行く手をさえぎろうとしたが、彼女を押しのけてドアを入っていく。室内ではK氏がなんの表情もなくスクリーンを眺めている。そこには数分前にぼくが見たのと同じ、すさまじい映像が流れていた。

「なんだこれは！」映像を指さして怒鳴《どな》る。助手は戸口に立って、電話を手にし警備員を呼ぼうとしているようだったが、K氏が手を振り、電話を下ろさせ、ドアを閉めてぼくと二人きりになった。

「あれがなにか、きみはよく知っている」彼は淡々と答えた。

スクリーンには、円形のクレーターが映しだされている。地面は巨大なスプーンできれいにすくいとられたかのようで、一つの残骸《ざんがい》や瓦礫も残っていなかった。

このクレーターは、二年前にテキサスのブルー・ムーンの実験室で起きた爆発事故でぼくが目にしたものより、ずっとずっと大きかった。映像はヘリコプターか飛行機から撮影したもののようで、一目見るかぎり、穴の直径は数キロか、数十キロに達していた。

「……こちらは、韓国のテレビ局の提供による映像です。撮影された場所は中国の遼寧《リアオニン》省、大連市《ダーリエン》ということです」スクリーンのニュースキャスターが話している。「情報元によると、二時間前にソウルやインチョンなど複数の都市で地震が観測されたのですが、規模や持続時間が特異なもので、調査の結果、震源は韓国の北西方向、五百キロほど離れた中国領内と判明しました。韓国の市民からテレビ局へ提供された映像では、大連市に出現した巨大なクレーターが空中から捉《とら》えられており、直径は約四十キロと専門家は述べています。現在のところ死傷者数は不明で、中国政府からの反応はいまだなく……」

「ぼくたちの未完成な研究を勝手に軍へ渡したのか！」K氏に質問を向けた。

「ああ」K氏はわずかな動揺も見せず、沈着な表情で答えた。

「なんてことだ！　自分たちがどれだけの惨事を引き起こしたか見てみろ！」ぼくは焼けるような失意に襲われ、スクリーンにはすこしも目を向けることができなかった。「中国国内にスパイを忍びこませたのか？　それとも特殊部隊か？　どこの部門が計画を受け持ったんだ？その人たちは〝十三・七秒〟の限界を知らなかったのか？　あの街には六百、七百万人はいただろう？　任務が失敗したうえに、人々を痛めつけて……」

「グエン博士、いちばん根本的な点を勘違いしてはないかな？」K氏は微笑んだ。「任務は大成功だよ、うちの上司はどれだけ満足していることか」

ぼくは呆然と相手を見つめた。

「あれが国土安全保障省の目標だった」画面に映った、数十キロにわたる大穴を指さす。「大連市をまるまる根こそぎにしてみせた。すばらしい」

「お、おまえたちはなにをしたんだ？」

「グエン博士、われわれは戦争の最中なんだ、敵国の爆破に成功してなにが問題かな？　あの都市の軍事基地にどれだけのミサイルや戦車、戦闘機があったか知っているか？　韓国と日本の政府はこの〝災害〟を聞いて、諸手《もろて》を挙げて喜んでいるよ」K氏はそう話しながらコーヒーを一口飲んだ。「きみとカルヴィンの努力のおかげで、われわれはあれほどの、驚くべき兵器を作りだすことができた——量子もつれ状態の粒子を一枚のコインに付着させて目標地点に送りこむだけで、こちらがアメリカ大陸にいても、高次元空間から〝盗んだ〟エネルギーを〝返す〟ことではるか遠くの目標を一瞬で壊滅させられる。水爆やウイルスよりもさらに先進的で効果的な、完璧《かんぺき》な兵器だよ」

「しかし軍事施設を攻撃しただけでなく、大量の市民も傷つけただろう！」

「副次的損害《コラテラル・ダメージ》だ、避けがたいことだよ」K氏は手を振ってみせる。

「なにが〝副次的損害〟だ！　それは人殺しの詭弁《きべん》だろう」

「ふん！　われわれが喜んでこの手段を実行したと思うか？」硬い表情になり、侮蔑《ぶべつ》の眼でぼくをにらみつける。「きみたち無能な科学者が〈スキッドブラドニール計画〉を正式な運用に移せなかったから、こちらは次善の策を選ぶことにし、手中にある資源をどう活用するか考えるしかなかったんだよ……グエン博士、われわれの妨害によって中国の陰謀と奇襲が何度瓦解《がかい》してきたか知っているか？　情報によれば、やつらは〈スキッドブラドニール〉に似た計画を完成間近まで進めているらしい。次に戦闘が発生する地点は、グアム島か、ニューヨークか、ワシントン、シカゴ、ロサンゼルス、あるいはわれわれのどの大都市でもありえる。ここで先手を打たないかぎり、北米が戦場となって、死ぬのはわれわれの家族や友人になるんだ」

ぼくは驚きに身じろぎもできず、内心では反論したかったが言葉が浮かばなかった。

「な、な、なら、おまえたちが大連を破壊したとしても、残った中国軍が短期間のうちに空間転送技術を使ってアメリカに侵入してこない保証は――」

「今日のわれわれの作戦目標は、都市一つだけではない」K氏がキーボードを叩《たた》くと、スクリーンに映ったニュースは消え、アジアの地図に変わる。そこには十数個の黒い円がひしめきあっていた。「大連、上海《シャンハイ》、昆明《クンミン》、蘭州《ランジョウ》、武漢《ウーハン》、福州《フージョウ》、三亜《サンヤー》……これで中国の軍事力はほぼ完全に麻痺《まひ》させられた。今後の交渉が楽になる」

背筋に寒気が走る。目にしている地図の黒丸がまるで一つずつ大きくなって視界を埋めつくし、ぼくの頭に忍びこんで、心を食らっているかのように感じた。これによってどれだけの市民が命を落としたか、想像がつかなかった。

「お……おまえは、非人道的な大虐殺を引き起こして、国際的に追及されないと思ってるのか」

「百年前のわれわれも追及されなかった」肩をすくめる。「それに今回、われわれは認めるつもりはないのだよ。もともと中国人は神を信じない。天罰だったと考えよう」

ぼくは怒りを抑えきれず、机を越えて、K氏の襟をねじり上げた。拳《こぶし》でこの憤懣《ふんまん》を晴らそうと思ったが、実行に移せなかった。

「生ぬるい」K氏はやりかえすのではなく、ぼくをじろりと見て言った。「グエン博士、はっきりと伝えておこう、わたしは自分たちがなにをしたかを理解している。同胞を守るためなら地獄に堕《お》ちたとしてもかまわない、汚れ仕事は誰かが引き受けなければならないんだ。しかしきみは、自分がなにをしているかわかっているのか？　きみの研究はただの私欲のため、知識を求めるのも自己満足の手段でしかない。対して、きみが見下すわれわれ官僚は市民の生死存亡のため戦いつづけている。きみにわたしを批判する資格などあるのかな」

「ぼくは……この件を公開するぞ……」弱々しく一言返すことしかできなかった。

「好きにしなさい、ただ、きみが有名人だとはいえ、証拠なしでは記者も信じてはくれない。ひょっとすると真実を公開してもきみの予想に反して、市民はわれわれが的確な行動を取れることに満足を覚えるかもしれない」

ぼくは両手を放し、ぐったりと座りこんだ。

「お……おまえたちはいつ決定したんだ。〈スキッドブラドニール計画〉が成功しなかった場合、その副作用を攻撃手段にするというのは」苦しみながら尋ねた。

「きみがブルー・ムーンに入る前だ」

心の奥から、受けいれがたい考えが浮かんでくる。証明されることは望まなかったが、訊かずにはいられなかった。

「カルヴィンは内情を知っていたのか？」

「ノーコメント」

K氏の答えによって、ぼくはカルヴィンの最期の言葉の真意を理解した。あいつはきっとこの大量の命を奪う代替案に気づき、だから〝失敗した〟と言ったのだ。そして〝オズ方程式は間違っている〟というのはぼくが誤解をしていた。カルヴィンは、方程式の存在自体が間違いだったと言っていた——神の手から盗んだ力を愚かな人類に手渡す、重大な間違いだと。

それからの一週間ぼくは職場に向かわず、家で寝込み苦しみにさいなまれていた。あの残酷な映像は二度と見たくなかったが、状況を把握するために、吐き気《はけ》をこらえながらニュースには関心を払いつづけた。専門家たちは、中国の各所で発生した〝事故〟をまったく理解できず、核軍事システムのエラーが連鎖したことによる災害だと予想した。首都の北京《ベイジン》も同様に壊滅したことで、現地で生き残った役人たちも事態の原因がわからず、死んだ同僚たちの責任だと考えていた。われわれの大統領は〝敵国の市民〟に慰問の言葉を述べ、休戦を宣言して、国連に協力して人道支援を進めていた。

国々の悪意はわずかばかり減退したようで、〝天災〟という共同の敵を前に、人類はふたたび団結を望んでいるようだった。

そうしてわたしは一瞬ばかり、K氏はなんとしても許すべからざる存在というわけではないのかもしれないと思うこともあった。血みどろの戦いを止めたことに違いはないのだから。

しかし十日後、ぼくは自分の愚かさを恥じた。

バルト三国を支援してロシアの侵略に抵抗していたポーランドで、惨事が起きた。

ポーランドの首都、ワルシャワは消滅した。

街がまるごと、神の巨大なスプーンによって地面からすくいとられ、円形のクレーターだけが残っていた。

百年前と同じく、ロシアはアメリカに続いて〝絶対兵器〟を手にした国となっていた。

しかし今回は、彼らもそれを使用したのだ。

World 617／2038.2.27 15:14:10

封筒に鉛筆で走り書きされた〝カルヴィン〟の文字を見たときにはもう、涙が目に溜《た》まっていた。

長い年月を経《へ》ているとはいえ、それはオズの筆跡だとはっきり記憶していた。

待ちきれずに封筒を破り開けると、便箋《びんせん》を開き、書かれた文字を呆然と読んでいった。

カルヴィンへ

予定どおりにことが進めば、きみがこの手紙を読んでいるときぼくはもう生きていない。筆跡でもう確信したことと思う、そう、これを書いているのはオズ、きみといっしょに育ったオズワルドだ。山ほど疑問があるだろうし、こちらも伝えたいことはいくらでもあるが、時間がない。弁護士は三十分後にやってくるから、要点に絞って説明するしかないんだ。

この十数年の間、いつか自分がポール・カジンスキーでないことは誰かに知られると心の準備をしてきたが、その秘密を見破るのがきみとマーティンだとは予想していなかった。ずっと前に、正体が明らかになったら命を絶つのだと決めていたから、自分を責めないでくれ。そもそもいままで自分は卑劣に生きながらえて、ひとまずは平和なこの時代にしがみついて責任から逃れていただけだから。この存在そのものが一つの間違いなんだ。

きみはいまも、これを書いているのがいったい誰なのか考えていることだろう、あのとき〝十九歳のオズ〟はきみの前で死んだわけだから。ぼくはオズだ。しかしきみのいる世界のオズとは違う。

むかしはしょっちゅう、時空のパラドックスについて議論していたのを覚えているか？いまは確信を持って伝えられる、正しいのはぼくだ、多世界解釈は正しかった。こちらの世界では、あの恐ろしい銃乱射事件でぼくは命を落とさず、きみとともに無事に卒業して、二人とも夢を叶えて、すぐれた物理学者になっている。しかし、この二人が社会に益をもたらさなかったどころか、取り返しのつかない災厄を生みだすとは思ってもみなかった……ぼくは自分のことを、神から火を盗み一般人に与えたプロメテウスだとばかり思っていたが、現実では箱を開けて災厄を解き放ったパンドラだったというわけだ。

ここの世界はもう助からない。だが、ぼくは過去に戻る方法を見つけだした。そう、タイムトラベルの方法だ。信じられない話だろう？　だが見つかったんだ。過去に戻って、かつて危うく自分が殺されるところだったカジンスキーのやつを殺すのに成功したとき、多世界解釈が正しいことを確信したんだ。過去を改変することはできない、どこかの並行宇宙に干渉して、自分が認識しているのと違った歴史を作りあげられるだけだと。

この世界がまた袋小路《ふくろこうじ》に進んでいくのを止めるためには、災厄の根源を殺すしかなかった、つまりこのぼく自身だ。

知っているか、カルヴィン？　地獄を目にしたことがあれば、人を殺すのは難しくない。カジンスキーを絞め殺したときの感覚はアリを一匹殺すのと違わなかった。それどころか、表情を動かさずに若い自分に発砲することだってできた。冷静に心臓を狙《ねら》って引き金を引き、自分と同じようにろくでもない幸運で難を逃れることがないように。

ただ、きみを撃つことには耐えられなかった。

そう、もともとはきみのことも殺すつもりだった。そうして初めて、あの〝パンドラの箱〟が確実に開かれないようにできるからだが、きみを前にしたそのとき、手を下すことはできなかった。きみはいちばんの友達、いちばんの兄弟分で、地獄の洗礼をくぐってきたぼくであっても、きみが射殺される情景を見るのには耐えられなかった。

獄中ではきみが学術誌に発表した論文を読んだし、きみのインタビューも見て、きみが無事でいるのを見て満足を覚えた。カルヴィン、これからも元気に暮らしてくれ、この長々しい与太話を信じようと信じるまいと、生きつづけるんだ。馬鹿なことはするんじゃない。死ぬな。今日、きみとマーティンとふたたび顔を合わせたことで、ぼくに心残りはなくなった。むかし大学の食堂にいたときのように、三人がまた集まる機会があるとは思わなかった。それがただの、刑務所の尋問室だったとしても。あれは、神がくださった憐《あわ》れみだったんだろう。

　元気でいてくれ、友よ。

オズ

P.S. もしどこかの民間機関から高給で引き抜きがあったら、絶対に断るんだ。大学に残って研究を続けていればいい。

　便箋をしわくちゃに握りしめていたわたしは、手紙を読みおえると涙が顔を覆っているのにも気づかなかった。

　理性では、これは利口な嘘つきがでっちあげた作り話でしかないと考えているのに、心のなかのもう一つの声が、すべては事実だと訴えてきていた。

　オズと十数年を過ごしたわたしは、手紙の文字の間からあいつの息づかいが流れだしてくるのを感じていた。

　それは真似《まね》ることができない、わたしたち二人だけにわかる息づかいだった。

　手紙にある〝地獄〟とはいったいなんだろう？　〝取り返しのつかない災厄〟というのはな

んだ？　〝パンドラの箱〟とはなんのことだ？　どうして自分のことを〝災厄の根源〟と呼んだ？

それ以上に、タイムトラベルはほんとうに可能なんだろうか？

〝この石頭が、想像力が足りないんだよ！〟オズからの嘲笑《ちょうしょう》が頭のなかに浮かんだ。

そうだ、ほかの人間ならきっと無理だろうが、しかしオズは際限のない発想を現実にする天才だった。

なら、わたしは笑えばいいのか？　伝えられたとおりであれば、わたしのいるこの世界でオズが若い命を散らしたとしても、ほかの並行宇宙ではまだ元気に生きていて、もしかすると違った成功をおさめ、違った生活を送っているかもしれないというなら……

わたしはそうやって自分を慰めるしかない。

ノヴァトを離れ、職場の大学に戻る前、わたしはまたノヴァト大学のキャンパスを訪れた。見える光景は変わらないが、すべてが違うもののように感じた。

わたしの心情が変わったからかもしれない。

銃乱射事件の被害者を追悼するあの記念碑まで歩いていき、花屋で買ってきた白いカーネーションの花束《はなたば》を捧げた。

二〇二二年五月十一日の惨劇で不幸にも命を落とした人々をここに悼む
オズワルド・グエン

ジョン・ジャクソン
リンダ・カーター
テツヤ・ヒロセ
〝我々は決して暴力に屈しない〟

わたしには、並行宇宙からやってきたオズがどうしてほかの三人を殺したのか理解できなかった。偶然だろうか。できるだけ歴史に干渉しないためか。ただオズに尋ねる機会はなく、すべての答えは次元の狭間《はざま》に埋もれてしまっている。

職場に戻ってきたわたしは研究に意識を向け、あの異様な体験を忘れ正常な生活に戻ろうと考えたが、それでも集中できず、心のなかではノヴァトでのことがまだ引っかかっていた。

「リー教授、お探しの数学書は図書館から借りてきましたよ、デスクに置いておきました」ある日の昼、例のサウスダコタからやってきた院生がわたしに言った。

「数学書？」

「卓上メモに書いてあったやつですよ」

怪訝に思いながら研究室に戻ると、以前に院生へ探してくれるよう頼んでいた学術誌の山のほかに、『超幾何関数理論』なる本があり、あるページに付箋《ふせん》が貼《は》ってある。開いてみたわたしは、たちまちぎくりとした。

〝第六章：ロジャース＝ラマヌジャン恒等式〟

卓上メモのほうに視線を向けてみると、そこには研究中の計算式のほかに、わたしが無意識に書きとめていた、あの並行世界のオズが寝言で言っていた人名もあった――〝ロジャース・ラマー〟。

あれは一つの人名ではなくて、二人の数学者から命名された数式だったのか？

数ページ読み進め、そこにある数式に目を走らせると、それがわたしの構想している高次元空間の粒子のふるまいについての数式と近い関係にあるのがわかった。注意して読んでみれば、それがずっとわたしを行きづまらせていた問題への答えであることに不意に気づいた。

思いがけない喜びに襲われたわたしは、本をつかんで研究室を飛び出し、ほかの同僚にこの発言を伝えようとしたところで、廊下で所長とはちあわせすることになった。

「とてつもない朗報です！　答えが見つかりました！」興奮しながら本を開き、説明を始めようとした。

「カルヴィン、その前に、こちらからもいい知らせを伝えたいんだ」ふだん厳しい表情を崩さない所長が、笑いながら言った。「新しい資金補助がきみに与えられる。雇う助手の数を増やして、実験機器の追加購入ができる」

「えっ？　そんないい話があるんですか？　事務所はさんざんわたしの申請を拒否していたでしょう」

「新しい出資者が現れたのだよ、あちらは資金をきみの研究に使うように指示していて、もちろん予算委員会から異議はなかった」所長は肩をすくめる。「かなり気前よく出資してくれる機関なんだ、たしか〈ブルー・ムーン基金〉といって……」

6. 神々の黄昏《たそがれ》 Ragnarök

World 616／2048.2.13 21:45:19

昨日、ジョン・ジャクソン博士が死んだ。ぼくたちと外へ食べものを探しに出て、暴徒に殺されたのだ。

〝これは報《むく》いなんだろう〟というのが、最期の言葉だった。

文明がこれほどまでに脆弱《ぜいじゃく》だとは考えたことがなかった。たった三年で社会は跡形もなく崩れさり、まるで中世の暗黒時代に戻ったかのようだった——そしてこの災厄の元凶が、ぼくたちだ。

ワルシャワを壊滅させ、バルト三国を占領したあと、クレムリンはわれわれの政府と同様にポーランドの〝天災〟が自分たちの仕業だとは認めず、ぼくたち関係者だけが内実を知っていた。両国の大統領はもとから暗黙の了解があったかのように、お互いが相手の中枢を破壊できる能力を持っているのが確かになると譲歩を望んだ。前世紀の米ソの対峙《たいじ》と同じく、威嚇ができるだけで絶対に実行には移せないことを知って。でなければ、待っているのは相互確証破壊のみだ。問題は、空間歪曲の技術は核爆弾と違っていて、核兵器の製造には一般人にとって入手の難しい放射性元素が必要だが、空間歪曲は原理と要領さえ理解していれば、この世の半分近くの大学の実験室にも作製を可能にするだけの物品があることだった。

素材を盗みだすのはプルトニウムよりはるかにたやすく、ワルシャワの惨劇が起きて二ヵ月と経たずに、地表から次々と都市が消滅していった。メルボルン、ゲッティンゲン、大阪、ボゴタ、アブダビ、ケープタウン……どこの黒幕がそれを仕組んだかは誰もわからない。どこかの国の政府かもしれないし、テロリストかもしれず、研究を愛しながらも実験の影響を理解していない物理学者かもしれなかった。

ぼくたちに唯一わかるのは、モスクワとワシントンが襲われたあと、両大国が無政府状態に陥《おちい》ったことだ。

人々は〝世界の終わり〟を、たとえば地球がブラックホールに飲み込まれるとか、氷河期が再来して全人類が凍え死《こごしぬ》とか、突然のものだとばかり思っていた。しかし現実における終わりはゆっくりとした、苦痛に満ちた過程だった。社会制度は崩壊し、大量の国家が無政府状態に陥って、われわれは弱肉強食の原始時代に逆戻りし、生きるためにはどんな良識も捨て去ることができた。

ジョンを殺した〝暴徒〟というのも、同様に生きるためあがいている避難民でしかない。

この世界は救いようがないが、ぼくとジョンは諦めていなかった。

なぜなら、〈アリス〉から〈ボブ〉への転送率が三割にしかならない真相をようやく発見したからだ。

ぼくたちは〈アリス〉と〈ボブ〉を接続するにあたって、粒子共振の振幅に関するある変数を無視していた。計算によれば、その変数は、特定の高次元からのエネルギーの〝盗み〟にしか影響しない数値だったからだ。注意を払っていなかったその次元がなにかを知ったとき、ぼくは、これまでの失敗が失敗でなかったことに気づいた。

その次元は〝時間〟だった。

転送の失敗だと思っていたのは、実際にはサンプルを別の時空に送りだすことに成功していたのだ。

ぼくたちは空間に穴を開けることばかり考えて、基本的なことを忘れていた――時間と空間は本質的には同一のもの。三年前の最後の実験で使った三匹のマウスは、五十年前にあの銅片があった倉庫へ送られていたかもしれないし、五千年前に銅のかたまりがあった銅鉱に放りだされたかもしれないし、ことによっては五億年前に銅粒子が存在していた隕石《いんせき》に送りこまれたかもしれなかった。

物質はつねに転移し、変化し、しかし存在しつづける。

居所を失っていたぼくとジョンは、この驚くべき発見に有頂天になったが、すでに手遅れになっていることを嘆いた。

「もし過去に戻れたなら、この地獄を止められるかな」ある日、牛肉の缶詰を食べて夕食にしているとき、ジョンがそう訊いてきた。

「一つの並行宇宙が分裂するだけだろう」ぼくが答える。

「それでも、すくなくとも一つの並行宇宙の人間を救えるじゃないか」ジョンは肩をすくめた。

その答えにぼくは啞然とした。そう考えたことはなかった。

以降、ぼくたちはそれを使命とした。ニューメキシコ州の第二実験場は〝天災〟で破壊されてしまったが、ブルー・ムーンがネヴァダ州に、まだ一度も使われていない第三実験場を準備していたのをぼくは突きとめた。一年ほどの歳月を費やし、ついに山中の地下にあった実験室を見つけだしたものの、ぼくたち二人が実験の準備を始める前に、ジョンは逝ってしまった。

それなら、ぼく一人で使命を果たすことになる。

実験場には地熱発電機が配備されていたので、機器は正常に作動していた。ぼくは、量子もつれ状態にある粒子を二〇一四年に鋳造された五セント硬貨に撃ちこんで出口の〈ボブ〉とし、コンピュータを操作して、振幅の値が二四二・〇〇五から二四二・〇〇六に収まるよう設定した。計算では、これで経路は二十年から三十年前、つまりおよそ二〇一八年から二〇二八年の間につながることになる。誤差がかなり大きいが、その期間のどの日に戻ったとしても問題はなかった。こちらの目標は一つしかないからだ。

若いころの自分を殺すこと。

ジョンも同じ覚悟を持っていた。ぼくたちという元凶が存在しなければ、知識という名のパンドラの箱が開かれて、この世が地獄と化すこともない。

ぼくがボタンを押すと、〈アリス〉の渦が目の前に現れ、自分にはためらっている時間がないことを知った——通り道が開かれてから十三・七秒後には崩壊が訪れるから——一度深呼吸して、臆《おく》せず足を踏みだした。

視界が真っ暗になる。

目を開けたときには、自分が薄汚い裏路地に横になっているのに気づいた。まだ夜明け前のようだ。近くでは何人かの野宿者が寝ているところで、あの五セント硬貨はこの一人のポケットに入っていたのかもしれなかった。

高くそびえるビルや、壊されていない商店のウィンドウ、道端《みちばた》に停まった車を目にして、涙がこぼれそうだった。過去へ戻ることに成功したのがわかった。

しかし、いまは何年の何月何日だろう？　ここはどこの街だ？

よろけながら街を歩いていくと、ある新聞の売店で答えが見つかった。

日付は二〇二一年九月十五日、場所はカリフォルニア州マリンウッド。

偶然にもノヴァトの近くに戻ってきたのか。

「ちくしょうめ、道を開けな！」

べろべろに酔っぱらった男に押しのけられる。夜通し店で飲んだくれて、いま家に帰るところらしい。こちらを振りかえってまだぶつぶつ言っていたが、それを目にしてぼくは寒気を覚えた。

たとえ灰になろうとも、この男を見逃すことはなかった。

ポール・カジンスキー。

愚にもつかない理由で、キャンパスに乱入し罪のない学生を虐殺した悪魔。

その後ろ姿を見ながら、心のなかで一つの計画がしだいに形をなしていく——どこかであいつを殺し、半年をかけて身元を乗っ取って大学で殺人を実行する。そうすればバタフライ効果のもたらす余波を小さくできるし、あいつに命を奪われていたはずの人間を救うこともできる。

運が良ければ、地質学科のブレマー教授やぼくたちの寮の後輩、クリスも死から逃れられるだろうし、それ以上に、マーティンだって生きのびることができる。

あのとき、ぼくとカルヴィンが事件現場で運よく生きのび、からくも死を避けられたとき、ぼくたちはまだ知らなかった。マーティンがぼくたちと別れたあと、廊下でカジンスキーに一発を撃ちこまれていたことを。治療のため病院に送られたマーティンは、死神と三日三晩格闘したすえにこの世を去っていった。

あの日の食堂が、ぼくたち三人が最後に集まるときだとは思いもしなかった。

ポケットに手を入れ、かつて命を救われいまはお守りにしているライターに触れながら、ぼくはカジンスキーを尾け、相手を殺すためのさまざまな手段を検討しはじめた。

大学で自分と、カルヴィン、ジョン、リンダ、広瀬を殺したあと、警備員に射殺されていなければ、ぼくも命を絶つつもりだ。この頭の中には世界の終わりへの扉を開く鍵《かぎ》が残っているのだから。

大義のため死ぬことに恐れはなかった。たぶんこれはかつてカルヴィンが経験したことで、ぼくはその歩みを辿《たど》っているだけなのだろう。テキサスにあったブルー・ムーンの実験室の爆発は、きっとカルヴィンが意図して起こしたものだ。政府の秘密に気づき、大量の人命を奪う代替案を知って、研究を阻害するためにわざと設備を破壊し、自分の命すらも償いに捧げたのだ。

それは、贖罪《しょくざい》だったのだろう。

カルヴィン、じきにきみと地獄で再会できそうだ。

World 617／2043.1.22 02:44:15

「はあっ……」わたしは息を切らせ、耳をドアに貼りつけ、廊下の物音に耳をすませた。

わたしは失敗した。

いままで数年間の順調な歩みは、運の収支を合わせるかのように、ここで清算のときが来ていた。

高次元空間の粒子のふるまいを記述する〝リー方程式〟を発表したわたしが物理学界の寵《ちょう》児《じ》となって以来、すべてが文句のつけようのないほどだった。国々の間にはそこかしこで戦争の気配が漂っていたとはいえ、実験室にこもって研究に没頭していたわたしはなんの影響も受けなかった。

ブルー・ムーン基金はわたしのためにテキサスへ個人の実験場まで用意し、思うままに仕事をさせた。

わたしがどんなに無邪気だったことか……

ブルー・ムーンの背後にいる出資者が国防総省だと知ったときも、まったく気に留めなかった。むこうが軍事用の〈スキッドブラドニール計画〉を言いだしたときもなにも言わなかった。どちらにせよ研究のための基盤を提供してくれるならよかった。

しかしわたしは先週、計画の〝代替案〟を知ってしまった。

その案はわたしの研究を下敷きに、大規模な殺傷兵器に発展させる可能性を探るものだった。

その〝機密〟を秘めた書類の内容を偶然目にしたときには、あやうく見間違いだと思うところだった。わたしの研究を利用して大量虐殺を行おうと考えているというのだから。

いくつかの可能性がただちに思いうかんだ。高次元空間からエネルギーを盗む方法を見つけたのはわたしなのだから。

わたしの〝リー方程式〟が、政府による殺人の道具に変わる。それは間違っている……

なんとしても、事態を世間に広めないといけなかった。

しかしわたしは、初めからすべてが筒抜けなのに気づいていなかった。情報を流そうとした記者は政府の回し者だった。

今晩、証拠をダウンロードしようと実験室へやってきたわたしは、予想に反してファイルが削除されていることを知った。それとともに建物は警備員の一団に包囲されて、むこうは複数の経路を通り、一歩一歩わたしを陰に追いやっている。

おしまいだ。

中国が現地居住者の保護を理由に、ベトナムやインドネシアなどの国に向けて〝反撃戦〟を始め、中米両国の軍隊が交戦している現在、わたしの肌の色はおそらく罪の証《あか》しになる。華僑《か きょう》の移民二世のわたしに対して、やつらはきっとこの行為を反逆と、機密情報を敵に漏らそうとしていたと認定するだろう。

コンピュータを立ちあげ、情報を外に発信しようとしたが、実験室のネットワークは監視されていた。監視をくぐり抜ける方法ならあるにしても、いくつかの大学や研究所の内部ネットワークに接続できるだけで、そしていまのわたしに、呼びだすことのできる相手などいなかった。

もしオズが生きていたら、きっとなにか方策を考えてくれる……

わたしの頭に、あの並行世界から来たと言っていたオズのことが浮かんだ。地獄というのはこのことなのか。民間の機関に入るなと言っていたのはブルー・ムーン基金のことだったのか。

「ここだ！」

ドアのむこうで誰かが声をあげるのが聞こえた。

実験室に身を隠したわたしの前にあるのは山ほどの機械だけで、逃げ道はない。

逃げ道はない？

目が向いたのは、実験に使っている巨大なガラスのドームだった。以前、空間のねじ曲げに成功し、〈アリス〉と地下室の〈ボブ〉をつなげた……

目の前には、活路が存在していた。

この〝道〟を利用して地下室に逃げこみ、機械を停止させれば、逃げられるだけの時間ができる。

テストはまだ完了していないが、いまのわたしに選択肢はない。

キーボードを叩き、安全機構を解除して、すこしすると、ドームのなかに渦の入口が出現した。

バン！

実験室の入口が破られて、全身を武装した警備員三人が銃を持って突入してきた。

わたしは大急ぎで椅子をつかむと、ドームに振り下ろして大穴を開け、オーロラに似た渦のなかへ思いきって飛びこんだ……

視界が真っ暗になる。

目を開けると、見えるのは建物の地下の実験室だと思っていたが、わたしがいるのは開けた場所で、太陽がぎらぎらと頭上で輝いている。

ここはいったいどこなんだ？

あたりを見回してみると、近くに何台かのジープの残骸があるのが目に入る。

おかしい。〈ボブ〉は実験用の金属片につなげてあったはずなのに、どうしてこんなところに送りこまれた？

ゴウッ！

だしぬけに、わたしとそう離れていないジープの残骸が爆発を起こし、土ぼこりを巻きあげる。振りかえれば、遠くから兵隊の一団がじりじりと近づいてくるのに気づいた。

ひゅうっ——

隠れるべきか助けを求めるべきか心を決めていないうちに、一発の弾丸が耳元をかすめていった。

考える間もなく反対方向に駆けだす。銃声と砲弾の音が背後でばらばらと響いていた。

なんてことだ。軍はきっと実験資材を流用して、こちらに隠れて〈スキッドブラドニール計画〉の実用を早めていたのだ。ここはおそらくアジアのどこかの戦場で、空にのぼった太陽はここがテキサスの反対、地球の裏側だと証明してくれている。

ひょっとして、やつらはすでに空間の経路を利用して重要な軍需品や兵士を転送しているのか。

こけつまろびつ山道を下っていき、粗末《そまつ》な石の橋までやってくると、背後の軍隊は追ってきていないが、突然、むこう岸に中国の兵士らしい姿が何人か現れ——

バン！

反応する暇もなく、一発の弾丸が胸に当たり、身体の平衡を崩して急な流れの川に落ちた。

わたしは死ぬものだと思った。

気がついたとき、自分は浅瀬に突っ伏していて、全身が濡《ぬ》れそぼっていた。

周囲には大量の死体がある。

わたしとおなじように上流から流されてきたらしいものもあれば、この岸辺で殺されたようなものもある。

男も女も、老人も子供もいて、服を見るに一般人らしかった。

誰がこんな残酷なことを？　子供まで手にかけるなんて。

胸元を探ったが、傷口はなかった。改めて調べてみると、息を呑む事実を知った。

上着のポケットに入れていたライターが、弾丸を食いとめていたのだ。

そのライターは、並行宇宙から来たオズの遺品だ。いままでずっと手元に置き、わたしは時を問わずにあの件の真偽を考えていた。

もしかすると、わたしはオズに守られたのかもしれない。

濡れきった服はひどく重かった。ライターで火をおこして服を乾かすこともできたが、おそらく煙で兵士を引きよせてしまう。しばしためらって、腹をくくりいくつかの死体から剝《は》ぎとった、血の付いていないきれいな服に着替えた。もしまた敵の兵士に出会ったら、濡れた服を着ていては逃げることができない。

どこに向かえば助けが見つかるのかわからず、とはいえひたすら、延々と歩きつづけるほかにできることはなかった。大きさの合わない靴で足の裏が痛み、胸の前も銃弾に撃たれ大きなあざができているようだったが、それでもわたしは前に進みつづけた。

あてのない道のりはまる一日ほどは続き、たくさんの山道と渓流、樹林を越えて、そろそろあきらめかけたとき、感動的な光景が目に入った。

そこには星条旗を掲げた、簡素なキャンプがあった。

キャンプは木の柵《さく》と有刺鉄線で囲われ、入口では十数人か二十人ほどが兵士と言い争っているようだった。

「水……水をくれ……」

よろけながら入口に歩いていき、力の入らない身体からその一言を絞りだした。見張りをしていた兵士が突如としてこちらを振りむく。

「英語がわかるのか」

「ああ……」意識が次第に薄れはじめ、そう答えることしかできなかった。

「書類はあるか？」

「書類……なんの？」

「書類！　書類だ！」軍人はいらついたように、突然手を伸ばすと、わたしの胸ポケットから一枚の紙を取りだし、開いて目を走らせた。「あるんだったら早く言え。あれが最後のヘリコプターなんだぞ！」

わたしは彼ごしに見える軍用のヘリコプターを眺め、それから手に押しつけられたその紙に視線を落とした。

「急いで乗れ！」兵士は入口に群がっている、ぼろぼろの服を着た人々を押しとどめ、わたし一人だけを通した。「サイゴンは二日前に陥落した、このまま撤退しないでいたらベトコンが進撃してくるんだ！」

わたしは啞然として、手にした〝書類〟を見た。

それは通行証で、この証明書の持ち主は米軍の協力者であり、キャンプで働いている、と書いてある。

証明書の発行日は一九七二年四月十一日。

持ち主の名前は〝グエン・ヴァン・ドン〟だった。

付記：
【ヨルムンガンド】(Jörmungandr)
北欧神話に登場する巨大な海の蛇で、ロキの子であり、伝説ではその身体の大きさは人間界（ミズガルズ）をまるごと取り巻けるほどであるという。自らの尾をくわえてたちの姿はウロボロスに似る。

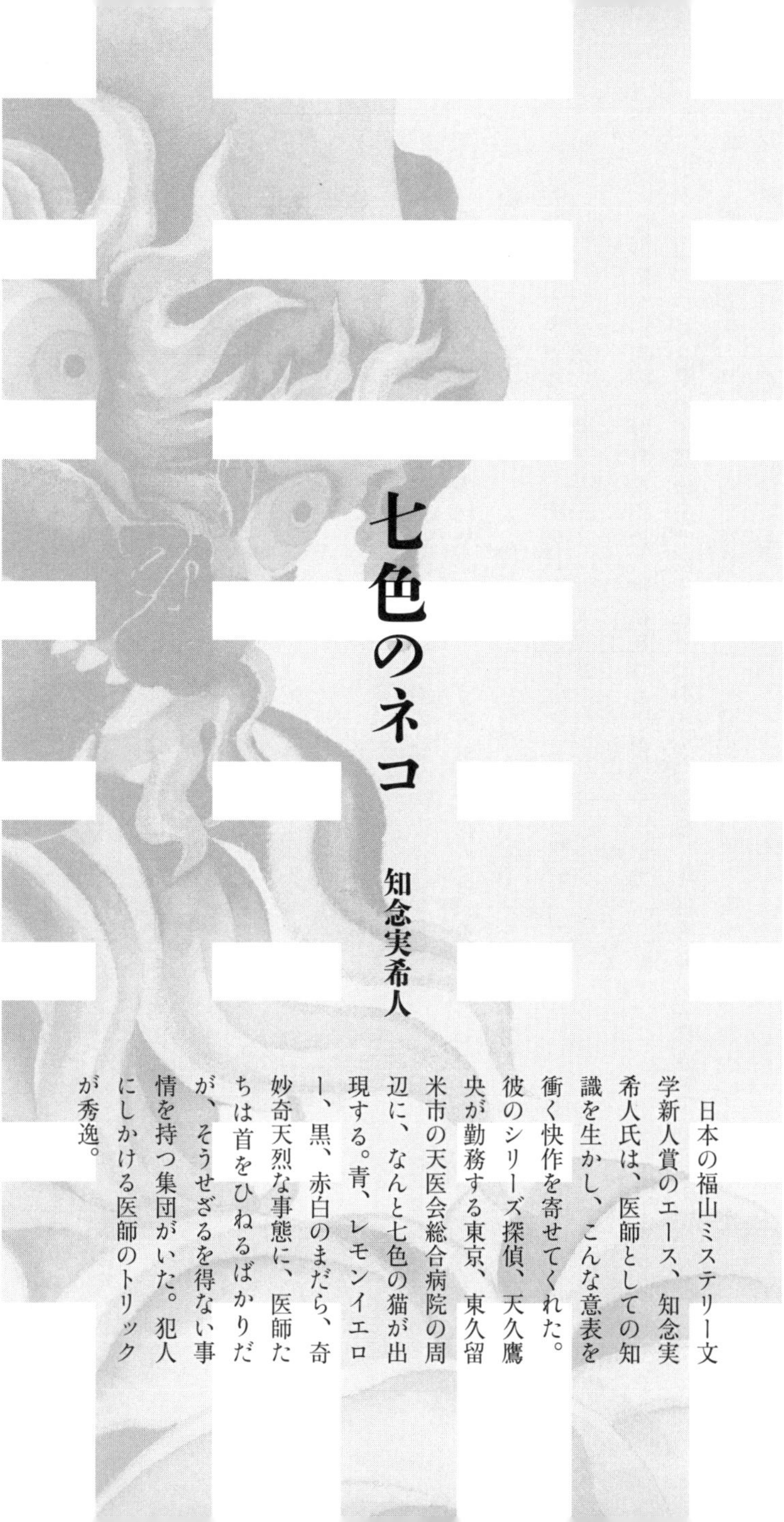

七色のネコ

知念実希人

日本の福山ミステリー文学新人賞のエース、知念実希人氏は、医師としての知識を生かし、こんな意表を衝く快作を寄せてくれた。彼のシリーズ探偵、天久鷹央が勤務する東京、東久留米市の天医会総合病院の周辺に、なんと七色の猫が出現する。青、レモンイエロー、黒、赤白のまだら、奇妙奇天烈な事態に、医師たちは首をひねるばかりだが、そうせざるを得ない事情を持つ集団がいた。犯人にしかける医師のトリックが秀逸。

プロローグ

鳥のさえずりが優しく鼓膜をくすぐる。冷たく張り詰めた空気が心地よかった。

早朝の六時すぎ、東京都東久留米市《ひがしくるめし》に建つ天医会《てんいかい》総合病院の裏手の敷地《しきち》にある、十五メートル四方ほどの小さな庭園。よく手入れされた木々が立ち並ぶ遊歩道を、薄緑色の手術着の上にダウンコートを羽織《はお》った天久鷹央《あめくたかお》はてくてくと歩いていた。まだ秋だというのに、今朝は冬のように寒かった。

「私《わたし》だってな、時々散歩ぐらいするんだよ……」

口から白い息を吐《は》きながら、鷹央は口の中で独《ひと》り言《ごと》をころがす。

鷹央は天医会総合病院の統括診断部という名の診療科の部長を務めていた（と言っても医局員は鷹央と部下のたった二人だけである）。複雑な症状を呈《てい》し、ほかの科では診断が難しいと判断された患者を診察し、その病状の裏に隠れた疾患の診断をすることこそ、統括診断部の役目だ。

「まったく、あのうどの大木め。失礼なことを言いやがって」

ぶつぶつ言う鷹央の頭の中では、部下である小鳥遊優《たかなしゆう》の小憎らしい表情が蘇《よみがえ》っていた。

昨日、外来、回診などの日常業務を終えた鷹央は小鳥遊とともに、天医会総合病院の屋上に建つ、鷹央の〝家〟に戻ってきた。

鷹央が理事長の娘という立場を思いっきり利用して建てた赤レンガ造りのその〝家〟は、統括診断部の医局も兼ねていた。

医局兼自宅に戻った鷹央は、ソファーに横になり文庫本片手にポリポリとかりんとうを囓《かじ》っていた。すると、部屋の隅《すみ》に置かれた電子カルテに、回診した患者の診療記録を入力していた小鳥遊が呆《あき》れを含んだ口調で声をかけてきた。

「いつもこんなじめじめした部屋に引きこもってないで、たまには病院の外を散歩でもしたらどうです？　そのうち体にカビが生《は》えますよ」

カビが生える？　人間の体にカビが生えるということは白癬菌《はくせんきん》感染、つまりは水虫のことか？

「本当に失礼な奴《やつ》だ。そりゃ、私は風呂《ふろ》は嫌いだが、ちゃんと体を清潔に保《たも》っている。レディになんてことを言うんだ、あの馬鹿《ばか》は」

鷹央は唇《くちびる》を尖《とが》らせながら遊歩道脇《わき》のベンチに腰かけると、庭園を見渡した。患者やその家族の憩いの場にと作られたこの庭園は、普段はそれなりに人通りが多いが、さすがに早朝の今は閑散としている。鷹央は以前からこの時間帯を狙《ねら》って、時々ここを散歩していた。

「まあ、ここも病院の敷地内だから、厳密には『病院の外』ではないかもしれないけれど、『病院』という言葉は建物を指す場合もあるんで、ここも広義には病院の外だ。ということで、私はあいつが知らないだけで、ちゃんと『病院の外』に出ていることになる」

鷹央は左手の人差し指を立てると、どこか得意げに喋《しゃべ》りはじめる。

「第一、外にでないといけないっていう考え方自体が時代遅れなんだ。今はネットでどんな情報にもアクセスできるし、なんでも買うことができる。ネット環境が整っている時点で、私は『家』に居ながらにして世界と繋《つな》がっているんだ。なので、あいつの言った『引きこもってい る』という言葉は正しくないことになる。つまり、私はべつにあいつに言われたから散歩しているわけではなく、ただなんとなく気が向いたからこうして……」

誰にともなく滔々《とうとう》と語っていた鷹央は、言葉を止めると、ぴくりと体を震わせて周囲を見渡す。

「……気のせい、か？」

そうつぶやいた瞬間、再び鷹央の体が小さく震える。

「気のせいじゃないな」

鷹央はゆっくりとベンチから腰を上げると、耳をすます。

一般的な人間よりもはるかに鋭敏な聴力が、かすかな空気の振動をとらえ、その発生源の位置を探っていく。足音を殺し、背中を曲げながら、鷹央は落ち葉が敷き詰められた遊歩道をゆっくりと進んでいく。それにつれ、鼓膜が感じる振動は少しずつ、しかし、確実に大きくなっていった。

すり足で庭園の一番奥まったところまで移動した鷹央は、背の低い茂みの前で足を止めた。

間違いない、この奥だ。この奥に『あれ』がいる。

鷹央はつばを飲み込むと、茂みを掻《か》き分《わ》けようと重心を前方に移す。その瞬間、靴の下にあった落ち葉に足を取られた。バランスが大きく崩れる。

「ふわあああぁ⁉」

気の抜けた悲鳴を上げながら、鷹央は茂みへとダイブしていった。サングラスが宙に舞う。

鷹央は固く目を閉じた。

茂みがクッションになったおかげか、衝撃は予想よりだいぶ弱かった。鷹央は目を閉じたまま、一瞬パニックになりかけた気持ちを整える。

大丈夫だ。怪我《けが》はしないですんだようだ。鷹央はおそるおそる固く閉じていた瞼《まぶた》を上げていく。

「ほわぁ」喉《のど》の奥から、再び気の抜けた音が漏れる。

目の前に『それ』がちょこんと座り、鷹央の顔をじっと見つめていた。

1

屋上に続く扉を開けると、痛みを感じるほどに冷えた空気が吹き込んでくる。僕、小鳥遊優はぶるりと身を震わせると、大きな体を縮こまらせながら屋上へと出る。まだ十八時少し過ぎだというのに、秋のせっかちな太陽はすでに身を隠している。この天医会総合病院の屋上には、夜の帳《とばり》がしっとりとおりていた。

僕は屋上に出ると、小走りに自分のデスクのあるプレハブ小屋へと向かう。薄手で七分丈《たけ》の救急部のユニフォームは、刺すように冷たい夜風を防ぐには、あまりにも心もとなかった。

屋上の中心には赤レンガ造りの〝家〟が鎮座《ちんざ》していた。東久留米市全域の医療の中枢を担うこの大病院の屋上には、あまりにも似つかわしくないファンシーな外見の建物。僕が所属する統括診断部の部長、天久鷹央の私邸にして、統括診断部の医局だった。

鷹央の家を横目に見ながら、屋上を進んでいく。体の奥にヘドロのような疲労が溜《た》まっている。早く着替えて家に帰り、ビールでも飲みながらのんびりしよう。

今日は一日中《いちにちじゅう》、救急部で診療にあたっていた。上司である鷹央の命令で週に一日、救急部で勤務するはめになっているのだ。

この天医会総合病院は三次救急、つまりはもっとも重症な患者を受ける病院に指定されている。そのため、重症患者がひっきりなしに搬送されてきて極めて多忙なのだ。二週間ほど前、近くを走る国道でトラックを含む車十数台が絡んだ多重交通事故が起こったときなどは、救急室が重傷患者で埋め尽くされ戦場と化した。

〝家〟の裏手に回ると、みすぼらしいプレハブ小屋が見えてくる。次の瞬間、大きな物音が鼓膜を揺らした。僕は反射的に音のした方向を向く。音は明らかに鷹央の〝家〟の中から響いてきた。

また、鷹央が〝本の樹《き》〟を崩したのだろうか？

鷹央の〝家〟の中は、無造作に積まれた無数の本が樹木のように立ち並び、〝本の森〟と化している。そして時々、鷹央は足などを引っかけ、〝本の樹〟を崩すことがあった。僕はカーテンの隙間《すきま》からかすかに光が漏れている窓を見つめる。

「うわっ！　やめろ！　だめだって！」

唐突に家の中から悲鳴のような声が聞こえた。聞き慣れた声、間違いなく鷹央のものだ。僕は考えるより先に走り出していた。家の正面に回り、数段の階段を駆け上ると、玄関の扉を勢いよく開ける。

「鷹央先生、大丈夫ですか⁉」

部屋の中を見渡す。予想どおり、積み上げられた本の山がいくつか崩れていた。そして、崩れて敷きつめられた本の絨毯《じゅうたん》の上に、手術着姿の鷹央が腹ばいに倒れている。

「うおっ、小鳥⁉　なにしてるんだよ？」倒れたまま、鷹央は顔を上げる。

出会った初日から、僕は鷹央に『小鳥』と呼ばれている。

初めて鷹央と出会った日、僕の名前を聞いた鷹央は「小鳥が遊べるから〝鷹無《たか》し〟ってなんだよそれ」と、人の名前でひとしきり大笑いしたあと、「けどここには〝鷹〟がいるぞ。私は鷹央だからな」と言い出した。それ以来、僕は彼女に『小鳥』というニックネームで呼ばれ続けている。

「いや、悲鳴が聞こえたから。というか、先生こそなにしているんですか？」

「なにって、捕まえようとして……。それより早く扉を閉めろ。逃げたらどうするんだ」

「え？　逃げるって……」

「いいから、扉を閉めろ！」

「はあ……」鷹央の剣幕に圧倒されつつ、僕は扉を閉める。

「よし。これで逃げ場はない。小鳥、手伝え。捕まえるぞ」

鷹央はようやく立ち上がると、中腰になって辺りを見回しはじめる。

「あの……、さっきから逃げるとか、捕まえるとか、いったいなんの話……うおっ！」

足元をなにかが素早く通過し、僕は思わず声をあげてしまう。

「いたか⁉」

「な、なにか足元を……。そこの下にもぐり込みました」

僕は加速した心臓の鼓動を必死に抑えながら、部屋の中心に置かれたグランドピアノを指さす。

「よし、小鳥。私がこっちから追い立てるから、そっちで捕まえろ。すばしっこいから注意しろよ」

「ちょ、ちょっと待ってくださいよ。さっきのはなんなんですか？」

「いいから、黙って捕まえる準備をしておけ。噛《か》まれないように気をつけろよ」

「噛むんですか⁉」さらりと聞き捨てならないこと言いやがった。

「うっさい、大声出すな。いくぞ、準備しろ」

鷹央はグランドピアノの下にその小さな体をもぐり込ませる。僕はしかたなく、顔を引きつらせながら反対側《はんたいがわ》で腰を落とした。いったいなにが飛び出してくるんだ？　まさか、毒をもった生物じゃないだろうな。普通ならそんなことあり得ないだろうが、問題は鷹央が『普通』ではないことだ。

「行ったぞ!」

鷹央の声が響いたと同時に、小さな影がピアノの下から飛び出してきた。僕は覚悟を決めると、その影を両手で包み込むように捕まえる。ぐにゃという柔らかい感触が手のひらに伝わってきた。僕はおそるおそる、自分が捕まえたものを持ち上げる。

「青い……」

大きな目で不思議そうに僕を見つめるその生物は、鮮やかな青色をしていた。

「ニャー」

挨拶《あいさつ》でもするように、その生物は一鳴きした。


青い……ネコ……?

僕は何度もまばたきしながら捕まえた生物を見る。外見は子猫に見えるが、その毛色は決してネコではあり得ない色をしていた。

「ドラえもん……?」

思わずその単語が口から滑《すべ》り出る。

「ドラえもんじゃない、ハリー君だ」

ピアノの下から這《は》い出《だ》してきた鷹央が、胸を張りながら言う。

「ハリー君？」

「そうだ。さっき私が名前をつけたんだ。昨日見ていた映画にちなんでつけた」

「ハリー・ポッターですか？」

「いいや、ダーティハリーだ」

また渋《しぶ》い映画を。

「いや、名前とかどうでもよくて、この子、なんなんですか？」

「なんなんですかって、どう見てもネコだろ。たぶん、まだ生後三、四ヵ月の子猫だろうな。足が短いから、種類はマンチカンかもしれない」

「いや、そういうことじゃなくて、なんでここにネコがいるんですか？」

「朝、病院の裏にある庭園で鳴いていたから拾ったんだよ。近くのペットショップからエサを取り寄せてやったら、凄《すご》い勢いで食べていたぞ。腹が減っていたんだろうな」

鷹央は近づいてくると、僕の手の中にいるネコの頭を人差し指で撫《な》でる。ネコは気持ちよさそうにゴロゴロと喉を鳴らし始めた。

「この色はなんですか？　こんな色に塗ったらかわいそうじゃないですか」

「私じゃないぞ！　私がそんな非常識なことするわけないだろ。拾ったときにすでにこの色だったんだよ」

まあ、『非常識』が服を着て歩いているような人だが、こんな虐待じみたことはしないか。

結構動物好きだからな、この人。

「じゃあ、誰がこんなことを？」

「さあな、近所のガキとかじゃないか？　ひどいことするよな。それで、洗って色を落としてやろうとしたら、逃げて部屋の中を走り回りはじめたんだ」

鷹央は手を伸ばし、僕の手からネコを受け取る。ネコは鷹央の腕の中でだらりと脱力した。ずいぶんなついているな……。

「ネコは水が嫌いですからね。それでこのネコ、どうするつもりですか？」

「どうするって、明日動物病院に連れていって、診察と予防接種をしてもらって……」

「いや、そういうことじゃなくて。まさか、飼うつもりじゃないでしょうね」

「え、飼うつもりだぞ。まだ小さいのに母猫とはぐれているんだぞ。このままだと死んじゃうかもしれないだろ」

「だめですよ！　ここは病院なんですよ。さすがにペットはまずいでしょ」

「『病院』という言葉の定義は、たしかに広義では病院の敷地内、すべてを指すこともあるが、狭義には建物のことを指す。つまり病院の屋上に置かれたこの家は、ある意味『病院外』とも言えるわけで……」

「それ、真鶴《まづる》さんにも言えますか？」

ぼそりとつぶやくと、ぺらぺらと詭弁《きべん》を並べ立てていた鷹央の表情が、露骨に引きつった。

この天医会総合病院の事務長にして、鷹央の姉である天久真鶴は、この病院で唯一、鷹央が頭の上がらない、というか心の底から恐れている人物だ。

「ね、姉ちゃんには、そのうち……」

「飼うつもりなら、早めに報告してくださいよ。たぶん、だめって言われるでしょうけどね。週明けまでに言っていなかったら、僕から報告しますからね」

「お前、私を売るつもりか？　自分の上司を」

鷹央はもともと大きな目を見開くと、僕からかばうようにネコを抱きしめる。苦しかったのか、ネコは『ギャッ』と声をあげて身をよじった。

「そりゃあ、あとでばれたら僕も共犯になりますからね。それに、中途半端《ちゅうとはんぱ》に飼ったあと里親を探すことになったら、そのネコもかわいそうでしょ」

正論を返すと、鷹央は唇を尖《とが》らせ、蚊の鳴くような声で「わかったよ……」とつぶやいた。

「それじゃあ、僕はもう帰りますね。院内に逃げないようにちゃんと見張っていてくださいよ」

鷹央一人にネコの世話をまかすのは少し不安だったが、まあこれだけなついている様子をみれば大丈夫だろう。さっさと家に帰って休むとしよう。珍しく、この週末は予定が入っていない。久しぶりにだらだらと過ごす休日も悪くないだろう。

「それじゃあ小鳥。明日は午前九時にここ集合な」

扉の外に出かけた僕に、ネコを抱いたままの鷹央が声をかけてくる。

「……明日は土曜日だから休みですが」

入院患者がいれば、土曜日でも様子を見に来るのだが、いまは統括診断部の担当する入院患者はいなかった。

「なに言ってるんだ。お前がいないと、この子を動物病院に連れていけないだろ。車で二十分ぐらいの病院に午前十時に予約しておいたから、遅れるなよ」

鷹央の腕の中で子猫が「ニャー」と鳴いた。

2

「色、落ちなかったんですね」

動物病院の待合室、硬めのソファーに腰かけながら、僕はポータブルケージの中で丸くなるネコを覗《のぞ》き込む。鷹央がこのネコを拾った翌日の土曜日、僕は言われたとおりに、動物病院への足としてこき使われていた。本当ならタクシーでも使えばいいのだろうが、病的なほど人見知りの鷹央にとって、初対面の人間と車内で過ごすのはなかなかつらいことらしい。なので鷹央は、病的なほどお人好《ひとよ》しの僕をこき使うことで、その問題の解決を図っている。まったくもって迷惑なことだ。

「水で洗ってみたけど落ちなかった。しかたないからこのまま連れてきた」

鷹央はケージを小さく開けると、ネコの頭を撫でる。ネコは迷惑そうに首を振った。

「けれどこれ、虐待しているとか疑われませんかね？」

「べつに疑われたってかまわないだろ。私が染めたわけじゃないんだから。ちゃんと事情を話せば誤解なんてすぐ解ける」

「はいはい。そう簡単にすめばいいですね。それにしても混《こ》んでいますね。早く終わらせて帰りたいのに」

待合室を見渡すと、十匹を越えるイヌやネコ、そしてその飼い主が待機していた。鷹央がその情報収集能力を使って選んだ病院だけに、評判が良《い》いのだろう。

「天久さん、どうぞー」

扉が開き、看護師が鷹央を呼んだ。僕は両手で重そうにケージを持った鷹央とともに診察室の中に入っていく。べつに診察まで付き合う義務はないのだが、鷹央一人だとなにか変なことを口走りそうで心配なのだ。

「えっと、昨日子猫を拾ったんで、診察と予防接種をということですね」

診察室に入ると、初老の獣医が前もって記入した問診票を眺《なが》めながら、柔らかい笑みを浮かべていた。

「そうだ。エサはキャットフードをふやかしたものをよく食べているし、排泄《はいせつ》も問題ないんだけど、とりあえず診察してもらおうと思って」

鷹央はそう言いながらケージを開け、中から真っ青な子猫を取り出す。獣医と看護師の目が丸くなる。

「いえ、べつに僕たちが青く塗ったわけではなくてですね……」

「……またですか」

慌てて釈明をはじめた僕を、獣医のため息まじりの言葉が遮《さえぎ》る。

「また？」僕は反射的に聞き返した。

「ええ、この子でたしか、九匹目ですね。この二週間、こんな感じに色が塗られたネコがたくさん保護されてくるんですよ」

獣医は目を閉じると顔を左右に振る。となりに立つ看護師も口をへの字にしている。

「それって、青く塗られたネコがこの辺りにいっぱいいるってことですか？」

「いいえ、青色とは限りません。えっと、あれ持ってきて」

獣医が指示をすると、看護師がわきに置かれたデスクの上から、一冊の薄いアルバムを持ってきた。看護師がそのアルバムを開いて渡した瞬間、僕の眉間《みけん》にしわが寄る。アルバムの中にはネコの写真がいくつも入れられていた。それらのネコの色は赤、黄、緑などの派手な原色から、コバルトグリーンやサーモンピンクの淡い色など、そのどれもが決してネコ本来の毛色としてはあり得ないものだった。

「これ、全部ここで診察を受けたネコなのか？」

鷹央が大きな目をしばたたかせながら訊《たず》ねる。

「ええ、そうです。近所の子供のいたずらなんですかねえ。すごい数なんですよ。うちだけじゃなくて、近所の動物病院にもたくさん運び込まれているみたいだから、もしかしたらもう五十匹越えているかもしれませんね。いたずらにしては規模が大きすぎて私たちも戸惑っているんです」

獣医はつぶやきながら、ネコの診察を始める。さすがに動物の扱いに慣れているだけあって、ネコはおとなしく診察を受けていた。

「警察に通報したりはしているんですか？」

僕が訊ねると、獣医はネコの後ろ足の関節を確認しながら口を開く。

「いえ、もしネコが怪我していたりすれば、虐待ということで通報するんですが、色を塗っただけではなんとも判断がしにくくて……。いまのところ近隣の獣医と連絡を取りながら様子を見ています。あまり続くようなら通報も考えますけど……」

獣医は聴診器で聴診をはじめる。僕は邪魔をしないように口をつぐんだ。

診察の間、鷹央はネコが暴《あば》れないように手を添えながら、心ここにあらずといった感じで宙空を眺めていた。鷹央の唇の端《はし》が、かすかに上がって笑みを作っていることに気づいて、僕は小さくため息をつく。

様々な色に染められた大量のネコ。その謎《なぞ》が鷹央の無限の好奇心をくすぐったのだろう。

その小さな頭に、膨大な知識と常人離れした知能を内蔵している鷹央は、それらを発揮するシチュエーションを常に求めている。

このまま行くと、また面倒なことに巻き込まれる予感がする。

「ところで、これまでのネコは毛の色、どうやって落としたんですか？」

なんとか鷹央の気をそらそうと、僕は一通り診察を終えた獣医に話しかけた。

「ああ、なにか特殊な塗料を使っているみたいで、最初はなかなか落とすのが大変だったんですよ。けれど先週から、このことを聞きつけたNPOの動物愛護団体が洗浄を引き受けてくれてね、そこならとってもきれいに落としてくれますよ。あとで連絡先をお教えしますね」

「NPO団体……ですか？」

「ええ、普段は捨て猫の里親とかを探す活動をしているらしいです。そこに預ければ、次の日にはきれいに色を落として返してくれますよ。もし、拾ったけど飼うのが難しいようなら、里親も探してくれるらしいです」

それは至れり尽くせりだな。

「つまり、そこに行けば、これまで見つかった色のついたネコの情報があるんだな？」

それまで黙っていた鷹央が、興奮を孕《はら》んだ声をあげた。

しまった、鷹央の興味をそらすつもりだったのに、やぶへびになってしまった。

「ええ、この辺りの動物病院は、こういうネコが来たらその団体に紹介するようにしていますから、情報ならそれなりにあるとは思いますけど……」

唇の端にだけ浮かんでいた鷹央の笑みが、どんどんと顔全体へと広がっていく。

「よし、診察が終わったら、そこに行くぞ」

鷹央は両手でネコを持ち上げながら言った。

「……ここですか」

古ぼけたマンションの前で、僕は動物病院でもらった案内を確認する。獣医の話ではここでネコの色を落としてくれるらしい。ポータブルケージを手にした鷹央と僕はマンションのエントランスを抜けると、一階にあるという指定された部屋へと向かった。

目的の部屋の表札には『NPO法人　動物との未来を守る会』と記されていた。センスのないネーミングだな。そんなことを思いながら、インターホンを押すと安っぽいチャイム音が響いた。すぐに足音が聞こえてきて、扉が開いていく。

「はい、どちら様でしょうか？」

中から顔を出したのは、人の良さそうな痩《や》せた中年女性だった。

「あ、すいません。動物病院からこちらを紹介されたんですが。拾ったネコがなんというか……」

「ああ、色を塗られたネコを拾われたんですね。どうぞお入りください」

女性は扉を大きく開き、僕たちを中に招き入れてくれる。

部屋の中に入った瞬間、鼻腔《びこう》に獣独特の匂《にお》いがかすめた。

「どうぞこちらへ」

女性にうながされ、僕と鷹央は廊下をすすんでリビングへと入る。そこはデスクと椅子《いす》が三セットほど置かれ、質素な事務所のような雰囲気だった。事務員なのか、三十歳ぐらいの女性が電話でなにやら話し込んでいる。そしてデスクの奥には、大きめの金属ケージが五つ並んでいた。そのうちの三つにネコがいる。

眉間にしわが寄ってしまう。ケージの中にいるネコのうち一匹は黒猫だが、残りの二匹は普通ならあり得ない色をしていた。一匹はレモンのような鮮やかな黄色、そしてもう一匹に至っては赤と白でまだらになっている。

「おかけください」

紅白のネコに視線を縫いつけられていると、女性が部屋の隅に置かれたソファーを勧めてくる。

「あそこにいるネコも、この辺りで保護されたのか？」

ソファーに腰かけ、膝《ひざ》にポータブルケージをのせた鷹央は、部屋の奥のケージを指さす。

「ええ、昨日と今日に保護された子たちです。三匹とも洗って色を塗られていて」

「三匹ともですか？」

僕は首をかしげる。たしかに二匹は洗って色を落としてやる必要があるだろうが、黒猫はべつに洗わなくてもよいのでは？

「ああ、あの黒い子も黒猫に見えますけど、実は真っ黒に塗られているだけなんです。よく見ると、肌に近い部分の毛が少し白くなっているんです。あ、申し遅れました。私、この団体の東京支部の代表を務めています、安西《あんざい》と申します。よろしくお願いします」

安西と名乗った女性は、深々と礼をするとポケットから名刺をとりだし、差し出してくる。

僕は慌てて立ち上がってその名刺を両手で受け取る。そんな僕のそばで、鷹央は名刺を差し出されたことに気づかないかのように、奥のケージの中にいるネコたちを眺めていた。

「東京支部ということは、本部があるんですか？」

僕は名刺を見ながら訊ねる。

「ええ、ここ以外に名古屋、大阪に支部があって、本部は埼玉《さいたま》にあります。普段は捨て猫、捨て犬を保護して里親を探す活動をメインに行っています。ただこの二週間は、ネコの色を落とすのが仕事になっていますけどね。あ、その中に入っているのが、保護されたネコちゃんですね。拝見してもいいですか？」

安西が声をかけてくるが、鷹央は奥のケージを無言で凝視したままだった。しかたなく、僕は肘《ひじ》で鷹央のわきをつつく。鷹央は水をかけられたネコのように、びくりと体を震わせる。

「うわっ、なんだよ？　え……？　ああ、ネコを見たいのか、いいぞ」

ようやく我に返った鷹央は、膝の上にのせていたケージを安西に渡す。安西はケージを開けると、青いネコを慣れた手つきで中から出し、観察しだした。

「この子は青く塗られちゃったんですね。生後三、四ヵ月で性別は……オスね。足が短いからマンチカンの血が入っているのかも」

つぶやきながら一通り観察した安西は、ネコを抱いたまま鷹央に視線を向ける。

「よろしければ、一日こちらでお預かりして、毛についた色を落とさせてもらいますけど、どうしますか？　特殊な染料で染められているみたいで、この汚れ、普通の石鹸《せっけん》じゃ落とせないんです。動物にも無害な洗剤を何種類か組み合わせて洗って、なんとか落としています」

「一日預けないといけないのか……」

安西の説明を聞いた鷹央は渋い表情をつくる。

「先生、そうしましょうよ。その変な色を落としてあげないと、そのネコもかわいそうでしょ」

僕がうながすと、鷹央は唇を尖らし「……分かった」と頷《うなず》いた。よし、これで僕の仕事はおわりだ。さっさと帰って……。

「そのかわり、明日の午前中にここに迎えに来るから、お前が車だせよ」

「……マジですか？」

どうやら、僕の週末は鷹央の運転手で終わるらしい。

「それじゃあ、この子は一晩お預かりしますね。もし飼うのが難しい場合は、こちらで里親の募集をかけることも可能なんですが、それはよろしいですか？」

ネコを抱いたまま立ち上がった安西が言う。僕が安西に聞こえないぐらいの小声で「頼んだ方が良いんじゃないですか？」と囁《ささや》くと、鷹央は険《けわ》しい目つきで睨《にら》みつけてきた。

「里親はいらない。私がちゃんと引き取るから」

「そうですか、分かりました」

安西は頷くと、ネコを部屋の奥にある空いていたケージに入れた。ケージに入ったネコは最初落ち着きなくうろうろとしていたが、すぐに中におかれた毛布の上で丸くなった。なかなかに肝のすわったネコだ。

「それじゃあ、明日までにきれいにしておきますね。引き取りは明日の午前中でよろしいですか？　あと、お帰りになる前に書類にお名前と連絡先、それとこの子を拾ったときの場所と時間のご記入をお願いいたします」

安西は書類を鷹央に手渡すと笑顔を見せる。鷹央がこれでおとなしく帰るはずがなかった。鷹央にとってネコの色を落としてもらうことは、ここに来た目的の半分でしかない。

案の定、鷹央は書類を「書いておけ」と僕に押しつけると、安西にずいっと近づき、その顔をのぞき込んだ。

「あ、あの、なにか？」

小柄《こがら》な鷹央に下から凝視され、安西は軽くのけぞる。

「ここには、変な色に染められたネコがたくさん運び込まれているんだな？」

「ええ。ここで色を落とせることを周辺の動物病院さんに伝えていますから。多い日だと、一日五匹以上運び込まれてくる日もありますね」

「今は私のネコを入れて四匹しかいないけど、ほかのネコはどうしたんだ？」

「拾った方が育てる場合は、色が落ちたらその方に返します。里親を探すことを希望される場合は、埼玉にある本部に輸送して、そこで保護しながら里親が見つかるのを待つことになりますね。本当ならここで保護できればいいんですけど、見ての通り手狭なものでして」

安西は悲しげに首を左右に振る。

「それでこれまで何匹ぐらい、色のついたネコは運びこまれてきているんだ？」

「あなたのネコでたしか……六十四匹目ですね」安西は即答する。

「六十四匹もか。どこでどんなネコが保護されたのかデータはとっていないのか？」

鷹央は興奮気味に質問を重ねていく。

「え、ええ。ちゃんとまとめてありますよ。誰がこんな馬鹿なことをやったのか調べる手がかりになるかと思ったんで……」

「ぜひ見せてくれ！」

鷹央は身を乗り出し、安西は一歩後ずさる。

「かまいませんけど……」

安西は後ろを振り返り、いつの間にか通話を終えていた事務員に目配せする。事務員の女性は軽く頷くと席を立ち、すぐそばにあるふすまを開いた。その奥にはペット用のエサやトイレのシート、猫砂など、動物の世話に必要な物が置かれた六畳ほどの和室が広がり、壁には東久留米市を中心に周辺の市が載っている巨大な地図が貼《は》られていた。地図の所々に、鮮やかな色に染められた猫の写真がピンで留められている。

「これが、ネコが保護された場所と、そのネコの写真です」

部屋へと入った安西が地図を指しながら言う。僕と鷹央も和室へと入って地図を眺めはじめた。地図の至るところに、不自然な色に染め上げられたネコの写真が散在している。この地図を見ると、いかに多くのネコがこのいたずらの犠牲になっているかが実感できた。

……いや、これは本当にいたずらなのだろうか？　この団体が把握しているだけで、これだけの量なのだ。実際に色を塗られたネコは百匹は越えているだろう。百匹以上のネコに色を塗る。それは愉快犯が一人でやれるようなことだとは思えなかった。いったい誰が、どんな目的でこんなことをしているのだろうか？

「誰がこんなことを……？」疑問が思わず口をつく。

「私も長くこの活動をしていますけど、こんなことは初めてです」

安西は軽く唇を噛む。

「けれど、こんなにたくさんのネコ、どこから？」

「たぶん、近所の野良ネコを罠《わな》かなにかで捕まえて、色を塗っているんだと思います。運ばれてくるネコの大部分は雑種ですから。結構この辺りには野良ネコがいるんですよ。普段はそんなに気にもとめられないんですけど……」

「今回はおかしな色に塗られているから、目立って保護されることが多いっていうわけですか」

僕は安西の言葉のあとを続ける。安西は「そうです」と頷いた。

僕と安西が話している間、鷹央はその大きな目を見開いて、様々な色のネコの写真が張られた巨大な地図を凝視していた。

僕も改めて地図に視線を向ける。天医会総合病院から三キロほどの距離にある久留米《くるめ》池公園。全周一キロを越える巨大な池をとり囲むように広大な林が広がるその場所に、十数枚の写真が集中していた。

公園から遠ざかるにつれ、写真はまばらになっている。病院の周辺では三匹ほど保護されているようだ。

「これを見ると、久留米池公園で色をつけたネコを放しているみたいですね」

僕がつぶやくと、隣にいた鷹央は「そんな分かりきったこと言うんじゃない」とでも言うように僕を軽く睨んだ。

はいはい、黙ればいいんでしょ。僕は口をつぐんで再び地図を見直す。目が痛くなるほど鮮やかな色に染め上げられたネコの写真は至るところに張られ、その色は千差万別でまったく統一がとれていなかった。

……暗号。その言葉が頭をかすめる。もしかしたら、誰かがネコに色を塗ることで連絡を取り合っているのではないか？

しかし、頭の中で膨《ふく》らんだアイデアはすぐに塩をかけられたナメクジのようにしぼんでいく。ほとんどの者がスマートフォンを持ち、簡単に連絡を取り合える時代に、そんな面倒なことをする必要がどこにあるというんだ。

「あの、もしよかったら、この写真のデータをメールに添付してお送りしましょうか？　近々ホームページに公開して情報を呼びかけるつもりですので」

彫像と化したかのように直立不動で地図を眺め続ける鷹央を見て、安西が提案する。鷹央はようやく視線を地図から引きはがした。

「いいや、必要ない。もう覚えたから。あとは家に帰ってから考える」

「覚えたって……」

安西は戸惑いの表情を浮かべる。当然だ、こんなに大量のネコの写真が張られた地図を『覚える』ことなど、普通の人間には不可能だ。しかし、鷹央は『普通』ではない。一度目にしたものは、脳内で写真を見るかのように画像として思い出すことができる『映像記憶』という能力を持っているのだ。

首をかしげる安西を尻目《しりめ》に、鷹央は回れ右をするとすたすたと和室から出て、中で青いネコが丸まっているケージの前に立った。

「それじゃあ、明日迎えに来るからな。きれいにしてもらえよ、ハリー」

鷹央に話しかけられたネコは面倒そうに片目を開けると、大きくあくびをした。

3

「それで、なにか分かったんですか？」

愛車のハンドルを握りながら、僕は助手席に座る鷹央に話しかける。ＮＰＯ団体に青いネコを預けた翌日、僕はネコを受け取りに行く鷹央の運転手としてこき使われていた。

「ん？　なんの話だ？」

助手席で鷹央は不思議そうに首をかたむける。

「なんの話って、ネコですよ、色を塗られたネコ。誰がなんであんなことしたのか、考えているんでしょ」

「んー。なんのことだ」

鷹央は露骨に興味なさげな口調で言う。しかし、横目で視線を向けると、彼女の口角は上がっていた。

楽しそうだこと。一年以上のこの変人上司との付き合いで、鷹央がこういう態度をとっているときは、その超高性能の頭で謎と格闘しているときだと知っている。しかし、鷹央は完全に謎を解き終えるまで、決して説明をしようとはしない。説明が苦手であることがその主な理由らしいが、時々、見当違いのことを考えている僕を見て楽しんでいるんじゃないかと思う時もある。

「もしかしたら、暗号かなにかですかね。例えばですね……麻薬の取引をしていて、どこの位置に何色のネコをおくかで、取引の場所と時間を……」

僕のセリフは、助手席から上がったわざとらしいため息にかき消される。

「本気で言っているのか、お前？　ネコは置物じゃない、素早く動きまわるんだぞ。こんな携帯電話でもメールでも簡単に連絡が取り合える時代に、なんでわざわざそんなレトロで効率の悪い暗号なんて使うんだよ。ちょっとは頭を使えよ。頭の中にブルーチーズでも詰めているのか」

「ぶ、ブルーチーズ……⁉」

分かっている。分かっていたうえでちょっと話を振ってみただけじゃないか。それなのに、言うにことかいてブルーチーズ？　それはあれか？　僕の脳の青カビが生えているとでも言いたいのか？

なんで僕は貴重な休日を鷹央のお守りに費やしたうえに、こんな屈辱的なことを言われなくちゃならないんだろうか？　急速に機嫌が悪くなった僕は、見通しの良い交差点を、速度を落とすことなく左折する。

横からのGで小さな体が傾いた鷹央の口から、「ふわぁあ」と気の抜けた悲鳴が聞こえてきた。ほんの少しだけ気が晴れた。


「ハリー、元気にしていたかぁ」

『動物との未来を守る会』の部屋に入った鷹央は、迎え入れてくれた安西への挨拶もそこそこに、ネコの入っているケージに駆けよった。ケージの中のネコは、まるで返事をするように「ニャッ」と短く鳴いた。

昨日まで真っ青だったネコの毛色は、今日はクリーム色の縞《しま》模様になっていた。それだけでだいぶ外見からうける雰囲気が変わる。よくよく見ると、なかなかに器量よしのネコだ。

「そうか、お前、本当はレッドタビーだったのか」鷹央はケージ越しにネコの頭を撫でる。

「レッドタビー？」それが種類だろうか？

「毛の色のことですよ。少し赤みを帯びた縞模様を『レッドタビー』って呼ぶんです」

笑顔で安西が説明してくれる。その間に鷹央はケージを開け、手を伸ばしてネコを抱き上げていた。ネコはどこか迷惑そうながらも、鷹央の腕の中でおとなしくしている。

「それじゃあ、一応受け取りの書類にサインをしていただいてよろしいでしょうか？　それが終われば、その子を連れて帰ってもらってかまいません。大切にしてくださいね」

「ああ、もちろんだ」

鷹央はネコをポータブルケージに入れると、安西が差し出したペンを受け取り、デスクに置かれた書類に苦痛でのたうち回るヘビのようなサインを書いていく。相変わらずの悪筆だ。

「あと、よろしければこのパンフレットもお持ちください。私たちの活動内容が書かれていますので。募金などもご検討頂けたら嬉《うれ》しいです」

そう言って、安西はどこか申し訳なさげに、パンフレットを僕と鷹央に渡してくる。安西の後ろで女性事務員がぺこりと頭を下げた。

このような非営利団体だと、職員の給料などの活動費を捻出《ねんしゅつ》するのも大変なのだろう。このような募金でなんとか細々と活動を維持しているのかもしれない。

「ああ、あとで読ましてもらう。ところで残っているのはあの黒猫だけなのか？」

鷹央はケージの中で箱座りしている黒猫を指さす。鷹央の言うとおり、昨日いた黄色と紅白のネコが入っていたケージは空になっていた。

「ええ、あの二匹は里親を募集することになっているんで、今朝早く埼玉の本部に搬送しました。そこの子は午後に見つけた方が引き取りにくる予定ですね」

僕はなんとなしに黒猫の入っているケージをのぞき込む。そのネコは、鷹央が抱いているネコに比べ二回りほど大きかった。よく見ると毛の根元辺りが白っぽく染まっていて、このネコがもともとは黒猫ではなく、黒く色を塗られているということが確認できた。

黒猫は目を開けると、睨みつけるように僕を見てくる。その迫力に、僕はケージから反射的に距離を取った。しかし、鷹央は目を大きく見開いて、にらめっこでもするかのように、その黒（く塗られた）猫を見つめていた。

さて、ここに来た目的は果たしたのだから、さっさと帰ろう。僕が鷹央を促《うなが》して帰ろうかとすると、唐突に鷹央が「あれ⁉」と甲高《かんだか》い声をあげた。

「なんですか？」

唐突に鷹央が発した大きな声に、安西は目をしばたたかせる。鷹央は「それはどうしたんだ？」と安西の左の腕を指さした。そこには数センチ、二本の赤い腫《は》れが走っていた。

「あ、これですか。いつのまにか引《ひ》っ掻《か》かれていたみたいで。もう何日も前のことですけど。まあ、こういう活動をしているとよくあることですよ」

「ああ、普通のネコに引っ掻かれただけか。なら大丈夫か。私の見間違いだな、たぶん……」

鷹央は独り言のようにぶつぶつとつぶやく。

「あの、見間違いって、いったいどういうことですか？」

安西はどこか不安げにたずねた。

「いや、私は近所の病院で医者をやっていてな、天医会総合病院ってとこだ。知っているか？」

「はあ、天医会病院なら知っていますけど……、お医者さん？」

安西はまじまじと鷹央の顔を見る。これは鷹央が医者だと知らされた際の一般的な反応だった。ときには中学生に間違われることもある小柄で童顔の鷹央が医者だとは、多くの者はすぐに受け入れられない。

「そうですか……、お医者さんなんですか。それでこの引っ掻き傷がなにか？」

いまだ半信半疑の口調で安西は言う。

「いや、その傷が、海外に留学しているときに見たアンディ・ロビンソン病患者の傷に似ている気がしたんだ。最近海外に行ったりしていないよな？」

「アンディ？　え、海外ですか？　いえ、この二、三年は海外には行っていませんけど」

「ああ、なら安心だ。日本で感染することはまずあり得ないからな。へんなこと言って悪かったな。それじゃあ小鳥、帰るぞ」

「あの、ちょっと待ってください。そのアンディなんとかって、いったいなんなんですか？」

自分のネコを収めたポータブルケージを両手で持って、玄関に向かおうとした鷹央を、安西が呼び止める。

「ああ、医療関係者じゃないと知らないよな。かなり珍しい病気なうえ、日本ではほとんど発生しないからな。おい小鳥、アンディ・ロビンソン病について説明してやれ」

鷹央は僕に向かってあごをしゃくる。

「え、え……ええ？」

唐突に指名された僕は言葉に詰まる。アンディ・ロビンソン病？　そんな疾患これまで聞いたことがなかった。いや、もしかしたら医学生時代に教科書の隅にでも書かれていたのかもしれないが、少なくとも僕の頭のなかにはその疾患についての知識はかけらも存在しない。

黙りこんでしまった僕を見て、鷹央は視線の湿度が上がっていく。

「お前、まさかアンディ・ロビンソン病を知らないなんて言い出さないよな」

「いえ、あの……、すいません」僕は首をすくめる。

「アンディ・ロビンソン病は人畜共通感染症で、原因ウイルスであるロビンソンウイルスを持つネコ科の動物に、噛まれたり引っ搔かれたりすることで人間に感染する。人間の体内に入ったロビンソンウイルスは、増殖していき、十日前後でアンディ・ロビンソン病を発症させる。最初の症状としては、感染の原因となった傷の周りが赤くなり、さらにリンパ節の腫脹《しゅちょう》、微熱、倦怠《けんたい》感などが生じる。これが初期症状だ。この時点で血清を打てば治療することができるが、この時期を逃すと手遅れになる」

鷹央は声を低くすると、もったいつけるかのように言葉を切る。

「……手遅れって、……どうなるんですか」

緊張感に耐えきれなくなったのか、安西が先を促した。

「言葉どおり『手遅れ』だよ。初期の段階で血清が投与されなかった場合、致死率は百パーセントだ。絶対に助かることはない。ウイルスが神経を侵しはじめると、全身を耐えがたい激痛が襲うようになる。さらに筋肉が硬直し、多くの場合は四肢の関節が筋肉の力に耐えきれずに脱臼《だっきゅう》を起こす。患者の中にはこの時期の痛みに耐えきれず、ショック死する者もいる。そして痛みで死ななかった患者はさらに悲惨な状態になる。ウイルスは次第に神経を伝って脳に到達するんだ。すると患者は恐ろしい幻覚を見るようになり、一日中暴れて奇声を上げ続ける。そしてその状態が数週間続くと、ウイルスによって脳細胞が崩壊しはじめ、耳や鼻から溶けた脳細胞が染《し》み出してくる。かなり壮絶な光景だぞ。そんな悲惨な状況が数週間続いてようやく患者は苦痛から解放される。つまりは……死ぬんだ」

鷹央は陰鬱《いんうつ》な口調で説明を終える。部屋の中に重い沈黙がおりた。

「私が……その病気の可能性があるっていうんですか？」

安西の震える声が、その沈黙を破った。鷹央は笑顔を見せると、ぱたぱたと手を振る。

「ああ、なんか脅かしてしまったみたいだな。悪い悪い。さっき言ったように、海外に行っていないなら大丈夫だ。ネコ科の動物の中でもロビンソンウイルスは、ごく限られた種類にしか感染することができないんだ。もちろん日本にいるイエネコには感染しない。日本にいる動物の中でロビンソンウイルスに感染する種類はいないいんだ。まあ、動物園の飼育員でもないかぎり心配いらないよ。そう言えば昔、一回だけロビンソンウイルスに感染した飼育員がうちの病院に駆け込んできたことがあったな。この辺りじゃあ、うちの病院ぐらいしか血清を保管していないからな。そいつはなんとか助かったはずだ」

そこまで言うと鷹央は視線を上げ、「ああ、話が長くなってしまったな」と呟き、すたすたと玄関へと向かう。鷹央の説明でとりあえず安心したのか、安西が呼び止めることはなかった。

「それじゃあお世話になった。ありがとう」

鷹央は片手を上げると、扉を開けその奥へと消えていった。

「あ、お騒がせして申し訳ありませんでした。このたびは本当にお世話になりました。後日改めてお礼に参ります」

僕は鷹央に代わって深々と頭を下げて礼を言う。安西は「はぁ」と気の抜けた返事をするだけだった。僕はもう一度頭を下げると、鷹央のあとを追って部屋を出た。

「うおっ!」

部屋の外に出ると、とっくに駐車場へと向かっていると思っていた鷹央が待ち構えていた。ぶつかりそうになり、思わず声を上げてしまう。

「小鳥、お前たしか今日、夕方から救急部で当直だったよな?」

「はあ、そうですけど、それがなにか?」

「ちょっと頼みたいことがあるんだ。耳を貸せ」

鷹央は背伸びして、僕の耳になにか囁こうとするが、それだけで身長百八十センチ近い僕と、百五十センチに満たない鷹央の差が埋まるはずもなかった。鷹央は僕のジャケットの襟をつかむと、強引に引きつけて僕の耳の位置を下げようとする。

「ああ、やめてくださいよ。このジャケット高かったんだから」

慌ててしゃがみながら、ネコに向ける優しさの十分の一でも部下に向けてくれないものかと僕は考えるのだった。

4

「小鳥遊先生、います？」

救急控《ひか》え室《しつ》の扉が開き、看護師が顔を出す。ソファーに横になって分厚い医学書に目を通していた僕は、顔を上げ壁時計に視線を向ける。時刻は午前一時を少し回ったところだった。ついさっきまでたて続けに救急搬送があり目が回るほど忙しかったが、この三十分ほどは患者も途絶えて落ち着いていた。

「ん？　急患？」

「急患、来ましたよ」

「来たってだれが？」

「だから、さっき言ってたじゃないですか、ネコに引っ搔かれて、アンディなんとか病になったっていう患者さん」

「え、本当に来たの？」僕はソファーから上体を起こす。

「なに言っているんですか、自分で言い出しておいて。先生が診てくれるんですよね。三番診察室に入ってもらいましたから、よろしくお願いしますね」

看護師が控え室から出ていく。しかたなく、僕は医学書をソファーの上に置いて立ち上がった。

細かい字を追っていたためしょぼしょぼする目をこすりながら、控え室から救急外来へと出ると、僕は横並びに五室ある救急診察室の真ん中の部屋の扉を開けた。

「助けてください！」

正面から飛んできた叫び声に、思わずのけぞってしまう。診察室には十数時間前に会った、鷹央のネコを洗ってくれた団体の代表、安西が青ざめた顔を引きつらせていた。診察用の椅子に腰掛けた安西は血走った目を向けてくる。

「あの、えっと、安西さん……でしたよね？」

「そうです、助けてください！　早く、今すぐに！」

安西は立ち上がると、ホラー映画に出てくるゾンビさながらに、僕に向けて両手を伸ばしてくる。こっちが助けて欲しいぐらいだ。

「あの、落ち着いてください。どういうことですか？　最初から話してください」

僕は少々腰が引けながら、必死に安西を落ち着かせようとする。安西は荒い息の合間をぬって声を絞り出す。

「血清です、血清を打ってください！　あの小さい女の先生が言っていた病気の」

「え、けれどあの病気は日本ではかからないって……」

「そんなこと分からないでしょ！　私は仕事で色々な動物と接触しているんだから！　お願い

だから早く！」

安西はつばを飛ばしながら大声で叫ぶ。

「分かりました。分かりました。とりあえず天久先生に連絡してみます。彼女が血清を保管責任者みたいですから」

僕が顔をぬぐいながら言うと、安西はこくこくとせわしなく頷いた。

十数時間前、ネコを受け取って安西のマンションを出た鷹央は僕に言っていた。「もし安西が血清を打って欲しいとか言ってきたらお前が診て、私に知らせろよ。血清は私が個人的に持っているから」と。

僕はため息をかみ殺しながら、デスクの上に置かれている内線電話をつかむと、鷹央の〝家〟に置いてある内線電話の番号を打ち込んでいく。

『来たか！』

コール音が鳴る前に回線が繋がった。まるで、電話が鳴るのを待ち構えていたかのように。

「え？　あの……」

『来たかって聞いているんだ』興奮した鷹央の声が顔面にぶつかってくる。

「いえ、あの来たかって……、えっとですね、さっき会った……」

僕はふたたび受話器を耳に当てる。

『あの安西っていう女だろ。あいつが来たんだろ？』

「え、ええ。そうですけど……」

『あの女が血清を打って欲しいって来ているんだな？』

いまにも歌い出しそうなほど楽しげな声が、受話器から響いてくる。

「は、はあ。そうですけど、あの、どうすれば……？」

『ちょっと待っていてもらえ。そうだな……三十分ぐらいか。その間に血清を用意するからって伝えろ。それじゃああとでな』

その言葉を最後にぶつりと回線が切れる。ピーピーという気の抜けた電子音を響かせる受話器を眺めながら僕は首をひねるのだった。


「おう、待たせたな」

内線電話を切ってから約三十分後、薄緑色の手術着に白衣を纏《まと》ったいつもどおりの格好の鷹央が、片手を上げながら救急外来にやってきた。

「……本当に待ちましたよ」

僕は頭を掻きながら固いソファーから腰を上げる。三十分前、通話を終えた僕は「早く！早く血清を！」と叫ぶ安西を、「いま取り寄せています。三十分で来ますから」と必死になだめて、なんとか診察室の裏手にある、この救急外来まで避難していた。

「それで、あの女はどこにいる？」

鷹央はその二重の大きな目を、いつも以上に大きくしながら言う。

「第三診察室で待たせていますよ。……それが例の血清ですか？」

第三診察室の扉を指さしながら、僕は鷹央の左手に視線を落とす。そこには小さなガラス製のアンプルが握られていた。

「ん、これか。ふふふふふ……」

鷹央は顔の前でアンプルを振りながら、なにやら気味の悪い忍び笑いをもらす。アンプルの中で透明な液体が揺れるのを見ながら、僕は思わず身を引いてしまう。鷹央がここまで楽しげなことは本当に珍しい。いったいなにがこんなに鷹央を上機嫌にさせているのだろう？　もしかしたら、日本ではほとんど見ないような珍しい症例を見つけて興奮しているのだろうか？

「やっぱりあの人は、先生が言っていたアンディなんとか病なんですか？」

「アンディ・ロビンソン病か？　さあ、どうだろうな。そうだったら面白いな」

治療が遅れれば致死率百パーセントの疾患だったら面白い？　あまりにも不謹慎な言動に顔が引きつってしまう。

僕の表情の変化など気にするそぶりも見せず、鷹央はすたすたと診察室に向かっていく。僕は渋い顔をつくったまま、その小さな背中を追った。

「血清はあったんですか⁉」

鷹央が扉を開けはじめた瞬間、その隙間から金切り声が飛び出してきた。音に敏感な鷹央は顔をしかめると、立ち上がって近づいてきた安西の目の前でアンプルを振る。

「血清ってこれのことか？」

「それですね！　それを打てば大丈夫なんですね！　お願いです、早く打ってください」

「分かった、分かった、落ち着けよ。とりあえず話を聞くから座ってくれ」

鷹央は診察用の椅子に腰掛けながら、安西に患者用の椅子をすすめる。安西はしぶしぶといった感じで、丸椅子に腰をおろした。

「それで、アンディ・ロビンソン病の血清を打って欲しいってことだったな」

鷹央はデスクの上にアンプルを置く。安西はそのアンプルに視線を奪われながら、かすかに震える厚い唇を開いた。

「そうです！　教えてもらった初期症状が全部当てはまって……。この引っ掻かれた傷だって、その病気っぽいんでしょ？　いま、今のうちに血清打てば治るって……、けれど、インターネットで調べても、どこにも載っていなくて。だからここに……」

安西は息も絶え絶えに喋《しゃべ》りはじめる。

「ああ、日本ではほとんど発症したことがない疾患だから、英語サイトじゃないと出てこないだろうな。けど大丈夫だ。安心しろ」

鷹央は安西に向けて笑顔を見せる。それにつられるように安西の顔にも弱々しい笑みが浮かぶ。しかし、鷹央の次の一言を聞いて、安西の笑みは一瞬で消え去った。

「お前のかかっている病気はアンディ・ロビンソン病じゃない。家に帰ってゆっくり休んでいれば、そのうち治るさ」

「ちょ、ちょっと待ってくださいよ！　それじゃあ、血清は……」

「ああ、この血清か。打つ必要はないな。これはとても貴重なものだ。関東ではこの病院にしかないかもしれない。だから、アンディ・ロビンソン病にかかっていない患者に打つことはできないんだ」

鷹央はデスクの上に置かれていたアンプルを摘むと、見せつけるかのようにゆっくりと白衣のポケットへと入れた。

「なんで！　だってあなたの言っていた初期症状に、私の症状は全部当てはまっていて……」

「ああ、普通の風邪でもリンパ節が腫れたり、熱が出たりはするからな。きっと、ネコの色を落とすのに忙しすぎて風邪をひいたんだろ。一応風邪薬を処方しておこうか？」

「そんな。絶対にそのアンディなんとか病じゃないとは言えないでしょ、お願いだから血清を……」

「いや、絶対に違う」

鷹央は安西に向き直ると、正面からその目をのぞき込んだ。安西はその迫力に口をつぐむ。

「アンディ・ロビンソン病の原因ウイルスは、ごく限られた種類のネコ科の動物でしか検出されず、その中に日本に生息する種類はいない。しかも、それらの動物はほとんどが絶滅に瀕《ひん》している。日本には動物園にもウイルスの宿主になるような動物はほとんどいないはずだ。ということで、お前がロビンソンウイルスに感染している可能性はない。その症状はきっと風邪だよ。よかったな、もし本当にアンディ・ロビンソン病に感染していたら、これから地獄絵図だったぞ」

鷹央はどこか楽しげに言うと、「それじゃあ、風邪薬を……」とつぶやいて、電子カルテのキーボードを打ちはじめた。安西は「はぁ……」と力なく俯《うつむ》いた。

ふと僕は体を丸くして俯いている安西の肩が、細かく震えていることに気づいた。安西はゆっくりと顔を上げて、処方を打ち込んでいる鷹央を見ると、ぱくぱくと酸素不足の金魚のように口を動かす。唇の隙間から弱々しい声がもれ出す。

「み……みつ……」

キーボードを打っていた指の動きを止めると、鷹央は横目で安西をうかがう。

「ん？　なんか言ったか？　よく聞こえなかった。もう一度言ってくれ」

鷹央は挑発するかのように、耳に手をかざして安西の口元に近づけていく。安西は膝のうえで拳《こぶし》をつくる。よほど強く力を込めているのか、その拳がぶるぶると震え出した。震えは拳から、腕、そして体幹へと広がっていく。安西の口から、奥歯が軋《きし》むぎりりという音が響いた。

「みつ……。密輸したの！」

吐き出された安西の絶叫が、診察室の壁を震わせた。

「ん、密輸？　なるほど密輸か。……つまり、ロビンソンウイルスを保菌するような珍しいネコ科の動物を密輸していたってことか？　ワシントン条約で取引が禁止されているような」

「そう！　そうなの！　東南アジアから珍しい種類の動物を密輸して、それを金持ちのマニアに売り払っていたの。特にネコ科の動物を！　だから……、だから血清を……」

そこまで言うと、全身の力が抜けたのか背もたれに力なく体重をかけ、手をだらりと下げる。

密輪？　予想外の展開に僕は口を半開きにして状況を見守ることしかできなかった。

「なるほど、動物愛護のＮＰＯ団体を隠れミノにして、動物の密輪に手を染めていたっていうわけか。ということは……」

鷹央は顔を紅潮させている安西を見ながら、にやりと唇の端を上げる。

「ネコをおかしな色に塗っていたのはお前たちだな」

ネコをおかしな色に？　僕は鷹央の言葉の意味が分からず、安西を凝視する。安西は否定も肯定もせず、魂が抜けたかのように虚空を見つめていた。

安西がネコをおかしな色に染めていた犯人？

「あの、えっと、……これってどういうことですか？」

勝ち誇るように胸を反《そ》らす鷹央に、僕はおずおずと訊ねる。鷹央はフクロウのように素早く、ぐるりと首を回して僕を見る。大きく見開かれたその目は露骨に「ここまで言っても分からないのか、この馬鹿は？」と語っていた。そんなこと言われても（言ってはいないが）、密輪と色が塗られたネコにいったいどんな関連があるのか、いまのやり取りだけで分かるわけがない。

鷹央はこれ見よがしにため息をつくと、左手の人差し指を立てる。

「おかしなカラーリングをされたネコが発見されるようになったのは二週間ほど前からだ。その頃、この辺りで結構大きな事件があっただろ？」

「事件……ですか？」

鷹央がなんのことを言っているのか、僕には見当もつかなかった。

「事件、というより事故かな。十台以上の車が巻き込まれた交通事故だ」

「え？　あの事故ですか？」

意外な答えに僕は眉《まゆ》をひそめる。たしかに二週間ほど前に近くの国道で大きな事故があり、この救急部にも大量の怪我人が運び込まれてきた。けれど、事故と密輸、そしてネコに色が塗られた事件。それらにどんな関連があるというのだろう？

「たぶん、その事故に巻き込まれた車の中に、密輸した動物を運んでいたトラックかバンがあったんじゃないか。そして、事故のせいで車に積んでいた檻《おり》が壊れ、中にいた動物が逃げ出してしまった。違うか？」

安西は焦点を失った目で鷹央を見るが、なにも言わなかった。鷹央は気にせずに説明を続ける。

「事故現場の近くには、巨大でしかも深い林が広がっている久留米池公園がある。あそこに逃げ込まれては、そう簡単には捕まらない。せっかく苦労して密輸した高価な動物のうえ、下手に見つかったら日本にいるわけがない動物だけに、密輸の件があかるみに出るかもしれない。そこで密輸に関《かか》わっていた奴らはとある行動に出た」

「野良ネコに色を塗って久留米池公園に放ったんですか？」

話の流れからはおそらくそういうことなんだろう。しかし、なぜそんなことをするのかはまったく見当もつかなかった。

「ああ、そうだ。これでなんでネコに色が塗られたか分かっただろ？」

「いえ……全然」

僕はためらいがちに言った。僕を見る鷹央の視線の湿度が上がる。

「お前なあ、ここまで言っても分からないのかよ。いいか、こいつ等は貴重なネコ科の動物を密輸していた。どうやってだと思う？」

「どうやってって言われても……」質問の意味が読み取れない。

「外国から運んできた動物を国内に入れるには、基本的には税関を通さないといけない。そのためには、その動物が輸入可能な生物だと思わせる必要がある。さて、どうする？」

鷹央は僕の目を真《ま》っ直《す》ぐに見てくる。その視線に圧倒されながら、僕はおそるおそる口を開いた。

「えっと……血統書とかの書類を偽造するとか」

「それは当然しただろうな。けれど、いくら書類が揃《そろ》っていても、普通のネコの書類で虎《とら》は輸入できないだろ。つまり、外見を輸入可能な生物に見せる必要があるんだ」

「もしかして、そのために色を……」

「ああ、たぶんそうだ。ワシントン条約で取引が禁止されているネコ科の動物の中には、模様が特徴的だが、それ以外の外見は普通のイエネコと変わりない種類がいる。例えば……マーブルキャットとか」

鷹央がその単語を口にした瞬間、安西の体が細かく揺れた。それを見て、鷹央は唇の両端を上げる。

「正解だったみたいだな。マーブルキャットは大理石に似た模様が特徴の、東南アジアの熱帯雨林に生息するネコ科の動物だ。ネコ亜科に属してその体の大きさはイエネコと大きく変わりない。生息数は少なく、絶滅の危険性があるっていうことで、商業取引が厳しく禁じられているが、その分、裏市場では高値で取引されている。お前たちはマーブルキャットに色を塗って普通のイエネコに見せかけ密輸した。おそらくは真っ黒に塗って、黒猫にしてな。そしてそのマーブルキャットが二週間前の事故で逃げ出してしまった。焦ったお前たちは対応に頭を絞る、そうして思いついたのが、野良ネコを捕まえて、片《かた》っ端《ぱし》から派手な色にカラーリングすることだ」

気持ちよさそうに説明していた鷹央は、そこで言葉を切ると安西に視線を向ける。安西は唇を嚙むと、かすかに、注意しなければ気づかないほどかすかにあごを引いて頷いた。それを見て満足げな表情を浮かべると鷹央は話を再開する。

「自然にはあり得ない色をしたネコがうろうろしていれば、当然虐待を疑われて保護される。しかも、一匹や二匹じゃなく、何十匹も発見されようものなら大きな騒ぎになる。そこにお前らは善意の第三者として現れ、ネコの色を落とし、場合によっては里親を見つけると申し出たんだ。そうすれば、逃げたマーブルキャットも保護されて自分たちのもとに運ばれてくるんじゃないかと思ってな。そして、思惑どおりにマーブルキャットは運びこまれてきた。ケージにいた黒猫、あれがマーブルキャットだろ？　そうじゃなければ、あのネコだけ色を落としていない説明がつかない。ほかの色つきのネコはまた久留米池公園に放して再利用でもしたのかな。なんにしろ、こうしてお前たちはまんまと目的を果たした。さて、私の推理は間違っているか？」

　鷹央は挑発するように上目づかいに安西をうかがう。十数秒の沈黙の後、安西は食いしばった歯の隙間から声を絞り出していく。

「……そうよ。この前の事故で、密輸した五匹のマーブルキャットに全部逃げられたの。その後は全部あなたの言うとおり。これで満足？　警察につきだしたいなら好きにしてよ、それより……」

「ああ、じゃあそうさせてもらおうか」

　早口でまくし立てる安西を鷹央が遮った。安西は口を半開きにして「えっ？」とつぶやく。

「おーい、入ってきていいぞー」

　鷹央は安西に、いや安西のうしろにある廊下と診察室をつなぐ扉に向かって言った。勢いよく横開きの扉が開く。その奥から筋肉で膨れあがった体を、窮屈そうに安っぽいスーツにねじ込んだ男が現れた。

「成瀬《なるせ》さん？」

　診察室に入ってきた田無《たなし》署の刑事、成瀬を見て、僕は声をあげた。一瞬、なんでこの男がここに？　と思ったが、すぐにその理由に思い当たる。

「アンプルを探す」と言って待たせた三十分、その間に鷹央は成瀬を呼び出したのだろう。普通なら刑事が一般人の呼び出しに応じるなんてことはあり得ないだろうが、成瀬は似たような状況で何度も、鷹央が罪をあばいた犯罪者を逮捕して恩恵に与《あずか》っている。そのせいか、最近はぐちぐちと文句を言いながらも、鷹央の呼び出しに応じることが多い。

「失礼いたします。私、田無署刑事課の成瀬と申します。申し訳ございませんが、ちょっと署まで同行願えますでしょうか」

成瀬は言葉面こそ慇懃《いんぎん》だが、拒否を許さない響きのこもった低い声で言う。安西は成瀬のヒグマのような体を見上げて「あ……あ……」と声にならない声をあげると、気絶でもしたかのようにがくりとこうべを垂れる。

「それでは、いきましょう」

成瀬が腹の底に響く声で安西をうながす。この大男にこんな声を出されては抵抗する気も起きなくなるだろうな。

成瀬の手が軽く肩に触れた瞬間、魂が抜けて木偶《でく》人形のようになっていた安西が、勢いよく椅子から腰を浮かす。

「そ、その前に、その前に血清！　お願いだから、血清を打って！　この腕の傷、たぶんマーブルキャットに引っ搔かれたものなの。だから、私はきっとあのアンディなんとかっていう病気にかかっていて、血清を打たないと……」

「そんな病気ないぞ」

「……え？」

鷹央に向けて伸ばしていた手を宙空で止めると、安西は呆《ほう》けた声を上げる。

「だから、お前に言ったあの病気は全部でたらめだ。そんな病気存在しない。さっき、ケージの黒く塗られた猫にうっすらと生えはじめていた地毛の模様を見て、あれが普通のイエネコではなく、マーブルキャットじゃないかと気づいた。そして、お前たちが珍しいネコ科の動物を密輸しているんじゃないかと考えたから、それをたしかめるためにでっち上げたんだ。ちなみにアンディ・ロビンソンっていうのは、『ダーティハリー』で敵役を演じた俳優の名前だ」

鷹央が人差し指をくるくると回しながら、「お前はうちのハリーの『敵』だからな」と言うのを、安西は呆然《ぼうぜん》と見つめる。

「じゃ、じゃあ私の病気は……」

「たぶん、猫ひっかき病だろうな。日本にいるネコの十パーセントほどが持っている、バルトネラ・ヘンセラ菌という細菌の感染症だ。その菌を持つネコに引っ掻かれたり嚙まれたりすることで感染する。症状としてはリンパ節の腫脹や発熱、倦怠感などだ。多くの場合は特に治療をしなくても、自然に治癒する。まあ、早く治すために抗生物質でも処方してやろうか？」

「そんな……。だますなんて、ひどい」

安西はいまにも泣き出しそうな表情で、鷹央を非難する。その瞬間、楽しげだった鷹央の表情が一変した。眉間にしわを寄せ、大きな目を鋭く細めて安西を睨みつける。安西の顔に怯《おび》えが走った。

「ふざけたことぬかすな！　ネコをあんなおかしな色に塗った報《むく》いだ。いったい何十匹のネコにあんな虐待じみたことをしたんだ。拘置所にぶち込まれて、しっかり反省しろ」

鷹央の言葉に打ち据えられた安西は、焦点の合わない目を天井に向けながら、その場にへたり込んだのだった。

エピローグ

「だめです！」

それほど大きくはないが、強い意志のこめられた声に、床に正座した鷹央は首をすくめた。

ネコに色が塗られる事件が解決して三日後の夕方、僕は鷹央の家にいた。この日、ようやく覚悟を決めた鷹央がネコを飼いたいと、この病院の事務長にして実の姉である天久真鶴に伝えるということで、なぜか僕も付き合わされているのだ。

成瀬から聞いた話によると、この三日で安西の所属していた団体には捜査が入り、かなりの人数の逮捕者が出たらしい。その団体は密輸をはじめ、血統書の偽造や、悪質なブリーディングなど、動物に関する様々な犯罪に手を染めていたということだ。

色を塗られたネコの保護に関しては、話を聞きつけたほかの動物愛護団体がやってきて。今度はしっかりと行ってくれているということだ。

「いや、姉ちゃん。そこをなんとか……」

鷹央は小柄な自分とは対照的に、身長百七十センチ近くある長身の姉を上目遣いに見る。真鶴は形のいい眉の間にかるくしわを寄せた。

「そんなこと言っても鷹央、ここは病院なのよ。病院でペットなんて……」

「病院というのは一般的に建物の中を指す言葉で、屋上に建つここは必ずしも病院とは……」

「鷹央！」

「……はい、すいません」

へりくつをこねる鷹央を真鶴が一喝する。

少し離れた位置で姉妹のやり取りを見ていた僕を、鷹央が睨みつけてきた。

「なにをボケッとしているんだよ」

「え、ボケッとって……」

「お前もここに正座して、ネコがここに置いてもらえるように頼み込めよ」

「いや、僕はべつに……」

とくにそのネコをここに置いて欲しいとは思っていないんだけど。

「早くしろ！」

鋭い声を浴びて、僕はしぶしぶそばにある〝本の樹〟を崩さないように気をつけながら、鷹央の隣で正座した。

「小鳥遊先生までそんな……」

僕まで教師に説教される生徒のように正座をしだしたことで、真鶴の端整な顔に動揺が走る。鷹央はそこを見逃さなかった。

「ほら、姉ちゃん。小鳥もこう言っているし」

僕はなにも言っていないけど……。

「姉ちゃんはこんな小さいネコを捨てろっていうのか？　こんなにかわいいのに」

真似《まね》をするようにそばに座っていたネコを持ち上げると、鷹央は両手を伸ばし真鶴の顔の前に持っていく。ネコは真鶴に挨拶するかのように「ニャー」とかわいらしく鳴いた。そのあざといまでのかわいさに、真鶴の顔に浮かぶ逡巡《しゅんじゅん》はさらに濃くなっていく。

鷹央はとどめとばかりに言葉を重ねていく。

「ちゃんとこの家の中だけで飼うようにして、絶対に病院には入れないから。あと、診察に行くときは新しい白衣に着替えてしっかり手を洗って、感染防御をしっかりするし、この子が人に移るような感染症を持ってないか定期的にチェックするからさ」

ネコを掲げたまま鷹央はつむじが見えるほどに頭を下げる。真鶴は薄く紅の塗られた形の良い唇を軽く噛むと、大きくため息をついた。

「分かりました。いまの約束を守るなら飼ってもいいです」

真鶴の言葉を聞いて鷹央はネコを頭上に掲げながら、小躍りをはじめる。ネコは怖いのか濁《にご》った鳴き声を上げた。

「よし、お前は今日から統括診断部の副部長だ」

え？　そのネコ僕の上司になるの？　僕は片頬《かたほお》を引きつらせて苦笑する。

鷹央は満面の笑みを浮かべながら、手の中で暴れるネコを床の上に放す。新しい統括診断部の一員になったネコは本の山を器用に駆け上がると正座する僕を見下ろしながら、勝《か》ち鬨《どき》を上げるかのように「ミャー」と鳴いたのだった。

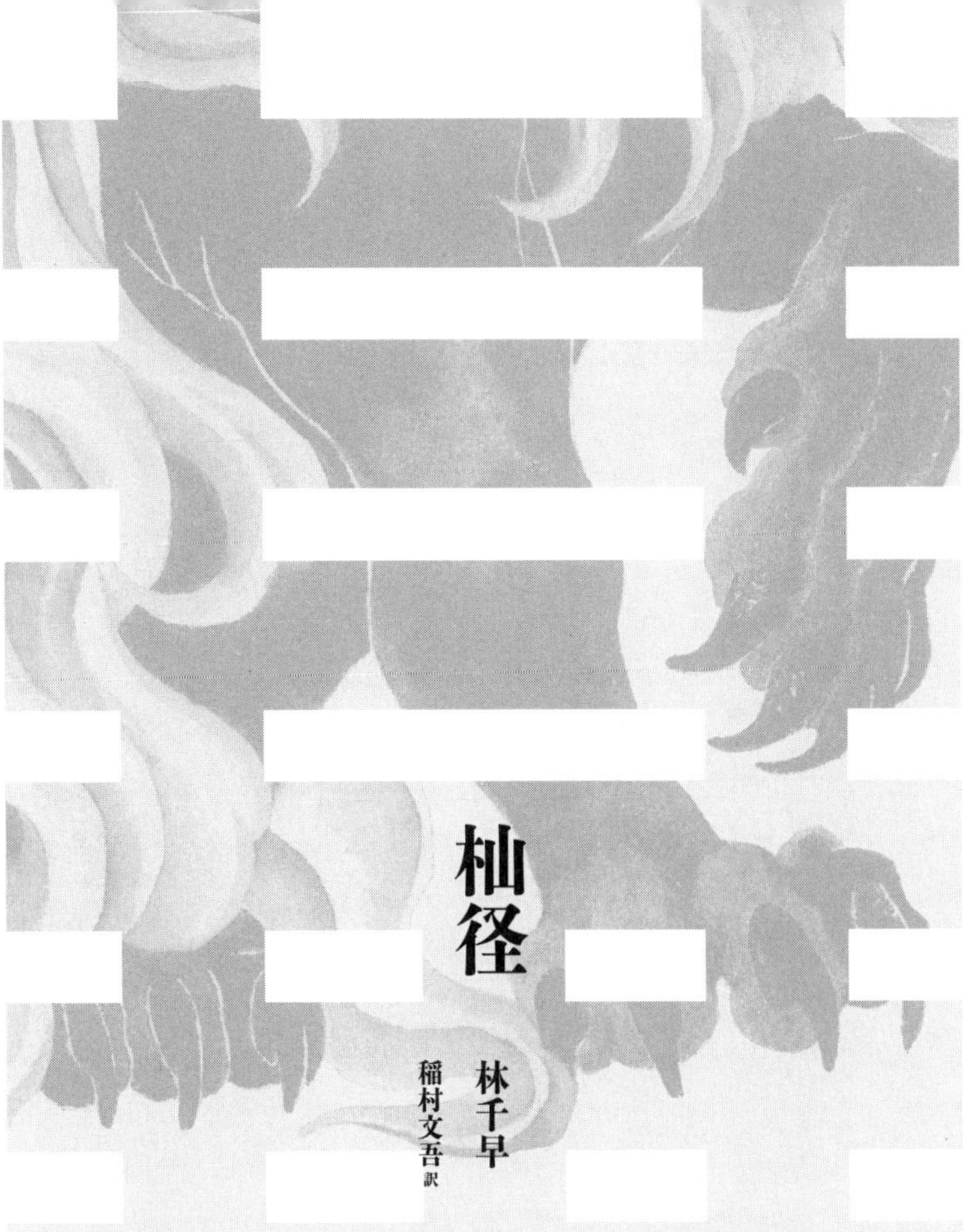

杣径

林千早
稲村文吾 訳

かつて香港のカンフースター、ブルース・リーが自分の流儀を問われ、「型を持たないことだ」と答えた。当作を見れば主張に頷く。密室？　孤島？　殺人？トリック？　定型的推理？名探偵？　はて、そのようなもの、あったろうか？しかし作中の舞台を、モルグ街産の霧が濃く包む。広大な中国には天才がひそむ、自分はそう言い続けたが、上海でついに見つけたか？　と感じた。当作だけは、是非予備知識なしで読んで欲しい。

Wir lassen etwas sein——Martin Heidegger, *Wegmarken*

吾々《われわれ》は或《あ》るものを有らしめる——マルティン・ハイデガー『道標』

1

親愛なるオットー医師へ――

この数十年で初めてあなたに手紙を書くのは、私《わたし》自身も唐突に感じます。なにしろその間、親戚《しんせき》でありご近所同士だった私たちに、手紙を書く必要などなかったのですから。ですから筆を取ってみると、あなたを何とお呼びすればよいかすぐには分からなくなってしまいました。いつものように〝お義兄《にい》さん〟と呼んでは、いささか重みに欠けるようです。

――〝親愛なるお義兄さん〟などという書き出しで、自分の一生を綴《つづ》る手紙を始める人がいるでしょうか？

そこで思い出したのは、初めて顔を合わせたときのあなたの呼び方――〝医師《せんせい》〟でした。

あなたの病気のことをヨゼフから聞いて、私はあの森に一度足を運びました。

そう、あなたと最初に出会った、あの森です。あの場所で生まれたのではないとは言え、十七歳になるまで森以外の世界を知らなかった私と姉さんにとっては、あの場所は楽園であり、ふるさと《vaterland》なのです。

あれからどれだけ経《た》ったでしょうか。私たちのヨゼフも少しずつ老いはじめています。前回、あなたとあの森へ行ったのは、街にある家族の墓地へと母の墓を移したときでした。あれは姉さんが亡くなってすぐのことで、その場にいたヨゼフはほとんど口を開かず、「お母さんとおばあさんはきっと、天国で幸せに暮らしているよ」――あなたの善意からの嘘《うそ》にも、何とも言えない顔で頷《うなず》くだけでした。あのころは新月のように伸びていた幼《おさな》いヨゼフの鼻筋も、その後に忍耐強く続けられたボクシングのせいで、裂け、よじれて今のような姿になってしまいました。

今のヨゼフが、あの時母の墓の前に立っていたあなたと比べても老け込《ふこ》んで見えるというのは、考えてみれば皮肉なものです。まして比較の相手は自分の父親、病《やまい》にある先生、あなたなのですから。

ここまで書いて、私自身もこの数十年、毎朝事務的に鏡に目をやるときでさえ身だしなみを整えることしか考えていなかったのに気づきました。あなたの姿から自分の老いを確かめたくなかった、これも病院へあなたを見舞いに行くのではなく、手紙を書くことにした理由の一つなのでしょう。

お分かりのとおり、私たちは死ぬことを恐れているのではありません。死んでのち、あの薄暗さに包まれる国において姉さんと再び逢《あ》うことを恐れているのです。その時、老いた体を引きずった私たちは、二十過ぎのころからそこで時間を過ごしてきた姉さんの足取りに追いつけなくなっているでしょう。狩りや食べ物を集めるのは幼いころから私の役目で、うまく歩けない姉さんは一日中《いちにちじゅう》小屋に腰を下ろし、母の遺《のこ》した本を読んでいるだけだったとしても。

そうだったとしても、私は姉さんに追いつくことはできないのです……

話が逸《そ》れました。今回、あの森へと足を運んだことについて話しましょう。

〝黒い森〟という恐ろしい名前で呼ばれてはいますが、ご存じのとおり、そこは私たちの暮らす町からそう離れてはいません。現在の便利な交通手段を使えば、出発したその日にはあの山のふもとへ辿《たど》り着《つ》くことができます。

出会った村人や観光客の話によれば、かつては荒れ果てた山だったそこも、この何年かで新しく開発の手が入ったそうです。石で舗装された小道は山へと延びるようになり、森にはお金持ちが避暑の休みを過ごすための別荘も点々と建っています。あの時の姉さんと私が森の産物によって生き抜いたように、どの時代でも人は、自らのやり方で森を作り替えていくのでしょう。

日の出る時間が二十時間に近づく夏をここで過ごすのは、間違いなく気持ちの良《い》いことでしょう。それは私自身もこの身で深く感じたことです。夏の太陽の焼け付くような乱暴さは、果ての見えない樹木が遮《さえぎ》ってくれます。かつて、毎日森へ出て食料を集め、獲《と》っていた私は、そっと靴を脱ぎ、地面に張り付く苔《こけ》の上を裸の足でゆっくりと歩く夏を、鳥の鳴き声に付き添われて舞踏会のただ中にいるようにも思える夏の到来を、いつでも待ち望んでいました。

森で過ごす夏は、非常に貴重なものです。素晴らしい夏の夜には、眠ることさえ惜しく感じられるときもありました。

ときには住処《すみか》である小屋に戻ると桶《おけ》に水を汲《く》み、棘《とげ》で傷ついたばかりのふくらはぎを冷たい水に入れ、感覚が失われる独特の快《こころよ》さに浸ることもありました。冬になって熊《くま》の皮と長いスカートを身に纏《まと》えば傷が付くことはないのですが、私はそれほどに森で過ごす夏を愛していたのです——水を捨ててくるといつも、姉さんが近づいてきて、私の足に付いた傷を芸術品を眺《なが》めるかのようにしながら撫《な》でてくれました。

もしかすると、私はその視線を期待していただけだったのかもしれません。

数十年が経って、年を重ねた私が山の裾野《すその》へと足を踏み入れ、あのころと違った道を通って森へと入っていくとき、あの幼いころのような期待はまったくありませんでした。姉さんの不在はもちろん大きな理由ですが、さらに大事なのは、おそらくこの森へ入る道の違いでしょう。

建設の続いている山荘をよく見てみると、新しく開かれた小道の両脇《りょうわき》にはすでに切株《きりかぶ》となった林木の残骸《ざんがい》が並んでいました。黒い森でほしいままに育ってきた杉の木は、道の修繕の邪魔になるために切り倒され、またその道を通して運ばれていき、良質の木材となったのです。

そうして考えると、木を切り倒して造られているこの杣径《そまみち》がまだ完成していないとするなら、この突き当たりにはまだ切られていない大きな杉の木が立っていることでしょう。

この森の道と同じように、ことによるとこの世において、造られた楽園の道はすべて行き止まりとなっているのかもしれません。あのとき姉さんと私が造り上げた楽園の道の突き当たりが、先生、あなただったように。姉さんと私の楽園もそう、今建てられているお金持ちたちの楽園もそう、人類がその情熱のために手がけたものは、聖書にあるバベルの塔のように、永遠に完成することはないのが必然なのでしょう。

森を離れてずいぶんと経ってから、私はこのことに気づきました。

幸い、森の中で育った私は、枝分かれした小道の中でも径に迷うことはありませんでした。

幼いころに住んでいた小屋は、ほとんど苦労もせず見つかりました。

もちろん、見つけたといっても、それはあの小屋があった跡でしかありません。

元あった小屋は当然ながら取り壊され、その跡には休憩のための石造りの東屋《あずまや》が建っていました。東屋に腰を下ろして、近くの渓流や、杉の木の作る日陰《ひかげ》に覆《おお》われた草木を見ていると、数十年前に二人の姉妹がここで汗を流して暮らしていたとはまったく感じ取れません。当人の私にとっても、東屋の清潔な床から、かつて捕らえられた動物がそこで殺され、料理されていたとはまったく想像ができませんでした。

ここを占有していた人間の移り変わりを戯《たわむ》れに並べてみるなら、私たち姉妹が母と共にここに来るまでの森と小屋を〝第一の楽園〟とすれば、私たちが暮らした森は〝第二の楽園〟ということに、そして今の世の人たちが造り上げている〝第三の楽園〟は前の二つに比べると、もういくらか人間らしさが押し殺されているようにも思えます。

この〝第三の楽園〟の住民たちは、きっと野兎《のうさぎ》を殺すことに心を砕《くだ》く必要はもう無くなっているのでしょう。

そう、先生、その東屋に腰を下ろしていた私は、町に戻ってからあなたに手紙を書くことをふと思い立ちました。特に、以前あなたが植えたあの樹《き》を見たときに。数十年が経ち、一面の高い水杉《メタセコイア》の中で、あの小さな樹は痩《や》せた枝を頼りなく伸ばしながらも、杉の樹のように風に揺れてはいませんでした。

あれは東洋から来た樹だそうで、春になると桃色の花を付け、その時季に旅行の客が通り掛かったなら、きっととても驚くことでしょう――残念なことに今回はその時季ではなく、私のようなおばあさんは、きっと一生その花を見ることはないのでしょう。

ですがそれを残念なこととは思いません。この樹が植えられた場所は、かつては私たちの住んでいた小屋のちょうど裏、私たちが母を埋葬した場所でもあるのですから。

母の墓を移したときあなたはまだ年若く、愛妻を亡くした悲しみを忘れないまま植えたあの樹は、その妻の母の墓がかつて在った場所に立てた、一つの道標でした。東洋人の言い伝えでは、その樹が花を咲かす下にはよく、無念の死を迎えた死体が埋まっているというのだと、あなたが教えてくれたことを覚えています。それならば母が眠る土に植えられたこの樹は、母の死を、そしてそれが無念の死であることを、明らかにしているのでしょう。

実際、母は確かに森の凶獣に殺されたのです――姉さんと私の目の前で。

私は今に至るまであの野獣を許すことができません。あれはその行いの代償を支払ったとはいえ、です。

先生はきっと、姉さんの口からそのことを聞いているでしょう。いえ、そのことだけでなく、私がこれから書いていくこと、私の人生すべてが、あなたにとってはおそらく、新鮮な話ではないでしょう。

今まで、私の口からそれを聞いたことはなかったというだけで。

森を離れて最初の年、私はまったく口を開くことなく、ひたすらに森とは違う新しい世界を受《う》け容《い》れていました。

それからの私は、外の世界のやり方で生活するよう努力していましたが、それでも心の奥底にあるのは、あの荒れ野と森だけでした。二十世紀の今、もしかすると世界の秘密はすべて明らかにされ、不思議なことなどは、恐竜のように絶滅してしまっているのかもしれません。ですが母の鮮血、姉さんの教誨《きょうかい》、小屋で学んだ知識、逃げ去っていく野兎、白い装束の天使、帽子を被《かぶ》った魔女や旅人、口を利く動物……森で経験したすべては、私のこれまでの人生の宝であり、母のかつての墓のように、異郷の樹によって簡単にしるしを立てられるようなものではないのです。

ですから森でのことは、誰にも話したことはありませんでした。

姉さんに対してさえ、森を出てからあの人が亡くなるまでの五、六年間、こう口にしたことはありませんでした。「太陽の領地から連れ出してくれて、本当に感謝している」と。

森での生活が、町の住民たちに異常と断じられることを私は嫌いますし、森の中と違う、外での生活の姿が唯一正しいと認めることはそれ以上に嫌います。正しい生活とはいったい何でしょう？　あれから私は世間と折り合いを付けることを段々と学んでいき、姉さんが遺していった問題は独《ひと》りのときに考えていました。この二面的な思考は数十年続いてきました。あのころ私に石を投げた子供も、今ではかなりの年になっています。

今がそのときだと、あなたの病を知った私は、あなたに打ち明けるときなのだと思います。私たち姉妹の森での生活を終わらせたあなた、姉さんを心から愛したあなた、おそらくは近いうちに生命の火《élan vital》が燃え尽きようとしているあなたは、きっと、私の口から私と姉さんの物語を聞き、それを天国の姉さんに伝える資格があるだろうと思います。

私が今から長々と話していくのは、ある種の罪悪感のためです。

——長く生きすぎたあなたと私は、すでに罪を背負っているのです。

私たちの人生は、各々が姉さんと共に過ごした時間よりも、ずいぶんと長くなってしまいました。

2

記憶の始まりは、一頭の熊を殺したことです。

今考えると、子供の遊びのような話です。

違いますか？　先生、十歳かそこらの女の子が混乱しながら小屋にあった猟銃を手に取り、部屋に押し入ってきた熊を殺す情景など想像できますか？

ましてそれは、その熊が母を殺すところを見たばかりのことだったのですから。

あの時、あまりの驚きのために、凶暴な熊を殺すまでの記憶をほとんど失ったことは慚愧《ざんき》に堪えません。

もしその手にある時間と記憶が人間の本質だというなら、その時私は、まぎれもなく母の死と共に生まれ出たのでしょう……

先生、当時の状況の描写が可能な限り簡単になってしまうことをお許しください。おばあさんになった私にとっても、あの凶行を詳しく思い出すのは愉快なこととは言えません。まして月日が経つにつれ、私自身に残っていた記憶も、囁《ささや》きのような森のそよ風に吹かれて少しずつ、塵《ちり》のように消えかけているのです。

母の顔に掛かった靄《もや》は次第に濃くなり、それは夜明けの陽光と共に上へと向かい、消えていきます。ああ、ああ！　この天国の記憶は、最後にはきっと色のない雨露となって、私の顔に落ちてくるのでしょう。

ぼんやりとした意識の中で見えたのは、夢のようないくつかの情景でした。

紡ぎ車の前ですすり泣く若い奥さん、白い表紙のアルバムを開き、写真に写った若い男の人をそっと撫でる彼女、私を〝アーシャ〟と呼んで静かに起こす女の子、いつもちゃんと兎を捕まえてくる女の子と、追いかける途中で足を挫《くじ》き、尻餅《しりもち》をついて泣きわめく私……

私は、自分の見た沢山の夢を忘れてきました。

こう言ってしまうと失礼かもしれませんが、誰でも知っているように、見た夢のほとんどは目覚めてすぐにきれいさっぱりと忘れてしまうものです。私が見たそのほかの夢も大方はそのとおりでした。ですが、あの時の夢たちは数十年が経った今でも、天上で変わらず輝き続ける夏の大三角のように真実味を持って残っているのです。私はこれを偶然とは思いません。

——夢の中の私は、その若い奥さんが〝母〟であり、その女の子が〝姉さん〟だと、はっきりと意識していました。

しかしその時私は、それが生まれつきの習性だったかのように、母の顔を忘れてしまっていたのです。

嗚呼《ああ》。

その夢を見る前、私と同じ世界に共に住んでいるのは母と姉さんだけでした。そして夢から醒《さ》めると、そこに残っているのは姉さんだけでした。

姉さんを愛していることに変わりはありませんが、それでも私は人生において最後の美しい夢を、忘れることができませんでした。

段々と意識がはっきりとしてきても、目を開くには少し苦労しました。

私が本当の両眼を開いて、残酷な真実を目にするのを防ごうとしているかのように、何かしっとりと濡《ぬ》れたものが私のまぶたを圧《お》しつけていました。幸い、私が目を開けることを諦《あきら》めるほどの力ではありません。

目の前には、泣き濡れた顔がありました。さっき私の顔に落ちてきていたのは、その涙でした。

「アーシャ、起きたの？　身体《からだ》は……大丈夫よね？」

〝アーシャ〟とは私のことのようです。

眠っている間に聞こえたのは、この人が覆いかぶさって私のことを呼んでいる声でした。そして今、私がぼうっとしているのに対して、相手はいくらか気が動転しているような様子でした。

「私、てっきり……てっきり、アーシャもお母さんと同じように……さっきはアーシャが私を助けてくれたの……」

部屋の暗さを見るに、今はもう太陽が沈みかけている時間のはずです。それによって、窓から陽光が斜めに射《さ》し込《こ》んだ場所には色濃い光輪が生まれていました。そしてその輪の中央にあるのが、黄金色の髪でした。

途切れ途切れに話す相手は涙を拭《ぬぐ》いながら、もう片方の手で私の顔を撫でています。私の顔に落ちた涙を何かと混ぜ合わせようとしているかのように。この人は私に泣き顔を見せたくないのだろうか、それとも私の顔にはこの人の涙のほかに、見るに堪えないような何かがあるのだろうか？　ベッドに横になっていた私には、その相手の顔は見えませんでした。

ですが、私は相手のことを知っていました。

私の顔を撫でる袖《そで》は、私が纏っていた服と同じように、麻布で作られていました。

私はその素材を覚えていましたし、今私に覆いかぶさっているこの人のことも覚えています。

母が死んでから私の人生に残った顔は、この一つだけでした。

「姉さん、姉さん……」

顔に置かれていた手を摑《つか》むと私は身体を起こし、いま一度生を享《う》けたかのようにあてもなく声を上げました。

「アーシャ！」

お互いの生還を確かめ合うかのように、私たちは床に座ったまま抱き合いました。頭を姉さんの肩にもたせかけ、あの人のすすり泣く律動を感じていた私は、同じように震えている自分の両手を使って姉さんの首の後ろから下へと、その背中に浮いた肋骨《ろっこつ》を一本ずつ数えていました。

「そんなに力を入れないで、アーシャ。さっき、あいつに足の骨を折られちゃったみたい」私は姉さんに痛みを感じさせてしまっていたようです。よくよく見てみると、姉さんの太腿《ふともも》は血まみれになっていました。気を失った私の目を醒ますため、姉さんは自分の身体や足の傷を簡単に手当てしただけで、身体を起こして私のところへと這《は》ってきたのです。これはまた、これ以降姉さんが足の後遺症のためにうまく歩けなくなり、ほとんど室内で過ごす結果を生むことにもなりました。

さらに後のことはあなたもご存じでしょう、先生。ずっと身体の弱かった姉さんはヨゼフを生んでからさらに体を悪くし、ヨゼフが三歳のころにこの世を去りました。

私を現実とは遠い夢の中から引きずり出した姉さん、私に、私と自分のほかは何も知らないようにさせた姉さんは、私のためにどれだけ命を縮めたのでしょう？　こうして思い返す度に、自分の罪は母を殺したあの獣以上のものではないのかとも思います。

そう、あの時目覚めて間もない私は、すぐに気づきました——気づいたというより、思い出したと言ったほうが良いでしょうか、部屋には姉さんと私の生きた二人のほか、別のものがあることを。

初めは嗅覚《きゅうかく》でした。

姉さんの手を引き寄せると、それは震えているだけでなく、火薬の臭《にお》いを放っています。その強烈さは、この部屋を覆っているはずの血の臭いを隠してしまいそうになるほどでした。

私が気を失っていた間のことを思えば、姉さんはきっと、とても恐ろしかったことでしょう。その起伏を続ける背の向こうにあるのは、良いものとは言えないはずです。そして姉さんを抱きしめているために、私はその〝もの〟をはっきりと目にすることができました。

詳しく言うならば、それは二つの死体と、一丁の猟銃、そして一本の鉈《なた》でした。

母の遺体はベッドへ安らかに横たえられ、その身に纏っているのは私たちの見慣れたワンピースでした。その両手が胸の前に置かれているのは、きっと姉さんが整えたのでしょう。

母の顔は見えません。

姉さんは遺体を整えたとき、母のハンカチでその死顔を覆い、またその夕映えのような金髪を撫でつけて、首にある傷を隠していました。あの獣を殺し意識を失う前に私はその死顔をちらりと見ていましたが、そうした行いを咎《とが》められない惨《むご》たらしさがそこにはありました。

床に倒れているのは、あの獣でした。

黒々とした皮には自らの血が浸《し》み渡り、あの野蛮な光沢は失われています。開かれたままの口は未《いま》だに残忍に見えましたが、ついさっきまでのあの雄叫《おたけ》びはもう聞こえません。もちろん、口から覗《のぞ》く貪婪《どんらん》な牙《きば》もこれ以上母と同じように人を傷つけることはありません。太く育った四肢は不自然に床へ投げ出され、この獣の最期の無駄なもがきを詳《つまび》らかにしていました。熊の腹には猟銃の弾丸が大きな穴を穿《うが》ち、背中には鉈が突き刺さっています。どうやら弾丸を受けた上に姉さんが鉈でとどめを刺して、ようやくこれは息絶えたようでした。その邪悪な血は、もみ合った際に私たち姉妹の血と混じって辺りを汚しています。私が目を醒ましたときにはそれはすでに乾き切って、熊の身体にへばり付いていました。

獣は自らと狩人《かりゅうど》の血をもって、その死体を床に留め置いていました。

ここまで事細かに熊の死体のことを思い返しているのも、先生、数十年前のこの取るに足りない勝利を誇ろうというつもりではありません。私たち姉妹の身体を足したよりも大きいだろう体軀《たいく》を見ていると、心から恐ろしく思えてきました。いったい何が私に、近くにあった猟銃を手に取り、この野獣の腹に致命傷を食らわせるような勇気を与えてくれたのでしょう？

その勇気がなかったなら、もしくは運良く事前に猟銃を使った経験がなかったなら、先生、この事件があって十年ほど後、あなたがこの森の小屋を訪れて目にしたのはきっと、三つの白骨と、どうやって人三人を食べてやったか子や孫たちに自慢している老いた熊だったことでしょう。

こうして邪悪な魂を殺したことを、私はまったく後悔していません。そして目を醒ましてすぐの私には、当然十数年後の先生、あなたとの出会いを予想できるはずもありません。その時私が感じていたのは、遅れてやってきた恐怖と、頭の後ろの疼痛《とうつう》だけでした。

私が気を失っていた本当の原因は、猟銃の発射による反発力で私が後ろに倒れたとき、頭を床に打ち付けたせいだったようです。

「姉さん、姉さん……どうして何も思い出せないんだろう、どうして私がこれを……」

「大丈夫よ、アーシャ、大丈夫だから。悲しいことは忘れちゃいましょう」姉さんの気分はもう落ち着いているようです。

「でも、姉さん、自分がすごく長い夢を見ていたような気がして」夢の中と同じように、私は顔を姉さんの胸に埋めました——なるべく優しく、傷口に響かないように。「その夢が長すぎて、色んなことを忘れちゃったの。どうして私たちにお父さんがいないのか、どうして誰もいない森で暮らしているのか、どうして森に熊がいて、どうして私は猟銃で……それに、どうしてお母さんは死んだばかりなのに、私はもうその顔が思い出せないのか、どうして……」

耳元では、自分の髪が弄《もてあそ》ばれる音が聞こえます。風が木を吹き抜け、その洞の中の噂《うわさばなし》話を世界へと伝えていくような。

「アーシャは疲れてるんでしょう」姉さんの軽く噤《つぐ》まれた唇《くちびる》が、上を向いた私の視界に入ってきます。冬の炉火と窓から射す月光に照らされた姉さんは重たげに指を伸ばし、私の唇に置きました。「今は休みなさい、アーシャ。明日になって、ここをきれいにしたら、アーシャが忘れたことを私が教えてあげるから。アーシャが何度忘れても、私が教えてあげる」

気後れしながら鼻からの息を姉さんの指に纏わせていた私は、熊を殺してから二度目の眠りに就きました。ですが今度の眠りは朝、掃除のため姉さんに起こされるまで続き、夢を見ることもありませんでした。

目を閉じる前最後に見えたのは、机に置かれた、火種が光を放つ常夜灯だったと覚えています。

3

掘っておいた墓穴に母の遺体を入れると、姉さんは慎重に下りていき、母の顔に掛かっていたヴェールを取って最後の対面をしました。

臆病《おくびょう》な私にはできないことでした。

私と姉さんは抱き合って、しばらく涙を流しました。涙によって母親の墓の土を湿らせ、種を潤《うるお》すかのように。

そこから時間を掛け、削った木の枝を姉さんの杖《つえ》にすると、二人で力を合わせて熊の死体を森の奥まで引きずっていき、穴を掘って死体をそこへと落としました。その場所は樹の生《は》え方やその茂り方のせいで、葉が落ち枝の枯れる冬であっても、陽光は枝葉の細い隙間《すきま》を通し、ほの暗い色となって射し込むしかありませんでした。

〝埋葬〟と言わなかったのは、あの畜生への恨みからでもありますが、私たちが埋めたのはあの熊の死体すべてではなかったためです。

姉さんは鉈の力を借りて、苦労しながら熊の皮を剝《は》ぎ取《と》りました。

「これはアーシャが殺したの」姉さんは縁を赤らめた目を細めました。「乾かしてから身体に被れば、冬でも寒くなくなるよ」

その戦利品を受け取らなければ母が復活するというのなら、私はきっと冬の寒さの中で凍死することも厭《いと》わなかったでしょう。

ですが、私は汚らしくもあるそれを手にすることになりました。

もしかしたらそれは、母の敵を討った自らの力を証明したかっただけかもしれません。姉さんの傷ついた足がきちんと治るか分からないのですから、これからの時間は、自分が責任を背負わないといけないのです。

しかし日干しも裁断も行われなかったせいで、幅の広い物体を私の身体と合わせてみるとそれの寸法はやけに大きく、しかもひどく汚れていました。

〝掃除〟が終わると、姉さんは私に母のことを話してくれました。

——話したというよりも、ショックで記憶を失った私に母のことを思い出させたと言ったほうが良いでしょう。

私たちが住んでいるのは、名も知れないある山の中です。大きな山はその全体が水杉や橡《とち》、松からなる果てのない森に覆われていました。私たちの小屋は山の中腹にあり、そばの渓流に沿って山を下っていくと半日もしないうちに打ち捨てられた村が見えてきます。そこが母が生まれた場所のようでした。数千年、数百年前からそこで居を構えていた山の住人たちは、山で集めた鉱物や産物によって、外界とありかなきかの繋《つな》がりを保《たも》ってきていました。

「お母さんは私たちに話してくれたの」小川のほとりで、昨日着ていた服を洗いながら姉さんは言いました。「お母さんは小さいころから下のあの村で育って、十六歳の年に、ここで働いていた土地の測量員、つまり私たちのお父さんを好きになったの。そして、山の向こうの街で二人は結婚したんだって」

この背の高い樹が続く向こうには何があるのだろう？　渓流の原流を目指して山頂まで登っていけば、そこから見下ろすことができるかもしれません。もしくは廃村まで下りていき、広い道を通って山を回り込めば〝街〟というものに辿り着けるのかもしれません。血に染まった服を洗いながら私は、上流から流れてきた汚れのない水は、私たちの小屋の横できたない血に汚れ、血の赤に染まったその川は、下流の村に着いたときには元の澄んだ水に戻っているのだ、と考えていました。冬の終わりが近づいたころで、小川の水で私たちの手は赤くかじかんではいましたが、掬《すく》った水を鼻に寄せてみれば、冬の盛りに比べると命の息吹が増しているようでした。

それを、母の人生の比喩《ひゆ》とできないのは口惜《くや》しいことでした。

「理由は分からないけど、アーシャが生まれてから後のどこかで、私たちのお父さんは死んだらしいの」

姉さんは洗い終わった服を絞りながら俯《うつむ》きました。金色のお下げの先が湿った服に絡んでいます。「もちろん、アーシャを責めるつもりはまったくないけれど。お父さんは……もしかしたら死んでいなくて、お母さんが捨てられただけかもしれない。お母さんがよく言ってたのは、お父さんがいなくなったのはダビデ王とソロモン王の罪のせいだって」

ソロモンの罪。その罪の正体は分かりませんが、おそらくそれは母の血の中に混ざり、私たちの身体にも伝えられているのでしょう。

　父を失ったあとの母は、すぐに街では暮らしていけなくなりました。姉さんと私を連れて故郷に戻った母を待っていたのは、優しい村人たちの歓迎や笑顔ではなく、数年のうちに廃墟《はいきょ》と化していた故郷でした。そこで暮らしていた村民たちは、なぜか村を捨て、別の場所へと移っていたのです。

「お母さんの家族は村にいなかったの？　村の人たちは、出ていく前に街に住んでるお母さんに連絡はしなかったの？」

「さあね。もしかしたら時間が迫ってたのかもしれないし、村にいた人たちは遠くに嫁《とつ》いだお母さんに連絡したくなかったのかもしれない。もしかしたら……全部、お母さんの言ってたソロモンの罪と関係してるのかもしれない」姉さんの声には震えが混じって、濡れた金髪を神経質に梳《と》かしていました。

「こんな嫌な話はやめましょう」姉さんが私のために廃墟、罪、故郷といった悲しい言葉をしぶしぶ口にしていたのを見ていて、思い出せないことではあってもそれ以上話を聞く気にはなりませんでした。母の話や、私たち姉妹がここで育った理由は私にも大まかには分かったのですし、その細部が、きっとサンタクロースが存在しないのと同様に、聞いて楽しい話でないことは誰にでも予想が付くでしょう。

洗い上がった服を籠《かご》に入れ、足の悪い姉さんがゆっくりと立ち上がるのを助けると、冬の低い太陽が森でいちばん背の高い水杉に隠れる前にと、私たちはのんびり小屋へと戻ります。

もちろん、あの猟銃を持っていくことは忘れません。

昨日のことがあって、私はこれから外に出る時は必ず猟銃を持ち、熊たち猛獣に立ち向かうことに決めました。

大人になって森と小屋を離れ、その時になって私はこの決心がどれだけ自分本位で、偽善的だったかに気づきました。唯一の護身のための武器を自分が持ち出せば、小屋に残った歩くのもおぼつかない姉さんは、危機が襲ってきたらどうするのでしょう？　それに母は家の中で熊に襲われたのですから、やはり小屋の中のほうが危険ということになります。そうなると、その時の私がどこに行くにも猟銃を持っていた理由は、身体の弱い姉さんを守るためではなく、熊を殺した手柄《てがら》をひけらかしたかっただけだったのかもしれません。

それに、私があの獣を殺すことができたのは自分の身体が強靱《きょうじん》だったからでも、特別に賢かったからでもなく、以前に森の小屋を使っていた人が折良く残していってくれた、この猟銃のおかげだったのですから。

「今日から、私はお母さんがいた所で寝るから」小屋へ戻る道の途中、片手で杖を突き、もう片方の手で私に摑まっていた姉さんはこう言いました。

「でも昨日お母さんが……姉さんは怖くないの？」姉さんが摑まっているせいで、私の腕には柔らかな感触が伝わってきました。背中に掛けた猟銃が私たちの足取りに合わせて肩を叩《たた》く音がそこに加わって、母を亡くしたばかりの冬の夜もさほど寂《さび》しくはないだろうと思えました。

「昼の間に掃除をしたでしょう。幽霊が出たって、お母さんの幽霊だったら何も怖くないもの。それに、うちのアーシャも大人にならないといけないでしょう。アーシャを同じ部屋に押し込めるのなんて、申し訳ないじゃない。ああ、家に着いたよ」姉さんが〝家〟と呼んだ小屋に着いて戸を開けると暖炉《だんろ》からぱちぱちと暖かい音が聞こえ、きれいに掃除された部屋には、〝家〟と呼べるだけの要素が、家族を除くならすべて揃《そろ》っていました。私と姉さんは、一応は幸運な孤児と言えるのかもしれません。

山の奥に広がる黒い森と、村との間に位置する小屋は、村人が採集や猟の際の便利を、そして緊急のことも考えて建てたもののようでした。母が私たちを連れて小屋に来たときも、中にはある程度の量の食料や薪、さらには薬や猟銃までもが揃っていたのです。これまで山に入った村民が、この小屋を森の中の避難所、そして登山の際の中継点としていたのが窺《うかが》えます――森の小川沿いに進んでいけば小屋があるわけですから、そこで物資の補給をするか、そのまま山を下りて村に戻るかすることになります。

当時の母親がふもとの廃村に住むのでなく、この小屋を選んだのには理由がありました。森の中にあった小屋は、村の建物に比べれば遥《はる》かに破損が軽かったのです。それに幼い私たち姉妹にとっては、荒れ果てた建物が並ぶ村に住むことは水杉に囲まれた小屋よりも遥かに寂しいことだったでしょう。破壊された後の廃墟はそれが建てられる前の森よりも恐ろしいものです、特にそれが建造者自身に捨てられたものとなれば。

ですが姉さんが後で話してくれたことによれば、森に住むことは間違いなく色々と不便があったようです。獣に襲われる可能性があるというだけでなく、パンを食べるため、山の下の村に遺されていた麦畑や農具を使わないとなりませんでした。冬に入る前に、毎日上り下りを繰り返して麦の世話をするのはとても辛《つら》い作業です。特に収穫の時期には、次の収穫まで私たちが暮らすに十分な麦を小屋の地下へと運ぶため、私たちは丸々一週間を費やしました。

私が手にしている猟銃は、ベッドの下に置かれていたのを小屋を訪れてすぐに見つけたもので、それからその場所は母の荷物を置くために使われていました。猟銃と一緒に見つかったのが、棚にあった薬と、森における毒のある食べ物や猟銃の使い方を書いた緊急手帳でした——姉さんによれば、この本のおかげで、私はここに書いてあったとおりにあの獣を殺すことができたといいます。話すのを忘れていましたが、小屋の中は手前と奥、二つの部屋と小さな地下の貯蔵庫からなっています。それまでは母親が奥の部屋で眠り、私と姉さんは手前の部屋のベッドに並んで寝ていました。

「昼に掃除をしたとき、お母さんの遺した箱を開けてみたの」姉さんは手前の部屋の椅子《いす》に腰掛けて、気持ち良さそうに手足を伸ばしました。「あったのは本と服だけだった。そうだ、アーシャ、夜に家に帰ってから、お母さんが聖書のお話をしてくれたのは覚えてる？」

「ちょっと覚えてる。確か、ノアの方舟《はこぶね》の話を聞いた気がするけど」実を言えば、記憶を失っていた私が聖書のことを覚えていたというのは、今でもおかしなことに思えます。母親がそれだけ何度も話したということなのか、それとも本に書かれた薔薇色《ばらいろ》の言葉の印象がそれだけ強かったということなのでしょうか。

「うん、それなら、これから夜は私がアーシャに聖書の話をしてあげましょう。そういえば、お母さんはきれいな服を沢山遺してくれたんだ。パーティーのためのドレスもあるし、純白のウエディングドレスも。アーシャも早く大きくなってね、花嫁の衣裳《いしょう》を着たら、きっと天使のようにきれいでしょうから」

「きれいだなんて」椅子に座った姉さんに下から見上げられ、期待の視線で見つめられるのがこれほど緊張することなのかと、ふと気づかされました。「姉さんが着たほうがきれいなのに」

「そうじゃないって。私とアーシャが同じなわけがないでしょう。こんな足じゃ、天使にはなれない」姉さんはスカートを持ち上げてその細く弱々しい足を叩いてみせ、落胆したように言いました。

沈んだ空気をほぐすため、私は一つ提案をしました。

「姉さん、一緒に晩ごはんにしようよ」

私たちが小屋に戻ってからやっと、冬の雨が森に降り始めました。〝やっと〟と言ったのは、この雨が空の流す涙とも思えたためです。もし、母の簡単な葬礼が終わってからやっと泣き始めた誰かが天に居たのなら、その人はずいぶんな愚図だったでしょう。しかも、このとき冷たい雨の降る黒い森をちょうど通り抜けようとしていた小鳥がいたなら、それは枯れ枝の下でどのように雨を避ければ良かったのでしょうか？　私や姉さんはそんなことを考えなくとも良いのですが。

落とし穴から捕まえてきた兎を焼き、地下の小麦粉で作ったパンと合わせて、そして森で集めてきた野菜や茸《きのこ》を煮たスープと、姉さんは落ち着いた様子で夕飯を料理していき、不器用で記憶も残っていない私は実際にはほとんど役に立ちませんでした。夕飯を食べながら小屋の屋根を北風が吹きすさぶ声に耳を傾け、これで姉さんも気を持ち直したでしょう。明日から私は、満足できるだけの兎を捕まえ、満足な野菜を集めてこられるのでしょうか。

ご飯が終わって、姉さんは奥の部屋から一冊の黒い表紙の本を出してきました。それの表紙や中のページは沢山開かれたためにぼろぼろになっていて、きっとこれは母が遺した聖書なのでしょう。生前の母は敬虔《けいけん》な信者だったようです。姉さんは聖書を開いて、手前の部屋のベッドに座っている私に凭《もた》れて、お話を始めました。

「知ってる、アーシャ？　神様が人間を懲《こ》らしめた大洪水が引いて、ノアの乗った方舟が地面に戻ったあと、人間はまた別のことで神様を怒らせちゃったの。

ノアの子孫はどんどん増えていって、彼らは東に移動して一面の平原の中に住むようになった。

ある日、ある人がこう言った。『私たちの祖先が溺《おぼ》れ死んだときと同じように、ノアの時代のような洪水がまた私たちを溺れ死にさせないと、どうして分かる？』

こう答えが返ってきた。『私たちが虹《にじ》を見たときには、永遠に洪水で世界を壊しはしないと神様が約束されたのを思い出すだろう』

『それでも私たちの将来、私たちの子孫の未来を虹に託すわけにはいかないだろう』と反論される。

『私たちは何かをなして、洪水がもう起きないようにしないと』」

――「でも、洪水は神様からの罰だったんだから、人間が神様を怒らせないようにすれば洪水はもう起こらないんじゃないの？」私は姉さんの話に割り込みました。

「そういうことでしょうね、アーシャ。でも、人間っていうのはさらに上のものを求め続ける生き物じゃない？」

「さらに上のもの？」

「そう」姉さんは説明してくれた。「人々は神様の力を恐れて、間違うことのない神様を崇拝した。そしてこう考えるようになった――私たちも神様のように強くなれたらいいのに、と。アーシャはあの、お母さんを殺した熊くらいに強くなりたいとは思わない？」

確かに。姉さんの質問に、私は自分の服を摑んで黙って応えました。あの獣の皮を姉さんから受け取ったときに私は、そんな死んだ母親への冒瀆《ぼうとく》にもなりかねない考えを認めていたのです。「もし昨日、私に熊と同じ力があったら、お母さんは死ななかったでしょ」

それは賞賛なのか慰めなのか、姉さんは私の頭を撫でて、私の髪を肩の前に移すと、外の雨水が樹を打つ音に合わせてまた聖書のお話を始めました。

「彼らは、『れんがを作り、それをよく焼こう』と話し合った。石の代わりにれんがを、しっくいの代わりにアスファルトを用いた。彼らは、『さあ、天まで届く塔のある町を建て、我々の名を高めよう。そして、全地に散らされることのないようにしよう』と言った。

皆が力を合わせて、たちまち塔は天を衝《つ》くほどの高さまで伸びていった。彼らが塔を建てているることはすぐに神様も知ることになった。神様はこうお考えになった――もし人間がこの天まで届く塔を作り上げたなら、これから神の御業《みわざ》はすべて人の手で成し遂げられるということになる、何とかして彼らを懲らしめなければ……」

聖書をそっと脇に置いて、姉さんは私の髪を三つに分けると、ずっとぼさぼさのままだった私の髪を編んでいきました。その時に私は、姉さんと比べて自分の髪がどれだけみっともないか気づいたのです。姉さんがその青い血管の透けた白い指で私の髪を梳《くしけず》っている様子を見て、私は以前に母が話してくれた、神々の子が黄金の羊の毛を刈った物語を思い出していました――今思えば、枯れ草のような自分の髪を黄金の羊毛にたとえたあの時の私は、少しうぬぼれが過ぎていましたが。

いつの間にか、姉さんのお話がまた始まっていました。

「……それから、同類でもお互いを敵か味方か分からなくなった人間は殺し合い、神様は人間に千年の苦難と恨みを残していかれた。これが今日のお話」姉さんは編み上がった私のお下げを引っ張りました。

「どう、アーシャ?」

「かわいいと思うよ。でも私みたいなきれいじゃない女の子は、ぼさぼさのままのほうが良かったんじゃないかな。これは姉さんと同じじゃない」結んだ髪をまた乱そうというように、私は首を振りました。姉さんと同じ髪型にする自信などなかったのです。

「ばかね、アーシャ」首を振る私を止めるため、姉さんは両手で私の頬《ほお》を押さえました。「髪のことを聞いてるんじゃないの。聖書のお話のことはどう思った?」

「ええと……」

「もしかして、よく聞いてなかったの? もしそうなら、姉さんはアーシャのこと、簡単には許してあげないよ。罰として、明日は靴を履かないで食べ物を集めてくるようにしないと」

その時姉さんの顔に浮かんでいたいたずらっぽい笑みは、そういつでも見られるものではありませんでした。私はぼうっと姉さんを見返しながら、今の顔を誰かが見ていたら、きっと姉さんの罰を心から期待しているように見えるだろうな、と思いました。ですがよく考えてみれば、もし本当に裸足《はだし》で食べ物を集めに出て、足が凍《こお》り付《つ》いて歩けなくなってしまったら、それは私よりも気高い姉さんと同じになるということで、私は姉さんを守ってあげられなくなるのではないでしょうか。それを考えると、私は真面目《まじめ》に答えるしかありませんでした。

「ちゃんと聞いてたよ。姉さんのお話の神様って、ずいぶん心の狭い人なんだね」

「アーシャはどうしてそう思うの？」

「だって人間は神様の真似《まね》をして塔を建てたんだから、塔は高ければ高いほど神様が偉大だってことにならない？　それなのにどうして怒ったの？」

「じゃあアーシャは人間が塔を建てて上を目指すのが良かったと思うの？　それか、人間は何をもって人間と呼べるとアーシャは思う？」

どうしてか、姉さんの視線に見つめられているのが少し辛く感じてきました。「そのやり方じゃだめなの？」

「でもいちばんいい方法じゃないでしょう、アーシャ？　たとえばアーシャが足の悪い姉さんを守るために、悪い熊だとか、これから出てくるかもしれないほかの獣と戦わないといけないとして、その時に猟銃を使うぐらいなら素手で戦ったほうがずっといい、なんて思う？」

幼い私が重々しい猟銃を引きずっている姿が目に付いたのでしょうか、私のちょっとした意気込みは姉さんにすぐに見破られていました。ですが理屈は確かに、姉さんの言うとおりです。

「じゃあアーシャ」姉さんは手をひらめかせました。「人間には、高い塔を建てるよりも、もっと簡単な、もっと良い方法はなかったと思う？」

「姉さんはどう思うの？」昨日までのことは思い出せないとはいえ、姉さんと一日言葉を交《か》わした私は、自分は記憶を失う前も、きっとこうして姉さんの後ろを付いているだけの、自分の考えのない人間だったのだろうと思わざるを得ませんでした。

「アーシャは、人間と神様の違いは高さだと思う？」

私は首を振りました。

「そうだよね。今アーシャの記憶は混乱してるけど、それでも私たちがまだ字が読めなかったころ、お母さんが見せてくれた絵本は覚えてるでしょう？」

確かに、もっと小さいころに見た、色々な神秘的な物語を描いた絵のことを私はぼんやりと覚えていました。ですが記憶が欠けていたせいで、その物語がどのようなものだったかは思い出せません。

「どうしてあの絵には、神様のお顔が描かれていなかったのかな？　どうして私の持ってる聖書には、神様の御業を描いた絵が一枚もないの？」

「それは神様の偉大さが、どんな絵にも描けないし、描いちゃいけないからだよね」この簡単な教えは、私にも理解ができました。

「そのとおり、神様に関わるどんな絵も、神様への冒瀆なの。それなら、〝高い〟なんて言葉では表せない神様に、空に届くような塔を建てて近づこうとするのは、それも一つの冒瀆じゃないかな？　それを見た神様が、怒らないと思う？」

「それじゃ、姉さん、人間はどうやって神様を敬《うやま》って、上を目指せばいいの？」

「アーシャは、人間と神様の違いはどこにあると思う？」

やはり私に答えられるはずはありませんでした。そして私と並んでベッドに腰掛けている姉さんは、人と神といった話題を私と話し合っている間に、これまでの悲しげで寂しそうな表情が段々と薄れていき、その顔にはまた違った、落ち着いた智《ち》の雰囲気とでもいったものが感じられました。

「もちろんこれは、私みたいな役立たず一人の考えでしかないけどね。人間というのは、結局は時間と寿命に縛られた一つの生物でしかないけれど、神様は不朽なの。もし神様を敬うというのなら、最良のやり方は不朽を追求すること」

「でも人間はほかの生き物と同じで、いつかは死ぬでしょう」

「そうだよ、アーシャ。今日お母さんを埋葬してきた私たちは、誰よりもそれが分かってる。でも、お母さんは亡くなったけれど、私たちはまだ生きているでしょう？　聖明なる神様にとってはすべての人は同じなの、だから私たちが生き続ければ、お母さんも生き続ける。人間が生き続けてさえいれば、それが一人でも、人間は不朽のものになる。もし、神様の不朽がどこかで寿命を迎えるだけのことだったら、神様が死ぬとき、人間は初めと変わらない表情でその前に来て、こう神様に告げるでしょう。『私たちは洪水や天に届く塔への罰を受け入れ、与えられた業に従って生きてきました。今私たちが成し遂げるのは、あなたよりも長く生きることです』。アーシャは素手で熊と戦うことはできない。それは人間にできることではないからで、前に住んでいた人が猟銃を残してくれたのは、その命運を踏み外さないようにという用意なの。同じように、塔を打ち立てることよりも、人間に責任があるのは生き続けること、不朽を手に入れること。アーシャと私がお母さんよりも長く生きるように、人間は自分たちを作り出した神様よりも長く生きていくの」

姉さんが熱に浮かされたような口調で一息に話してくれたことは、数十年後の私にも、すべてを繰り返すことができます。正直なところ、物静かで優雅だった姉さんを神として崇《あが》めていたあの時の私には話の意味をすべて理解することはできませんでしたが、聖書の物語と姉さんの解釈は意味もわからず頭に叩き込んでいました。それから私たちが森を出るまで、姉さんの体調が許すかぎり、夜になると私たちは聖書やほかの本の物語について語りました。そのうちに、私も働く合間に少しだけ本を読むようになっていました。

箱の中の本はほとんどが、あの黒い聖書と同じようにぼろぼろになっていました。あの夜姉さんが教えてくれたとおり、母の本にはすべて、信心を表すために冒瀆と言えるような絵は有りませんでした。

――申し訳《わけ》ありません、先生、私のようなおばあさんはうっかりするとすぐに話が逸れてしまうのです。母が死んだ次の日に話を戻しましょう。その夜は、姉さんが人間と神様についての話をしてくれた後、二人とも疲れてしまったようで、姉さんはよろけながら奥の部屋へと戻ろうとしました。

「姉さん、姉さん……」傷に響かないようにとその服の袖を摑むことしかできませんでしたが、それ以上に独りで眠りたくなかった私の心は、きっとかなり混乱していたでしょう。姉さんの着ている麻の服を通しても、自分の爪《つめ》が手のひらへ深く食い込むのが感じられました。

「おかしいじゃないアーシャ、お母さんがいた時には私と一緒に寝るのが嫌だったくせに」

「そんなことないよ！　もし本当にそうだったなら、記憶がなくなったのも当然の報いだよ！」私は少し苛立《いらだ》っていました。

「はいはい、冗談だから。今日は疲れてるし」姉さんは新しい林檎《りんご》の香りを嗅《か》ぐお姫様のように、顔を私の胸に当てました。「私とアーシャは一緒に眠りましょう、アーシャが天使のような花嫁さんになるまで」

そう聞いて腹を立てた私は、お下げを解いていきました。引っ張られた頭の皮が意味もなく痛みます。「花嫁になんてならないよ！　一生姉さんを守るから！」

「ふふっ、いい子ね、アーシャ。でも姉さんがさっき話してあげたことは忘れないでね、アーシャも私も、自分の務めを守って……」

姉さんは静かに私を慰めながら、両腕を私の腰に回します。それを支点にして、私たちは並んでそっと横になりました。冷え込む夜に抗《あらが》うため、暖炉の火と分厚い布団に加えて、姉さんと私はお互い靴下を脱ぎ捨てました。時が経ってから思い返しても、あれは間違いなく暖を取るための最良の方法でした。

「姉さん、暖かいね。気持ちいいよ」私は足の指で、姉さんの柔らかな土踏まずから踵《かかと》をそっと撫でていました。

「ねえ、くすぐったいよ……」姉さんは静かな声で呟《つぶや》きます。「アーシャ、アーシャはきっと出会えるから、きっと……」声は段々と小さくなっていきました。

気づかないうちに、姉さんの話を伴奏していた雨音は完全に消えていました。少しだけ首を伸ばすと、窓の外を疎《まば》らにちらつく白い欠片《かけら》が見えました——きっとこれが、春になる前の最後の雪になるでしょう。眠っている姉さんを起こさないため、私は森に積もった雪を見に行くことはできませんでした——しかし私にとっては、積もった雪よりもこうして小さな窓を通して、まるで地球に生まれ出た魂がその顔を俯かせて何かを迷っているかのように、白く無垢《むく》な雪片が左右にためらいながら落ちてくるのを見るほうがよほど好きだったのですが。

そう、もし雪にどこに落ちるかを選ぶことのできる瞬間があったとしても、それは雪片一つずつにとって何の意味もないことでしょう。それは、どこで融《と》けていくかを選ぶことでしかないのですから。私という人間の運命が姉さんを守ることだとすれば、私はきっと自分にできる限りを尽くすでしょう。もしそれが、ほかの誰かの守るべきものと衝突したり、食い違ったりしたとしても。

もちろん、あの猟銃も使って。

4

あの年の夏、山の下の廃村で、私は天使様に出会いました。

母親が亡くなってからは私が毎日の食料集めを担当し、足の悪い姉さんが料理や掃除を担当して、さらに私に勉強を教えてくれていました。そんな日々にだんだんと慣れていった私にとって、昼間は自分ひとりの時間、夜に家に戻ってからは二人でひとときを過ごすもののように感じていました。

傷を負った足がなかなか回復しないために、姉さんは杖を頼りに小屋の周りのごく狭い範囲を散歩することしかできませんでした。森に出ていくには、私の助けが必要なのです。

食物を採集する役目といっても、聞こえほどの苦労ではありませんでした。森を一回りするくらいのことで、置いておいた罠《わな》に兎が引っ掛かっているか確かめ、地面に食べられる果物や茸がないか——どれが食べられてどれが食べられないかは、姉さんや小屋の前の住人が残してくれた緊急手帳から教わっていました。姉さんが持たせてくれた昼食を森の中で食べ、午後には山の下の村にある麦畑で麦の世話をします。

毎日必ず太陽が昇るころに家を出て、空が暗くなりかけたころに猟銃と採集の成果を手に戻る。こうすることで季節によって変わる仕事の量に合わせることができていました——日の短い冬は麦畑に下りていく必要がありませんし、夏には採集できる食べ物が当然ずっと多くなります。

ですから私には、夏の日はいつも、姉さんが横にいない寂しい色に見えていました。

その時私は十二歳で、女の子が憂鬱《ゆううつ》という病にいちばん罹《かか》りやすい年頃でした。姉さんと離れ一人で森で過ごす夏の日々が、その病を悪くしていることは間違いありませんでした。姉さんや古い本からの教育も、退屈を感じさせるのに十分です。もともと落ち着きのなかった私は、母の遺品を深く考えずに開けては姉さんに叱《しか》られていました。

「それはアーシャが好きに触っていいものじゃないの」そう言う姉さんの表情は、少し恐ろしく思えるほどに厳しいものでした。

ですから、木陰《こかげ》の下で暑気の和らげられた長い昼が、私にとってのいちばんの遊び相手でした。

——先生には説明しておいたほうが良いでしょう、私は反抗的なときでも、いつも説教をしてくる姉さんを嫌ったことはまったくありませんでした。あれはそのころの単なる若さと幼稚さが、姉さん以外の頼れるものを夢見させていただけだったのです。

あてもなく森の中の兎や狐《きつね》を追いかけたり、水杉を揺らしてサムソンの物語を思い浮かべたり、空想の友達と小川のほとりで水遊びをしたり。午後には村へと下りていき、畑仕事が終われば捨てられた家々をぶらつきます。家に落ちている割れたガラスや色々なごみに気をつけながら、時々村人たちが残していった口紅やぼろの服を見つけて、適当に着飾っては鏡に向かい、姉さんの言っていた天使と自分がどれだけ違うかを確認していました。もっと嬉《うれ》しいのは、捨てられた家に落ちていた本や、狩りのときに撮られた写真を見つけたときです——ほとんどが湿気《しっけ》でひどく傷んでいて、拾って帰る価値がなかったのは残念でしたが。そして、陰になっていた村の隅々《すみずみ》を傾いた日が照らし出し、悠々と飛ぶ鴉《からす》が餌《えさ》を探し始めるころ、私は自分で考えたパンの歌を歌いながら、のんびりと山を上っていきます。

ある日の夕刻、銃と食べ物を背負い、夕陽《ゆうひ》を踏みつけながら村の通りを歩いていた私は、自分のものではない歌声を耳にしました。

屋根にある十字架から考えて、道端《みちばた》にあるこの建物は、以前は村の教会だったのでしょう。そこに入って遊んだことはそれまでありませんでした。鍵《かぎ》の掛かっていない入口を開けると、遥か高みにある天井に覆われた礼拝堂が目に入ります。姉さんが話していたとおり、礼拝堂には奥の十字架と聖像を除いて絵はありませんでした。ぼろぼろになった長椅子が空《むな》しく列をなし、そこに腰掛けているのはかつての村人ではなく、空洞になった窓から入ってきた鴉でした。その鴉は当然、昔の村人と同じように聖歌に耳を傾けているだけでした。

祭壇に掲げられた十字架の下、白い服を纏った少女が両手を胸の前で組み、歌っています。これほど無垢なドレスを着るのは——天使のほかにいない、と姉さんは言っていました。それに、無人の廃村に姿が現れたことこそがすでに一つの奇跡なのです。

少女が歌っているのは、私の知っている歌ではないでしょう。なぜなら姉さんは、天使の歌声が歌うのは、天国の言葉だと言っていたのですから。

開いた入口から射し込んだ夕陽に気づいたのでしょう、天使は歌を止めて、見開いた両目を入口に立った私に向け、華奢《きゃしゃ》な身体を落ち着けます。肩に掛かった太陽のような髪は、彼女が収めた羽のようにも見えました。

「天使様！」興奮の余りにか、私は声を上げました。

「アーシャ」天使の話す声を聞くのは初めてでした。

「私の名前もご存じなのですね！　天使様に間違いない！」

実を言えば、あの時の私が天使の出現に喜んだのは信仰からのものとは言い切れず、私は人のいない場所で長く過ごし、言葉を交わす相手は姉さん一人だけ、森の中の小動物を遊び相手にしても対等な友達とは程遠かった、というだけのことでした。ですから天使が私にも分かる言葉で話してくれたのを聞いて、私は急いで銃を下ろし、邪魔な長椅子を蹴飛《けと》ばしながら祭壇へ駆け寄っていき、透き通りそうなほどに白い天使の両手を握ったのでした――もし何かをしでかして天使が透明になり、消えてしまったなら、私はまた一人きりになってしまいます。

「何を言っているの？」天使は首を傾《かし》げて、少し慌てたような表情を見せました。

「天使ではないのですか？　うちの姉が言っていたんです、そんなに白くてきれいなドレスを着られるのは天使だけだって。それに天使様の髪は、姉さんよりももっときれいです」

椅子を蹴飛ばされて驚いた鴉が礼拝堂の中を何周か回って、またぱらぱらと床に落ち着きました。

「お姉さん？」

「そうです、私はアーシャ、姉さんと山の上の小屋に住んでいて、でも姉の足はずっと良くないんです、そうでなければ今呼んで来れるのですが……そう言えば、天使様はどうしてこんなに誰もいない荒れた村にいらしたのですか？」

あまりにも真剣な私の態度に驚いたのか、美しい少女の姿をした天使様は私をじっと見つめ、しばらく経ってから答えました。

「そう、ここの村民たちは故郷を離れてしまったけれど、家の天使《Engel des Haußes》である私の務めはこの地で主の恩寵《おんちょう》を称《たた》え、人間の帰郷を待つこと。アーシャとお姉さんの故郷はここではないのでしょう？」

「はい」そして私は、私たちがどうして森に住むようになったかの物語を簡単に天使様に話しました。

「かわいそうな姉妹なのですね」清らかな顔には、気高い悲しみと哀《あわ》れみが浮かんでいました。「お姉さんの言うとおりあなたたちの母親は、この地で生まれ、消えてしまった村民たちと同じように、ソロモンの罪のために流浪や死を受け入れなければなりませんでした。アーシャのお姉さんも、おそらくはそのために歩けなくなったのでしょう」

ソロモンの罪――以前、姉さんが生前の母の言葉を伝える中に出てきた言葉が、もう一度重く私の心を押《お》し潰《つぶ》しました。その罪と受けるべき罰は血の中を流れ、姉さんの体に注いでいたのです。母親の不幸な死に、姉さんの治らない足の傷、もしかするといつか……はっと我に返ると、自分がいつの間にかひざまずき、天使様の服の裾《すそ》を摑んで死にものぐるいで懇願《こんがん》していることに気づきました。

「天使様、何とかして姉さんを救ってください！　私の両足、命と交換でも構いません、その罪を消し去る方法を教えてください！」

ひざまずくことは卑屈さを表すだけでなく、相手に最大限に行動を強いることができる、と言います。ですがその時の私はそこまで考えてはいませんでした。全知全能かもしれない天使様に不敬を感じさせてしまったら、きっと姉さんを救う方法は教えてもらえないでしょうから。

手に伝わってくるのは、戸惑った天使様が微《かす》かに両足を合わせる手触りです。

「アーシャは、お姉さんのために本当に危険を冒すつもりがあるのですか？」天使様は私の頭を撫でて、私を立たせました。

「ソロモンの罪を、自らの野心のために人を殺すことだとすると、アーシャの願いは、誰かを救うために魔を祓《はら》えば叶《かな》うのです」

すべてを知る天使様の言葉は、私には理解できませんでした。

「アーシャ、今から話すことをよく聞きなさい。予言の書によれば、今から三日後の日暮れ時、一人の旅人が道を急ぐためにこの森の奥を通り、水杉の中に生えた一本の大橡のそばを通ることになります。彼の運命の書に書かれているとおりになれば、彼はそのまま道を進み、その先の森を守る魔女によって殺される宿命を背負っています。森の中の魔女はこの天地の間の荒れ野と同じほど長い命を持ち、数千年、数百年と人の血を貪《むさぼ》って生き長らえてきた存在で、家の天使である私にも何ともできないのです。もしアーシャがその旅人を救い、魔女を殺したなら、あなたやそのお姉さんはきっと、これ以上の罰を身に受けることはないでしょう」

天使の語ったことに私は恐れと疑いを抱きましたが、しかし何代にも受け継がれる罪を消し去るためには、当然それだけの働きをしなければならないでしょう。それでも、家の天使にも手出しができない邪悪な魔女を、どうすれば私のような子供一人が殺すことができるでしょうか？　そう聞かれた天使は、このように答えました。

「実は、魔女を殺すことができるのはあなたたち人間だけなのです。天使は突き詰めれば魔女とは対等の概念、同類で殺し合うことは、万能の主の最も嫌うことです。それに、竜を殺す勇者が宝剣ノートゥングを持つように」天使様は、私が床に置いた猟銃を指差しました。「アーシャは魔女も恐れる武器を持っているではないですか？　しかし魔女が持つ、すべての邪悪なるものを召喚するあの魔導書にはくれぐれも気をつけるように……」

私が振り向き、猟銃を見つけようとする間に、祭壇の前に立っていた天使様は消えてしまっていました。これも当たり前のことですが、一つの奇跡だったのでしょう。


「そうだったの。アーシャは、聖書に書いてあるダビデ王とソロモン王の話は知らない？」

今日の夕飯も兎とパン、そして野菜です。

夕飯の後、いつもどおり私のベッドに姉さんと並んで座って、天使と出会ったことを姉さんに話しました。この何年かで、夜の読書の時間は姉さんが本の内容を読んでくれるものから、二人がそれぞれ好きな本を読むように変わっていました。昼は採集に出かけていた上に、私の性格は姉さんに比べるとずいぶん落ち着きが足りず、記憶力もなかなか成長しなかったので――もしかしたらそれは、母親が亡くなったときに所々記憶が失われたのと関連があったのかもしれませんが――私はいつも一冊を読み終わらないうちにほかの本に移る、という調子で、本当に読み終え、深く印象に残っているのは、おそらくは何冊かの詩集だけでした。ダビデとソロモンのお話は、姉さんから聞いたことがあるような気もしましたが、その時には〝罪〟と結びつけて考えなかったせいで、その後きれいさっぱり忘れてしまっていました。

「しょうがないか、アーシャはいつもめでたしめでたしの恋物語が好きで、戦いとか人が死ぬのが出てくる本は何とかして忘れたがるものね」

「そんな……」私の言葉はきっと反論として無力だったでしょう。家族の思わぬ死とそれへの復讐《ふくしゅう》をこの身で体験したからか、年を取った今になるまで、本に出てくるロマンティックな英雄たちにはいくらかの距離と、無感動を覚えてしまうのです。「姉さん、もう一回その人たちのやったことと罪について教えてもらえる？」

「いいよ。アーシャの願いなら、何だって叶えてあげるから」そう言った姉さんは、杖を突いて奥の部屋へ行き、長く目にしていなかったせいで私は記憶さえ薄れかけていたあの黒い表紙の聖書を持ってきてくれ、ぼろぼろのページを開いて私にお話を始めました。

遥か昔の歴史などご飯の後の暇つぶしでしかない、と私は思っていました。だから最初私は真面目に聞きもせず、話をする姉さんのことをじっと見ていました。虫や鳥の声の響く夏の夜の暑さは疑いようのないもので、月光か、あるいは蠟燭《ろうそく》の火が姉さんの額を照らし、そこからじわりと染《し》み出した汗はあごを伝い、開かれた本のページに落ちていきます。いつのことになるかは分かりませんが、布教のため次にこの聖書を開く聖賢たちは、その紙から違った香りが立ち上るのに気づくでしょうか？　姉さんの汗を受け止めるのが破け、傷んだ本であること――これほど近くにいる私でないことは、一つの無念かもしれません。

ですが次第に、聖書の物語らしい凄惨《せいさん》さが私の興味を引きました。遠い昔から続くユダヤ人とペリシテ人の戦いで、若く健《すこ》やかなダビデは身を挺《てい》してペリシテの巨人を倒し、ユダヤ人の王となって、殺されたペリシテ人の骨でエルサレムに王国を築きます。そして、老いたダビデ王の好色と虐殺、それを継いだソロモンの業績や征伐、恐ろしいほどの知恵と財宝、故郷に戻ることができないというユダヤ人への呪《のろ》い……聖書に書かれた二人の王の物語から考えれば、この本を聖書と崇める私たちもダビデとソロモンの末裔《まつえい》ということになるでしょう。遠い昔の時代、土地や権力のために私たちの祖先はそんなに多くの敵や同胞たちを殺していたなんて。私は、母や天使様が口にした〝ダビデとソロモンの罪〟という言葉の意味を少しずつ理解していきました。

「ダビデ王とソロモン王はそんなに残酷だったんだね。その子孫の私たちが住んでるところを追われたり、親がいなくなるのも仕方ないじゃない！」

自分の祖先の虐殺を認めるのはこんなに辛いことなのか。話を聞いた私はベッドに倒れ込んで、壁のほうを向きながら姉さんに言いました。

「アーシャ」ベッドに座っていた姉さんが私の手を握ります。「その天使様が仰《おっしゃ》ったことは本当でも、自分がやってないことのためにアーシャも苦しむことはないの。ほらアーシャ、私たちが暮らしてる森も、春には夾竹桃《きょうちくとう》や銀梅花が咲き乱れて、夏には青々とした木陰が日差しを遮ってくれる。秋には地面を覆うくらいの落葉が舞い散るし、冬の雪は静けさを運んでくれる。同じ森も、四季が過ぎる間に違う顔を見せるでしょう。私たちとその祖先はどちらも同じ樹に生えた葉だけれど、それぞれ違った季節に生きているの。後の世の人間は先人の罪を贖《あがな》う責任はあるけど、私たちがそのことを恥ずかしく思う必要はないんだって」

姉さんの慰めの言葉は、私の辛さをいくらか和らげてくれました。

「でも姉さん、本当に私たちの先祖はそんなに残酷だったの？」

「もしかしたら、戦いを経験した人はどこかで人間から遠ざかってしまうのかも。戦いっていうのは、対立している人たちがお互いに殺しあうことでしょう？　殺さなければ生きていけない――こういう理屈で頭がいっぱいになって、素晴らしい王様でもひどい有様《ありさま》になるんでしょう。神様が人間に許したのは不朽の追求で、殺し合うことではないんだから。神様にとっては」姉さんは悲しげに言いました。「人を殺した人はひょっとしたら人のうちに入らないのかも……」

「でもダビデ王は若いときから人を殺してたでしょう」私は壁に向かって続けます。「その時に巨人を殺してなかったら、私たちの血は無くなっていたんじゃない？」

「確かにそうでしょうね。大昔、土地のない民族は滅亡する結末を避けられなかったから。敗れたペリシテ人のようにね。でも人を殺した人はもう普通の人間じゃいられないんだから、それが受ける〝定め〟も最後には違うものになるでしょう。今ここで国と血を守るために、惨たらしく心休まらない晩年も、子孫がさまよい続ける呪いも受け入れた――もしかしたらそれが、ダビデ王の偉大さなのかも……それにアーシャは、投石器で巨人を打ち殺したダビデ王はとても格好がよかったとは思わない？」

「格好よかったら殺しても許されるっていうの？　私は顔で人間が判断できるなんて思わないけど……」

「確かにね、心の善悪は顔に書いてあるわけじゃあない」姉さんが私の言葉を遮ります。「ねえアーシャ、大昔の話はやめにしましょう。そういえば、アーシャは天使様の仰るとおりにするつもりなの？」

「もちろん。ダビデとソロモンが何をしたって構わない。その人たちがそこまで暴《あば》れ回ったなら、私たちに苦しみが降りかかってくるのも当然でしょう。だからそれと同じくらい暴れてる、山の奥の魔女を倒したら、本当に私たちが背負った罰を解けるかもしれないでしょ」

そう言いながら私は体を起こして、自分から姉さんのことを見つめました。

「本当に？　敵とはいえ同じ人間を殺した先祖は、その報《むく》いを子孫に伝えているんでしょう。それはきっと、私たちの定めでもある。その時にはアーシャも気をつけなさいね。でも――そういうことなら、きっと山の外で暮らしている人たちにとっては、アーシャと私も森の中の魔女と言っていいいんじゃないかな」

「姉さんは魔女じゃないよ！」

駄々をこねるようにしてこの夜の会話は終わりました。

眠りに落ちる寸前、私は意を決して姉さんの頬に口付けました――それまではずっと、姉さんからしてくれていたのです。舌で自分の唇を舐《な》めてみて感じたしょっぱい味は、最高の眠り薬になってくれました。

決心と猟銃があれば、三日後の使命はごく簡単なことでした。

しかし小屋から森の奥へと入っていき、旅人が通りかかるはずの大きな橡の樹を見つけるまではずいぶんと時間を使ってしまいました。

幸い、ひょろ長い水杉の中で太く伸びる橡はとても目立つものでした。猟銃を持ち、あるかなきかの小道を通り抜け、低い場所の荊《いばら》を避けながら、やっとのことでその樹を見つけます。深い森の中を何も考えずに歩いても見つけられたのは、きっと天使様が密《ひそ》かに護《まも》ってくださったのでしょう。

その樹の高さはそれほどでもありませんでしたが、大きな円形に張り出した枝葉は周りの水杉を遠ざけ、木陰に広い空き地を作っていました。その威厳《いげん》は、まるで神殿の中の王様のようです。歩き寄ると、傾いた日に照らされて、逞《たくま》しい幹の表面には人の顔のような模様が様々に浮かび上がっていました。

この世の物語のすべては、これに似た一本の橡の樹から始まったといいます。

魔女――あるいは、私に殺される魔女と言いましょうか――にはこの上なくふさわしい樹に間違いありませんでした。

恥ずかしかったのは、まもなくやってきた旅人が、木陰に隠れていた私にずいぶんと驚いたことです。

私が手にしていた猟銃が、私のことを強盗だと誤解させてしまったのかもしれません――森の中の魔女が猟銃など使うはずはないでしょう。

旅人は闇夜《やみよ》のようなマントを羽織《はお》り、頭巾《ずきん》から覗いているのは真昼のような髪と整った顔でした。背中と手にある重い荷物もぴんと伸びた背筋を撓《たわ》ませてはいませんでしたが、浅黒い肌からは旅の苦労が見て取れました。

「本当に強盗じゃないのか？」

私を目にして逃げ出そうとした旅人は、地面の木の根につまずいて倒れてから、私の持っている猟銃を見つめて震えながら聞いてきました。

「何言ってるの！　私はアーシャ、山の中の小屋に住んでるの」生まれて初めて男の人を――いえ、正確に言えば記憶を失ってから初めて姉さん以外の人間を目にしたわけですが、私にとってはそれほどの衝撃ではありませんでした。

「アーシャさん……ど、どうも」旅人のほうは慌てた様子でした。「僕はパスカルだ。普段は絹や服を街から街に売り歩いて暮らしてる。色々と理由があって、危険だけれどこの山、この森を通らないといけなくなったんだ。君、いくら出せばここを通れるんだ？」

「ねえ！　強盗じゃないって言ったでしょ」私の姿は実際以上に恐ろしく見えていたのでしょう。「ほかの道が通れなくなって偶然ここを通ったって、自分でも言ったばっかりじゃない？あなた以外に旅人がここを通るはずなんてないんだから、強盗がここで待ち伏せするなんて、そんなの頭が悪すぎるでしょう」

「そうか……」旅人の表情がやっと緩《ゆる》み始めました。

「パスカルさん、予言は信じる？」

「アーシャさんは天使なのか？」

「あなたって、どうしてちゃんと私の話を聞いてくれないのかな」その時私は、この通りすがりの人を助ける気が薄れ始めてもいましたが、それでも堪えて天使様からの託宣を教えてあげました。

「この時代に魔女がいたとはね」旅人は半信半疑の様子でしたが、さっきの慌てた姿と違うのは、私が強盗でないと知ったこの人が冗談めかした雰囲気を漂わせ始めたことです。そのような雰囲気に出会うのは私も生まれて初めてでした。

「信じなくてもいいけど。あなたはこの木の陰で少し休んでてくれればいいんだから。魔女は私が倒してあげる」

「それは良くないよ、アーシャさん。ほら、僕は男で、戦う用意もある。魔女だって簡単にやっつけられるさ」

「それはだめ！　魔女は私が殺さないといけないの！　だって……だって姉さんが……」

「また天使か？　分かったよ、アーシャさん、僕はしばらくここで待ってる」このひ弱な男の人は、私のことが気になり出したようです。「何かあったら僕を呼んでくれ」

私は頷いてみせると、猟銃を手にし、日が落ちていく方向に向かって森の奥へと入っていきました。

ここを通ったパスカルさんは、私にとって天使様との約束を果たすための道具にすぎないのでしょうか？　何年か経って思い出してみると、パスカルさんが通りかかったこと、そしてその後で私が魔女を殺したことまでもが、天使様が私のために用意してくれた一つの劇のようにも思えました。

そう考えると、私はきっと良い役者だったでしょう。

そうです、疑いの余地もなく、旅人と離れて独り歩き始めた私はすぐに、魔女というものと出くわしたのです。

そして、猟銃でそれを殺しました。

ずいぶんとあっけなく、容易な使命でした。以前読んだ詩の中で、神剣を手にした英雄が数回斬《き》りつけただけで竜を倒してしまったように。

神話の中の魔物は見苦しく残忍なものですが、私が出会ったその魔女の幼さは、混沌《こんとん》とした邪悪のようなものを纏っていました。こう言ってしまうと信じてもらえないかもしれませんが、それは私よりも何歳か上の子供にしか見えなかったのです。たとえば、私とそれとの短い会話は、私の後ろの草むらから突然飛び出してきたそれが、私をつまずかせて笑ったところから始まりました。

「はっは！　あんたバカなの？」

それが着ていた黒いワンピースはとてもどぎつい、いや、ただどぎつい、と言うよりもどぎつい短さ、と言ったほうが良いでしょうか、その邪悪な笑みにはよく似合っていて、奇妙な形の帽子の下からは、炎のように不思議な光を放つ長髪が見えました。

「何十年かぶりだよ、若い物売りがここに来てあたしのおやつになるって、天上のあいつらが予言していたけれど、こんな小娘が来るとはね」

「私がおやつに見える？」地面から起き上がった私は猟銃をしっかりと握りました。

「ううん、あんた、不味《まず》そうだね」

「不味い？　私？」

「ふっふ、あたしは本物の魔女なのよ！　何十年もお腹《なか》を空かせてきた魔女。やっと人がここに来て……あんた、自分がまずいって言われたのがどういう意味か分かる、このおバカさん？」

「私を見下してるの？」

「この小娘は本当にバカもバカ、大バカね！　ううん……それはねえ、あんたがあんまりまずそうで、あんまりバカだから、あたしは食べてあげないってこと。あたしと友達になりましょうよ！」

「自分の手で倒すって約束した人とは、友達にならないよ。それに、私は友達はいらないから」

「でもアーシャはこんなにちっちゃな女の子じゃないの。どうしてそんな、世界を救う勇者みたいなことをしてるの？」

「あなた、本当に天使様が仰ってた、人を食べる魔女なの？」私は心から疑いが芽生《めば》え始めていました。

「あんた、まともな人間がこんな森の中に住んでると思う？」大人の真似をする子供のように、魔女は胸を張りました。

「いるでしょう、私と姉さんは山の途中に住んでるし」

「へっ、あの小屋ね」魔女とやらは自分の髪を摑みました。「百年前、珍しく山を下りられたときにあそこの人を食べたわ。そうね、アーシャたちがあそこに住んでなかったら、寛大な魔女様はあんたたちを招待してたでしょうね」

「えっ？」

「偉大なる魔女様はこの山の山頂に住んでおいでなのよ！　あの洞窟《どうくつ》は夏も冬も気持ちのいいところで、周りでは悪魔の友達、山羊《やぎ》を育てているの。薬草や色々なものを死人の髑髏《どくろ》に詰め込んで熟成させれば不死の甘露の出来上がり。それに、食べてもまずい小娘には、魔女様は特に寛大なことに、ご自分の御枕《まくら》を使わせてくださるのよ！　アーシャの姉さんもまずいのなら、魔女様は慈悲深くもお腹に入れないでいてくださることでしょうよ」

「魔女の……お嬢ちゃん、おかしいとは思わないの？」

「お嬢ちゃん！　あたしのことをお嬢ちゃんですって、ひどいわ！　あんたはこの世に魔法と奇跡が在るのを否定するの？　それなら、魔女様は炎の牢屋《ろうや》を召喚して無理矢理にでもあんたを閉じ込めるわ！」

　そう言うと、魔女はふところから羊皮紙のような素材で作られた、表紙に獣の絵の描かれた分厚い本を取り出して、わざとらしく呪文《じゅもん》とやらを唱え始めました。これがあの魔導書なのでしょう。

　このとおり、魔女との会話を綴っていくのは、この辺りで止《や》めにしましょう、先生。お分かりでしょうが、あの時十二歳だった私から見ても、魔女はあまりにも幼稚で、私とは簡単な会話も成り立ちませんでした。ひょっとすると、数百年というその寿命は魔女にとってあまりにも寂しいものだったのでしょうか。天使様からの言いつけがなければ、それと一緒に山頂の洞窟を見に行ってもよかったかもしれません。ですが――

「魔女の……お嬢ちゃん、寂しさを紛《まぎ》らわす、いい方法をもう一つ知っているんだけど」私は話を遮りました。

「お嬢ちゃんだなんて呼ばないで！　へえ、方法っていうのは何？　言いなさいよ」

「分かるでしょう、不朽に見える魔女さん。羊小屋にあなたはもう帰れないの」

銃を持ち上げると、この距離では狙《ねら》いを付ける必要もありませんでした。

辺りに轟《とどろ》くその音が響くと、それに驚いたのか空を埋め尽くすほどの鴉たちが、西に沈みつつある太陽を遮りました。動物たちも銃声を聞いたのは生まれて初めてだったのでしょう、だからこれほどに羽をはばたかせ、殺戮《さつりく》への拒絶を訴えているのです。残念なことに、人を食らう獣という魔物を殺したことがすでにある私には、もう一度猟銃で命を殺すことに何の特別な感情も湧《わ》いてきませんでした。同族を殺さない限り、〝ソロモンの罪〟というものの報いは降りかかりません。この魔女を倒すことは、それ自体がダビデ王の罪を打ち消すための一つの方法なのでしょう。

その上この魔女の行いは、毎日私に捕らえられ、姉さんに料理されてきた動物たちと何の違いもないのです。

黒い服を纏った少女の身体は後ろへと吹き飛び、そこの茂みへと落ちました。

慌てたパスカルさんが私を追って現れたときには、空の鴉はすべて飛び去り、魔女の腐り果てた魂のために昇天の道を空けていました。

「本当に魔女がいたなんて……」

「だから言ったでしょう」私は答えました。どうして皆、人の話をちゃんと聞き入れないのでしょう？　旅人は魔女がいることを信じない、魔女は私に殺されることを信じない。自分が危険な状況にいることを誰も認めたくないかのようです。

魔女の死を確認するため、私はパスカルさんと共に魔女の倒れた茂みを探し回りました。しかし見つかったのはその服と帽子、靴、そしてあの魔導書だけでした。そのワンピースには焦《こ》げ跡で囲まれた穴が開いていて、それは服の胸の前と背中を貫《つらぬ》いて、火薬の臭いを漂わせていました。私が殺したのは、きっと人間ではなかったのでしょう。もし魔女が私の銃弾を受けたあと、自分の身体を隠して生き延びたのだとしたら、あの生意気な性格から考えて、きっともう一度私をからかいに来るはずです。魔女が死んだことには何の疑問もありませんでした。

以前私が殺した熊は、埋められる前に皮を剝がれました。そして今度の魔女は、服だけを残していきました。死体のすべてを埋葬されることで人間は定義される、というのはこういうことなのでしょうか。

魔女の魔導書を本人の服で包み、橡の木の根元に埋めます。私に命を救われた旅人は、当然感謝のし通しでした。

「アーシャさんは本当に僕の恩人だよ。今は山の向こうの街に急がないといけないけれど、帰りには贈り物を持ってまた挨拶《あいさつ》に来るから」

私は贈り物など必要はありませんでした。もとより私がしたことはパスカルさんのためではないのです。

「アーシャ！　やっと帰ってきたのね！」

太陽が完全に山へと沈むぎりぎりに小屋の前に帰ると、姉さんは杖をついて心配そうに私を待っていてくれました。駆け寄って私を迎えた姉さんは、地面につまずいて一度転びさえしました。

「姉さん、やったよ！　私たちの先祖の罪は消えたんだよ！　これからは何の不幸も起こらないんだよ」私は杖を倒して歩くのが難しい姉さんを助け起こし、抱き付きました。

「良かった、アーシャ」姉さんは私を見上げました。「アーシャはよくやったよ」

そう、熊を殺したって、魔女を殺したってかまわない、私が助けたいのは、ただ一人だけなのです。

5

それからの五、六年の間で、私は天使様に十数度会い、パスカルさんとは五、六回顔を合わせました。

特に毎年の夏になると、天使様はよく姿を現してくれました。「夏は冬と比べれば帰郷の旅には都合が良いでしょうに、どうして村人たちは帰ってこないのでしょう」私と共に教会の前の階段に腰掛け、毎年こうして嘆く天使様の歌声は変わらず美しく、その身に纏った白いドレスに引けを取っていませんでした。

同じように夏になると、パスカルさんはこの山を通る際に私に会いに来てくれました。私たちは裸足になって、鳥の声に合わせて森の中で踊ることもありました。死んだ魔女の言う〝小娘〟が少女に成長していくのを見ていたパスカルさんがどう思っていたのかは分かりませんが、毎度持ってきてくれていた贈り物――たとえばおもちゃや絹織物《きぬおりもの》を、私は一度も受け取りませんでした。「受け取ってくれないかアーシャ、これは僕のほんの気持ちなんだから」。十六歳の年には、旅人は銀でできた花の冠を取り出し、私の頭に載せてくれようともしました。その赤らめた顔を見て私は、ああ、これが男の子なのか、と思っていました。

もしかするといつか、私は花の冠と指輪を身に着け、天使のような白い服を着て、どこかの男の人と誓いを交わすのかもしれない。ですがその情景よりも私が望んでいるのは間違いなく、この手で姉さんに冠を載せ、一緒に白い服を着て、天使様の楽園で遊ぶことでした。

ですがこの森と小屋は、すでに姉さんと私にとっての楽園でした。だから、私はほかのものを手に入れたいとは思っていませんでした。

特に冬のころがそうです。常に寒風が吹きすさび、何日かおきに雪が降り積もって、採集や畑仕事もほとんどなく、空の灰色も、小屋に灯《とも》った火も変わることがありませんでした。私は一日中姉さんの横に座って、姉さんが本を読むのを見たり、姉さんの話を聞いたりします。もしくは姉さんに私が本を読むのを見せたり、私の幼稚な考えを聞かせたり。夜が更ければ、名《な》残惜《ごりお》しくも姉さんにおやすみを言います――この五、六年で私の身体はずいぶんと大きくなり、姉さんと同じベッドに寝ることはできなくなっていました。段々と成長してきた私には、賑《にぎ》やかな夏よりも、このような冬の日のほうが心地よく感じられました。

そう、先生はご存じでしょう。そんなある冬の日のことでした。

前日の夜には大雪が舞い散っていた森はその日の朝に突然晴れ渡り、長く顔を見せなかった太陽が積もった雪を照らして、普段とは違う、月光にも似た高雅さを見せていました。水杉の樹の下に立つと、枝に積もった雪が融けて滴《したた》り落《お》ち、大雪の後に小雨《こさめ》が降り出したような錯覚も覚えました。

冬になってからあまり外に出なかった私は、その朝突然表に出てみたくなりました――同じように顔を出したくなった野兎が捕まるかもしれません。

「アーシャ、気を付けて、ちゃんと銃を持ってね。それと、雪が止んだからって油断しないで。外はすごく寒いでしょうから、あれを被っていきなさいね」姉さんが言います。

私は笑って頷き、熊の皮を被りました。

この何年か、身体が成長するに従って、これを着てもぶかぶかなのがそれほど目立たなくなっていました。この頃冬になると、外に出るときには必ずこれを被っていました。この皮に守られたおかげで、私は森を出て初めて熱症というのがどういうものかを知りました。

凍り付いた小川に沿って森を進んでいくと、本で読んだことのある、線路を歩いて遠くへと逃げる恋人たちに自分がなったような感覚がありました。雪がしたしたと溶けていく音を除けば、森はどこまでも静まり返っています。この白い雪の下にはいったい何が隠れているのでしょう？　何日か後には消え失《き》せ《う》てしまうこの雪は、どうして一年ごとにこの森へと戻ってきて、大地を覆い、そして死んでいくのでしょうか？　一年が経てば、兎は跳ぶことを覚え、信天翁《あほうどり》は山の上を目指し、樹の葉もさらに広い場所を覆うようになっていきます。この雪は何の進歩もなく、故郷へ戻る約束だけを果たしています。では今この雪原を歩いている私は、去年のこの時と比べてどれだけ成長しているのでしょう？　いつまでも変わりのない雪なのでしょうか？　それとも、つねに故郷から離れたがる生き物なのでしょうか？　姉さんなら、弱々しいように見えても、実は消えることのない雪の華でしょう……

あてどもなくこんなことを考えていると、いつの間にか数年前に魔女を殺した、森の奥までやってきていました。

不自然な音が聞こえます。もしくは、無音であるべき中から、あるべきでない音が聞こえます。

それは足音でした。

まさか天使様が？　パスカルさんが冬に山を上ってきたことはありませんでしたし、この山を覆う雪では、ここまで上がってくることはできません。あの時旅人と出会った大きな橡の樹に身を隠して、私は足音が近づいてくるのを静かに待ちました。

すぐに足音の主が近寄ってきました。少し体を動かしてみると、それが見えます。

私は驚くほどに落ち着いていました。

先生、生まれてから二度目に野生の熊を目にする感覚を、あなたはご存じないでしょう。

そう、その時私の瞳《ひとみ》に像を結んだのは、一頭の熊でした。

十年ほど前の過去が、世界の海水をすべて集めたように私の心になだれ込んできました。母親を殺したあれの同類が、今またこの森に姿を現したのです。何一つ音の入ってこなかった耳に、今はあの熊が動く音と、私の震える歯が鳴っている音が届いています。

ここから私たちの小屋まではいくらか離れています。これがあそこまで辿り着くことはないかもしれませんし、もしかしたらこの熊はあの熊と違って、人を食べることはないかもしれません。

それでも……

それでも、もう子供でない私には、きっと何かができるはずです。

もう子供でない私は、獣に対抗できる道具を手にしています。

その上、道具は私には馴染《なじ》んだものでした——母親を殺した獣と、人を食べる魔女は、どちらもこの猟銃によって息絶えたのです。

そう考えていると、知らぬ間に私は手にした猟銃を握りしめていました。樹に遮られながら、そっと熊の後を付いていきます。熊の向かう方向は私たちの小屋ではないようです。しかし油断していいということにはなりません。

ざっと見たところ、熊は自分の進んでいる森の道をよく知らないようです。大きな体をぎこちなく動かしながら、時々前脚を辺りの樹に当て、何かの印を付けているように見えました。

そうして、静かに獣の跡を尾けながらしばらく進みました。

——これは後の話になりますが、最近こう考えているのです、先生、もしあの時の私がひとまず熊の跡を尾けることを選ばず、すぐに後ろから熊を射殺していたら、私の人生と、姉さんの人生はまったく違った道を進んでいたでしょう。この仮定が正しいかどうかは、先生、あなたが誰よりもよくお分かりのはずです。

森に十年住んできた私は、兎のような小動物を捕まえることに関してはかなりの経験を積んでいましたが、狩りの玄人というわけではなく、その上熊はほかの小動物よりもずっと賢いものです。息を潜めながら、引き金を引くのに良い時機を探る……そのような技術は、明らかに十数歳の私に備わったものではありませんでした。

ですから私が地面の枯れ枝を踏んで音を立ててしまい、熊が急に動くのをやめて私を振り返ったとき、私は銃を持ち上げる力すら湧いてこなかったのです。

獣の残忍な目はいつか見たものと似ていましたが、この獣はいま確かに私にゆっくりと向かってきながら、ううと唸《うな》りを漏らし、世にも恐ろしい声を発しています。——そうです、私が見たことがあるのは、凶暴な獣の死体でしかありませんでした。記憶を失う前の私が殺した、獣の死体です。

それを思い出すと、私は息を吸い込んでやっと猟銃を持ち上げ、十数歩というところまで迫った獣に狙いを定めました。

——記憶を失う前の私にできたなら、今の私にできない理由があるでしょうか？

冬の日だったせいでしょう、今度の銃声も魔女を殺したときと同じく耳をつんざくような音で辺りに響き渡りましたが、森の中の鳥が飛び立つことはありませんでした。

今度もやり遂げたのでしょうか。また一度、猟銃で姉さんと自分の命を救ったのでしょうか？

獣は地面に倒れました。

ですが、前の二回と比べて、何かが足りないような気がします。

獣の身体は魔女のように消え失せることはありませんでしたし、いつかの同類のように、自分の血に塗れてもいませんでした。まさか……

獣が起き上がります。

獣の身体に傷はありませんでした。

獣は私を見つめ、何かを嘲笑《あざわら》っているように見えました。

獣の口からは意味の分からない喚《わめ》き声が続いていました。

獣は前脚を持ち上げ、ゆっくりと、しかし遮るものなく私に近づいてきました。

これだけ近い距離では、撃ち損《そこ》なうことはあり得ません。この熊の生命力が数百年生きた魔女よりも強く、人間の猟銃は効果がないとでもいうのでしょうか？　その時、混乱した頭と震える両手のせいで、私は身を守る唯一の武器を、地面に取り落としてしまいました。

私はきっと、今からこの獣に命を奪われるのでしょう。

自分がここまで弱いことを理解するのは、母の葬礼以来でした。

天使の予言もなく、姉さんの保護もなければ、私は何もできなかったのです。

何もできない。

地面に落ちた猟銃は、ちょうど太陽が映し出した私の影の上に釘付《くぎづ》けにされ、私の身体は恐怖と意味をなくした猟銃によってまるで魔法のように押さえ付けられて、神経からの震え以外にはまったく動かすことができませんでした。

誰か、助けて……

姉さん、姉さん、姉さん……

私が姉さんを守るはずなのに、今は姉さんが助けに来てくれることを願うなんてと、思わず恥ずかしくなりました。

熊は私の鼻に触れられそうなところまで近づいていて、汚らしい前脚が向かってきます。

目を閉じた瞬間、銃声が聞こえました。

勇気を振り絞って目を開けると、見えたのは地面に横たわったままの私の猟銃でした。一瞬、私はどこかから来た妖精《ようせい》がその術で引き金を引いたのかとさえ思いました。

もちろん、そんなことはあり得ません。なぜなら――

「アーシャ！」

その声には聞き覚えがありました。

「姉さん、姉さん……」

私の幻聴でないことを願いました。

「アーシャ！」

その時私は、私の前に立っていたはずの熊が地面に倒れていて、押さえた後ろ脚から鮮血が流れ出していることに気づきました。私の足はとうとう身体を支えられなくなり、後ろへと倒れ込みます。

地面にぶつかることはありませんでした。なぜなら私は、自分が倒れるときには、きっと温かい両腕が支えてくれると知っていたのです。

そして、そのとおりのことが起こっていました。

「アーシャ、大丈夫なの、アーシャ？　怪我《けが》はしてないよね」

姉さんは後ろから私を抱きしめてくれ、私の身体を見下ろして怪我がないかを確かめていました。金色の髪が鼻に入ってきて、いつもの姉さんの匂《にお》いのほかに、火薬の臭いが漂ってきました。

私は首を振って、前に倒れている熊をあごで指しました。

「この忌々《いまいま》しいやつ……」

姉さんはそう言いながら、私の腰を抱いていた右手を伸ばし、熊に真《ま》っ直《す》ぐ向けます。

この時私は、姉さんの手に何か黒いものが握られていることに気づきました……

無知だった私にも、それが猟銃を縮めたものだと——拳銃《けんじゅう》がどのような形をしているかは分かりました。

ずっと小屋にいた姉さんが、どうして拳銃を持っているのか？

いや、違う、違う……そういえば、足に傷があってうまく歩けない姉さんが、どうして一人で小屋からこれほど離れた場所まで来られたのでしょう？　姉さんは杖を持っていないようですし、以前に杖の代わりにしていた猟銃も私が持って出ていました。それに私が凭れて感じる姉さんの息遣いから考えると、姉さんはどうやら私の撃った銃の音を聞いて、走ってここへ来たようです。その時の私の表情を誰かが見ていたら、きっとそれはうっかり落とし穴に落ちて、これから何が待っているのか知らない兎のようだったでしょう。

私がそんなことを考え続けているうちに、たちまち二度目の衝撃が襲ってきました。

"Ich bitte, verschone mich!"
——殺さないでくれ！

それは、天地を吹き渡る寒風が混じったような響きでした。

それは、姉さんと私の造った楽園が音を立てて崩れるような響きでした。

〝聞こえた〟というよりも、ばらばらになった音節の連なった言葉が、私の耳に飛び込んできた、と言ったほうが良いでしょう。

目の前の熊が前脚を持ち上げ、この言葉に合わせて口を開けていました。もしそうでなければ、私は姉さんのほかに誰かが来たのかと思ったかもしれません。

つまり、目の前の獣は、いま人間の言葉を使って、姉さんに殺すなと訴えているのです。

"Ich bitte, verschone mich!"

――殺さないでくれ！

今度ははっきりと聞こえました。

ほとんど泣くようなその声は、まさしく獣の口から発せられていました。

歩けないはずの姉さんが、謎《なぞ》めいた拳銃を手に走って私を助けにきた――死を前にした熊が口を開き、人間の言葉を話した……私は童話の世界に足を踏み入れてしまったのでしょうか。

天地がひっくり返る感覚というものを私は知りました。

母親が亡くなったときの悲憤とは違い、姉さんは拳銃を手にし、獣は倒れている今、姉さんと私に命の危険はなく、ここは安心するべき時なのでしょう。

ですが、先生、あなたにも理解していただけると思いますが――獣が自分に向かって口を利いたとなれば、誰もが落ち着いてはいられないものです。身体的な危険と違って、獣が人の言葉を話すことは、人間が組み上げた世界の基本的な法則に反しているのです。私たちは幼いころからその法則を受け入れ、それに頼って生きてきました。ですからそれが崩れるのを目にすることは、おそらく誰にとっても死に近い衝撃でしょう。この世の様々な不合理をラプラスの悪魔というものに押し付けた人がいたと聞きますが、彼らにとっては、この宇宙の理不尽なでたらめさに比べれば、死はいくらか甘いものだったのかもしれません。

その時、姉さんに凭れた私が目の前にしていたのは、そうした理不尽な、ばからしい謎でした。

さらに悲しいことに、姉さんや獣の行動の中の不合理から、私は微かにその真相を察したような気がしたのです。

その真相が誰も幸福にしないとしても——あるいはそれだからこそ、あの時の私は、この真相は自分が向き合わなくてもよいと思ったのかもしれません。

そうです。私には、その真相に向き合う勇気がありませんでした。

そして私は、姉さんに命を救われたという安心感とともに、ただ逃避することを選びました。

そして真相に向き合うのを遅らせました。

大脳から〝気絶しろ〟という命令が下されたかのように、視界はだんだんとぼやけ、意識も重たるくなっていき、目の前には一面の白だけが広がっていきました……

このとき気を失っても、夢は見なかったのを覚えています。

6

親愛なる医師《せんせい》、あなたもご存じでしたね。森を出てから息を引き取るまでの姉さんの人生に残っていたのは、二つのことだけでした。

私に謝ることと、あなたと恋をすること。

姉さんがあなたを愛するようになったのは、ごく自然なことでした。

つまるところ、姉さんはあなたを殺しかけたのですから。

もしあなたの「殺さないでくれ」という言葉がなければ、私たち姉妹はきっと森の中でずっと長く暮らせていたでしょう。あなたの言葉は自分を救った上に、私を焼かれるような陽の下へと連れ出したのです。

「ごめんなさい、アーシャ、ごめんなさい、ごめんなさい……」

小屋の自分のベッドで目を覚ました時、姉さんはベッドの横に座って私の髪を撫でながら、呪文のように謝罪の言葉を繰り返していました。

「ごめんなさい、アーシャ、私は嘘をついてたの……お母さんを殺したのは熊じゃない、さっき森の中で出会ったのもそう、両方とも、人間だったの」

そうです、人間の言葉を話す生き物は、人間以外の何であるはずもありません。

姉さんの横にはさっきの〝熊〟が立っていました。

「この人は、森を通りかかったオットー医師《せんせい》」姉さんが紹介してくれます。「悪い人じゃないよ。良かったよ、弾はかすっただけで、誤解から大変なことにならなくて」

「こんにちは、アーシャさん」

これが初めてきちんとあなたを見た時でした、オットー先生。あるいは、初めてあなたを人間として見た、と言いましょうか。おかしな話ですが、あなたが人間だったと知らされると、何かが喉《のど》につかえるような感じがしました。そう、私と姉さんの世界では、あなたは獣としてしか存在できないかのように。

「こんにちは……お医者……さん……」私は苦労しながら言葉を絞り出しました。

ですが、分からないことは沢山ありました。

「びっくりしたでしょう、アーシャ」姉さんが話し始めます。「全部私のせいなの……あの年、あの獣がお母さんを殺した後、アーシャは小屋の猟銃を手に取って、今日と同じようにそいつを撃った。当然、何年間小屋に置かれてたか分からない銃じゃ、人も獣も殺せるはずはなかった」

湿気《しけ》った火薬では人を殺す弾丸を撃ち出せないことを知ったのは、何年も経ったあとのことでした。

オットー先生は無敵の身体を持っているのではなかったのです。

「あの時、殺したのはアーシャじゃなくて、私だった」

姉さんの涙があごを伝って、私の手の甲に落ちました。

「私はもみ合ってるときに相手の拳銃を抜いて、あいつを殺したの。今日はアーシャが撃った銃の音を聞いて、オットー先生もあれと同じ悪い人だと思って……」

私は震える姉さんの手を握って、机に置かれた拳銃に目をやりました。

目の前にいるのが言葉を話す〝熊〟なのですから、あの年に母を殺したものも、間違いなく私と同じ〝人間〟だったのでしょう。

「ごめんなさい、アーシャ。あの時あいつに付けられた足の傷は、何ヵ月かで治ったんだ。ずっと歩けないふりをしてたのは、外で食べ物を集めるのが面倒だったから。アーシャを騙《だま》してて、本当にごめんなさい……」

違うよ、姉さん、違う。アーシャはそんなどうでもいいことで姉さんを責めたりしない。私たちを守る銃を持っているのが私の手でも、姉さんの手でも——姉さんが外に出ても、アーシャが外に出ても、アーシャにとっては同じことなんだよ。それに、それに、姉さんの言う理由じゃまったく説得力がない……

私に理解できなかったのは、突き詰めれば〝どうしてこの先生が人間なのか〟という一点だけでした。

しかし、それを理解しなければいけない時が来たようでした。

私は、姉さんに私たちの世界を壊させるよりも、私がこの手で楽園を打《う》ち砕《くだ》くべきだと思いました。

ベッドの横にいる姉さん、何もできずに横に立っている先生、そして枕の横にある化粧鏡に映った自分。実際には、この三つの顔がこの上なくはっきりと真相を語っていました。

「ごめんなさい、アーシャ。あなたを洞窟から連れ出して、本当の太陽を見せることはできない。私にできるのは洞窟をできるだけ明るく照らすことだけ」姉さんは言いました。

姉さんは、身を振り絞って懺悔《ざんげ》をしているのです。

「姉さん、人の顔はみんな違うのね」

姉さんはうなだれました。

――母の埋葬を終えたあの晩、姉さんは私にバベルの塔の物語を話してくれました。人間が神様を崇めるために建てた塔は、最後には神様の怒りと罰を招いてしまいました。あのとき姉さんは、こう話してくれたのです――「この世に降り立った神様は、塔を建てていた人間に罰を与えたの。さっきまで一緒に働いていた人間たちは、突然お互いの顔が分からなくなった。

神様は、人間の顔をそれぞれ違うものにしちゃったんだよ。神様がご自分の顔をもとに作り出した人間は、この時もともとの顔を失ってしまった。人間は神様と違うものになっていた。神様はこの罰によって、自分を崇める人間としての失格を告げたの。

もっと大事なのは、人間の顔もお互い違うものになったこと。だから慌てふためいた人たちはお互いに文句を言い合うようになった――『お前のせいで私たちは神様に罰を受けたんだ、馬鹿野郎《ばか》!』こうして、人間はお互い殺し合うようになって、それを嘆く暇もないくらいに死んでいった。戦争と死がいつまでもこの世界に続くようになったんだよ。

数百年が経って、人間の数はあの塔を建てたときからずっと少なくなってた。その中で、賢くてちゃんとものを考えられる人たちは、昔のノアと同じように何度も何度も神様に自分の罪を懺悔したの。そして神様はとうとう人間を愛されるようになった! やっと、神様は数百年前の人間たちへの罰を取り消してくださったんだよ。もう一度この世に降りてきて下さって、人間に神様を崇める資格をまた与えてくださった――人間の顔を、もう一度ご自分と同じものにすることでね。

でも、人間の行動は神様の予想を外れていった。顔が違っていたせいで、皆はお互いの顔以外の違いに気づくようになったんだよ。『私たちは違う人間だったのか！』違いが衝突を生んで、衝突が戦争に広がっていって、戦争は人間の流浪を招いた。故郷を長く離れた人間たちはきっと、段々と自分たちの始まりを忘れていったでしょう。だから、神様が呪いのような罰を解いて、人間が同じ顔を取り戻した後でも、人間の戦争と苦難はまだ続いているの……」

「君たち姉妹は、双子なんだ」

オットー先生はベッドに横になっている私にそう言ってくれました。

「アーシャを最初に見た時に、ソ連軍の軍装を着ていたものだから、ロシア語で話しかけたんだが……」

だから初めに先生が話していた言葉は、人間の言葉の違いを知らない私にとっては熊の咆哮《ほうこう》にしか聞こえなかったのです。

以前本で読んだ話で、狼《おおかみ》の群れのなかで暮らした子供は、人間社会に連れ戻された後でも四本足で歩き、言葉を話さなかったといいます。

惜しむらくは私がそのように頭が悪くなかったこと、姉さんも凶暴な狼ではなかったことです。

「ごめんなさい……アーシャ、ごめんなさい、ごめんなさい……」

姉さんは私に嫌われるのを恐れているかのように、私が握った手を縮めました。

私が姉さんを嫌うことなどあるでしょうか。

〝双子〟というものは、同じ母親の身体から一緒に生まれたという以上のことも意味するのでしょう。私はそう理解しました。

人間の顔はもともとそれぞれ違うというのなら、きっと顔の同じ〝双子〟のほうは少数ということになるのでしょうか。私が思い込んでいた、同じ顔を持つ人間は、姉さんと私しか存在しなかったのです。

そうなると……

私が森で出会ったのは……

「私は、アーシャが退屈しないようにと思っただけなの……」

鏡に映った私の長い金髪は、姉さんと同じ煌《きら》めきを放っていました。


数日後、私たちはあの森と小屋を離れました。

そこに留まる理由は無くなっていたのです。

――「戦争は終わったんだよ」

先生はそう教えてくれました。

オットー先生は、私たちを自分の住んでいる街へと連れていってくれました。あなたは本当に良い方《かた》で、私たちが人を殺したことを隠してくれました。

引っ越しの間、姉さんは壊れた人形がばねの勢いで動き続けるように、私に謝り続けていました。

　街の人々がそれぞれ違う顔を持っていたことで、私の考えは証明されました。

　姉さんと私だけが、この世界に二つしかない同じ顔を持っていたのです。それまでは人間皆が一つの顔しか持っていないと考えていた私は当然、姉さん以外のすべての人を動物と思い込んでいました。

　オットー先生が聖書を読ませてくれました。天に届く塔の章を見てみると――

「……主は降ってきて、人の子らが建てた、塔のあるこの町を見て、言われた。『彼らは一つの民で、皆一つの言葉を話しているから、このようなことをし始めたのだ。これでは、彼らが何を企てても、妨げることはできない。我々は降っていって、直ちに彼らの言葉を混乱させ、互いの言葉が聞き分けられぬようにしてしまおう』。主は彼らをそこから全地に散らされたので、彼らはこの町の建設をやめた。こういうわけで、この町の名はバベルと呼ばれた。主がそこで全地の言葉を混乱《ハラル》させ、また、主がそこから彼らを全地に散らされたからである」

　すべての人間が違う顔を持っているだけでなく、その話す言葉までも違いがあったのです。

　もう一方で、聖書に関する沢山の絵を見た私は、偉大なるダビデ王は私たち姉妹のような金髪ではなかったことを知りました……

　後で分かったのですが、姉さんが私に見せてくれた絵に描かれた人の顔が皆同じだったのは、ただ画家の腕が拙《つたな》かったというだけのことでした。

　姉さんの私への〝嘘〟に気づくと、これまでのこと、母が亡くなる前のことまでもが、少しずつ心の中にもう一度浮かび上がり始めました。

もちろん、母の顔は私たち姉妹と少しも似ていませんでした。

父の死と母の故郷の破壊は、戦争のもたらした結果のようでした。

「こうして私たちがユダヤ人を惨たらしく殺していたら、きっといつかユダヤ人の流浪よりもずっと、ずっと苛烈《かれつ》な酬《むく》いが来るでしょう」

母が憤りの表情を浮かべて、こう私たちに話していたのを思い出しました。

母は私の〝回想〟の中のように落ち着いた、善良な人ではありませんでした。実際には、生前の母は一日中座り込んで、脈絡もなく戦争で死んだ父のことを繰り返し、姉さんや私を罵《ののし》ることもありました。私たちが物心付いてから母が兵士に殺されるまでの間、食べ物を集め衣類を作り上げる仕事はすべて、姉さんと私、二人の子供がこなしていたのです。

もちろん、母が悪い人間ではなく、ただ戦争と流浪を経験して、いくぶんか正常さを失ってしまっただけであることも私は分かっています。

「アーシャは本当にぐずね、妹よりも足が遅いなんて……」

そう叱られて、母親からご飯抜きの罰を受けることもありました。

そう、あの時の私、あの時の〝アーシャ〟は、〝姉さん〟だったのです。

後で理解したことでは、同時に生まれる双子にとっては姉妹の違いなど特に意味はないのですが、自分が元は双子の年長のほうだったという一つの事実は、それを思い出したときの私にとっては大きな驚きでした。

ですが私にとって、この世で唯一私と同じ顔をしたこの女の子は、永遠に私の姉さんです。私たちを叱るのに精を出していないとき、母はよく白い表紙のアルバムと黒い表紙の聖書を開いていました。

聖書に書かれていたのは私たちの民族の過去ではなく、この戦争において私たちの国に虐殺された民族の歴史でした。数千年前にほかの民族を打ち負かしたユダヤ人は、数千年後にさらに残虐な私たちに惨殺されたのです。これは私たちの国にとって、絶対に誇ることのできない事実でした。

ゆえに、私たちは戦争に負けました。

〝ソロモンの罪〟が指していたのは、ソロモンの子孫たちが受け継いだ罪ではなく、その子孫たちに対して私たちの国が加えた暴虐のことでした。

それだけでなく、私たちの国の国民が受けた苦しみは、同じ民族の殺人者たちがユダヤ人に加えた苦しみとそう変わらないものでした。

母親を殺したのは戦勝国の兵士です。あのロシア語を話す国の兵士は、私たちの国に攻め入った後にたちまち神様に成り代わって、私たちに天罰を下しました。その国の緩んでいた軍紀に乗じて独りで山に入った兵士は、森の中の小屋に住む女を襲おうとして殺された、それで終わりでした。そして兵士の失踪《しっそう》は、ソ連軍からはまったく気づかれませんでした。

街で聞いた話では、当時戦勝国の兵士に襲われた女性は少なくなかったそうです——暴虐は戦いに勝った者の特権なのでしょう。あの兵士を殺した姉さんが剝ぎ取った〝皮〟は、兵士が着ていた軍用のコートにほかなりませんでした。あれほど暖かかったのも当然です。兵士ともみ合っている最中に、私は怪我を負いました。目を覚ました後、姉さんは記憶を一部失っていた私に、教誨を始めました……

――「そんなに力を入れないで、アーシャ。さっき、あいつに足の骨を折られちゃったみたい」

姉さんは、人は人を殺してはいけないと言いました。

なら、殺したのが獣であればいい。

姉さんは、自分が歩けないふりをしたのは、怠けるためだけだったと言いました。

それは私に向けた、優しい嘘でした。

母を死なせたばかりの獣を殺す――残酷な行いを私に押し付けたのは、一つには姉さんにとって自分の殺人の罪悪感を軽くするためであり、もう一つ、何もできない私への一つの慰めでもありました――アーシャは記憶を失う前、母親の仇《あだ》を取っていた！　この造られた事実は、それからの森での生活でいつでも私に勇気を与えてくれていました。

目を覚ました後の私は、短時間の記憶喪失ゆえに、床にいる兵士を〝獣〟と思い込みました――いや、私があの人を〝姉さん〟と思い込んだときから、姉さんは私の知識を新しく作り上げる機会を手にしていたのです。

姉さんが継ぎ合わせ、書き直し、ぼろぼろにした聖書から、私はこの世の人間の顔はすべて同じもので、その人や性別を区別するのは、服だけなのだと学びました。

それから森で出会った天使も、旅人も、魔女も、その顔はすべて同じものでした。

つまりそこから考えると、この三つの存在は姉さんが違う服を纏って演じたものだということになります。

姉さんの足の傷は、早い段階で治っていました。

最初、姉さんが歩けないふりをしていたのは、私が家にいない間を狙って私の知識を〝完全〟にするために違いありません――母親の遺物の中からそれなりに細密で、顔の区別ができる人物画を取り去り、また私と違う道を辿って村人が村の中に残していった写真や絵を見られないようにしていく――これはもともと私よりも足が速かった姉さんにとっては、私が村に着くまでの時間差を利用すればまったく難しいことではありません。

だから、あのころ村人の家にはあんなに多くの割れたガラスと〝狩り〟の写真があったのです。フレームを砕いて、すべての写真を処分はしない――何もなくなってしまうと明らかに不自然ですから。何人かが写った写真の一部を破り取れば、残りの人物を見た私は、もともとは人間が猟の成果と共に写っていたのだと自然に思い込むでしょう……

そう、あの夏の魔女に関する事件のきっかけは、あの白い表紙のアルバムでした。

母親は聖書を読んでいないとき、よく私たちの家族のアルバムをじっくりと見ていました。

そしてそのアルバムは、母親が亡くなったことで遺品となりました。あのころ、段々と成長していた私は、時々遺品の箱を探っています。姉さんにとっては間違いなく頭を悩まされることだったでしょう。アルバムを山の下の村に隠したとしても、私に見つけられる可能性は消しきれない。だけど、村人の写真のようにアルバムを捨てる決心もできない……

そしてそのころ、母親のウエディングドレスを纏い、村の教会で歌っていた姉さんは私と出くわしたのです。

〝アーシャ〟と名前を呼んだ姉さんは私に打ち明けるつもりだったのでしょう。ですが私は相手が〝天使様〟だと信じて疑わなかった……そして姉さんはそれを利用し、〝天使〟として私に魔女を倒させたのです。旅人のふりをして私と森の中で顔を合わせた姉さんは、私が〝魔女〟のいる場所に向かうと、近道を通って私に先回りしました――姉さんはいつでも私より速く走れました。そして黒いマントを脱ぎ、〝魔女〟に変身します。

私が持っていた猟銃は、当然音を出すだけで人を殺すことはできません。姉さんはそれをよく分かっていました。

〝魔女〟が撃たれた後に茂みへ倒れ込んだのは、着ていた服を脱ぎ捨てるためにほかなりません。そして服には銃で撃たれたような穴を開け、茂みに隠してあったコートを羽織って再び旅人として現れます。

この人形劇の目的は、私の中で家族のアルバムを魔女の魔導書に変えることでした――私が表紙に見つけた〝獣〟は、おそらくは私のお父さんだったのでしょう……そして、私は本の内容を見ることなく、急いで魔女の服でアルバムを包み、地面に埋めました。

これだけで、私にはあの白いアルバムへの禁忌が生まれました。そしてアルバムを包んだ服には、防湿の作用があったのかもしれません。その上〝埋葬〟の場所だった橡が道標となって、後で姉さんがアルバムを見たくなったときに回収できるようになっていたのでしょう……

当然のことですが、自分で見つかりにくい場所を探してアルバムを埋めるのでなく、私の目の前で〝魔女退治〟の芝居を演じてみせたのは、おそらくは私に〝人間の顔は一つだけ〟という印象を強めたかったためでしょう——実際、私は姉さんの演じる役を、通りすがりの男の旅人だと思い込んだのです。

あるいはひょっとすると、独り森の中で過ごしていた姉さんは、少しだけ寂しかったのかもしれません。

もしかすると、あの魔女のような生活が、姉さんの求めるものだったのかも……

ですが私は、姉さんにそれを確かめることはできませんでした……


森を出るとき、私と姉さんはどちらも、あの橡の樹の下に埋めた白いアルバムを取り返しには行きませんでした。

姉さんがどう思っていたのかは分かりません。ですが私にとっては、家族というものは姉さんがいるだけで充分でした。

姉さんが私についた嘘のことは、まったく嫌だとは思いませんでした。

いや、嘘というよりも、姉さんが私に与えてくれたのは、純粋な教育に近かったかもしれません。

確かに、姉さんが私に与えてくれたのは本物の太陽ではなく、小屋という洞窟の中の小さな明かりでした。まして魔女退治のことなどは、幕を引かれた人形劇のようなもので、何から何までが本当ではありませんでした。

ですが、姉さんにとっても私にとっても、選ぶ余地などなかったのです。

もし母が死んですぐにあの洞窟を出ていたら、姉さんも私もきっと、真実という名の残酷な太陽に焼かれて死んでしまったでしょう。

あのころの外の世界は、戦争が最後の瀬戸際に立っていた時期で、虐殺や人の想像もつかない暴虐が毎日のように起こっていました。もし森の小屋で起こったことが〝本物〟ではなかったというのなら、私のほうも、本当の陽光のもとで繰り広げられていた惨状があれほど形容のしようがなく、虚無に満ちたものだったと認めたくはありません。

何のためらいもなく人を殺していた両軍の兵士に比べれば、姉さんは間違いなくずっと優しかったのです。

神話の物語では、太陽を目指して飛んでいった父子は、最後にはその手で作った羽を失い墜落したといいます。姉さんが私に嘘をついたのは、そんな理由からだったと私は思います。

私たちが仕掛けた戦争も、虐殺も、ロシア語を話す兵士なんてものも、すべては幻で、私たちのいた廃村が、私たち姉妹の暮らした小屋だけが真実だったのです。そのおかげで、私は愛と優しさのもとで育ち、戦争が運んできた、悲しむ暇もない非人間性とはひとまず縁を絶っていられたのですから。

――〝人間〟への認識には少し偏りがあったとしても、私は人間の姿で生きていくことができました。

ありがとう、姉さん。

森を出た後、優しい先生は私たち姉妹に、小さな町での司書の仕事を見つけてきてくれました。

姉さんと私があの小屋での日々に戻れないのは、どうしようもないことでした。これは、私たち姉妹に何か亀裂《きれつ》や争いがあったということではなく、疚《やま》しさから姉さんは、これまでと同じように私に接することができなくなったのです。その上、私たちの間にはあなた、先生が入り込んできました。

ここまで書いてきた私の推理を、姉さんに話したことはありませんでした。もしかしたら姉さんはあなたに、私たちの物語について話したことがあるかもしれません。そうだとすると私は自分の結論を確かめることができるかもしれませんね。それも、この終わりが近づきつつある長い手紙を書いた一つの目的でした。

少しの間だけ司書を務めた姉さんが仕事を辞めたのは、先生と結婚するためでした。

姉さんの結婚の前、私は自分の長い髪を切り落としました。

とうとう姉さんと違う姿になったのです。

森を出た私は、自分の世界がずっと狭いものになっていることに気づきました――すべての人間の顔の区別が付けられるなら、私と姉さんはこの世界の塵に過ぎず、すべての人間の顔を代表するにはまったく程遠いのです。森の中の世界では、私たち姉妹と世界のすべての人が同じ顔を持っていたのに、街の世界では……
ここで残されたのは、私と姉さんだけでした……

姉さんが亡くなったことは、私にとっての三度目の衝撃でした。

幸い、私にしてみれば、そして姉さんにとってさえも、私たちがあの森を出て以来、この衝撃がやってくるのは時間の問題でしかありませんでした。

姉さんはきっと私の最初の先生であり、森と小屋が私の教室でした。教室を離れた先生は、死を待つしかないのかもしれません。

姉さんは遺言というものは残しませんでした。それは、ヨゼフを産んだためにある死の病に罹った姉さんには、私や先生に何かを遺せるだけの時間がなかったということでもありました。覚えておいでalong。いまわの際の姉さんは、一つの詩を呟いていました——

そこで人はみな金色の髪を持ち
肌は雪のように白く……
そこには太陽と月も在り
山や川、谷そして海が在る
私の歌を聴くのは幼子《おさなご》だけ

傍《そば》に静かに腰掛けて……
私が死んでも歌い続けて
最後まで歌い続けて

姉さんが死んでからも私は司書の仕事を続け、今に至ります。

ですが髪はまた長く伸ばし始め、その金髪も真白に変わりました。

私のこの顔は、とうとうただ一つのものになりました。しかし私は、それを少しも喜びません。

それからのことは、先生はよくご存じでしょう。

その間、私たちが老いていくと同時に、世界では様々なことが起こりました。私たちの国は戦争において大罪を犯し、無数の罪のない人々から命を奪いました。その罪のために、私たちの国は一つの高い壁によって、二つに分けられました。

それは当然の報いというものでしょう。ですがもう一方で、分裂した国、さまよう民、それは私たちが心を悩ますことではありません。なぜなら——

壁は、壊すことのできるものです。

遥か遠《とお》い未来、私たちの国の捧《ささ》げた苦しみが神様の天秤《てんびん》を釣り合わせたとき、私たちの国はまた立ち上がることができるでしょう。

また、母親を殺した兵士の属していたあの国は、私たちの街で勝手をする一方で、史上初めての衛星を宇宙へと飛ばしました。その衛星の名前、〝スプートニク〟は〝伴侶《はんりょ》〟という意味があるそうです。

偶然、私はある外国の本でこう読んだことがあります――〝真の結婚は姉妹の間にしかあり得ない〟。

私たち姉妹はきっと、そういったある種の絆《きずな》で結ばれていたのでしょう。

先生、あなたも思い出せることでしょうが、あの衛星が天に上ってまもなく、姉さんはこの世を去りました。

小屋の中で姉さんは、人は人を殺してはいけない、といったようなことを繰り返し口にしていたのを覚えています。ですが、私の考えでは、身を守るために人を殺した姉さんは、それでも優れた人でした。私たちが殺したあの軍人は、母を殺してすぐにその命の代価を支払ったのです。その因果《いんが》を公式に当てはめて計算することはできないのではないでしょうか。

そして、森を出たあと、すべての人間がお互いに違うということに、私はだんだんと慣れていきました。人間はお互いの違いのために衝突し、戦い、死んでいく、それは自ら悩みを増やしていく生き物のようにも思えました。そんな人間たちは、姉さんが小屋で話していた〝不朽〟にはまるで背を向けているようです。

かつて私は、同じ顔を持ち、同じ言葉を話し――私たちの話していたドイツ語はそれほど特別なものでないと後で知りました――長い金髪を持っているのが人間だと思っていました。私の住んでいた森の中ではそうだったかもしれませんが、本物の〝世界〟でそれは成り立ちませんでした。

成り立たないどころか、外の世界から言えば、異国の兵士を獣と思い込むような考えは、ユダヤ人を蔑《さげす》んだ私たちの国の暴君の考えにさえ似たところがありました。よく考えてみれば、私たちの国における〝ソロモンの罪〟は、民族の血の中を流れて、私の身体に注《そそ》ぎ込《こ》んでいるのかもしれません。

そうなると、私が図書館で読んだ本に書かれていた〝二本足で歩く、身体に毛のない動物〟という言葉は、障害を持つ人たちを含む人間すべてを表すことができていないように思えます。見た目はそれぞれ違い、不朽を目指してもいない、それならば……

姉さんは最後まで、〝人とは何か〟という問題への本当の答えは教えてくれませんでした。数十年間、私はずっとこの問題について考えていました。幸い、人間はこのような疑惑を抱《かか》えては一生落ち着くことのできない生き物ではないようです。こうして老いた私は、この問題の答えを手にできなかったとしても、安らかに土に還《かえ》ることができるでしょう。

ならば、賢い先生は、私に教えてくれるでしょうか——

人間とは、いったい何なのでしょう。

本作（原題「林中路」）は『歳月・推理』誌の主催する賞「華文推理大奨賽」への応募のため深緑野分、梓崎優などを意識して書かれたもので、電子書籍として出版されている。

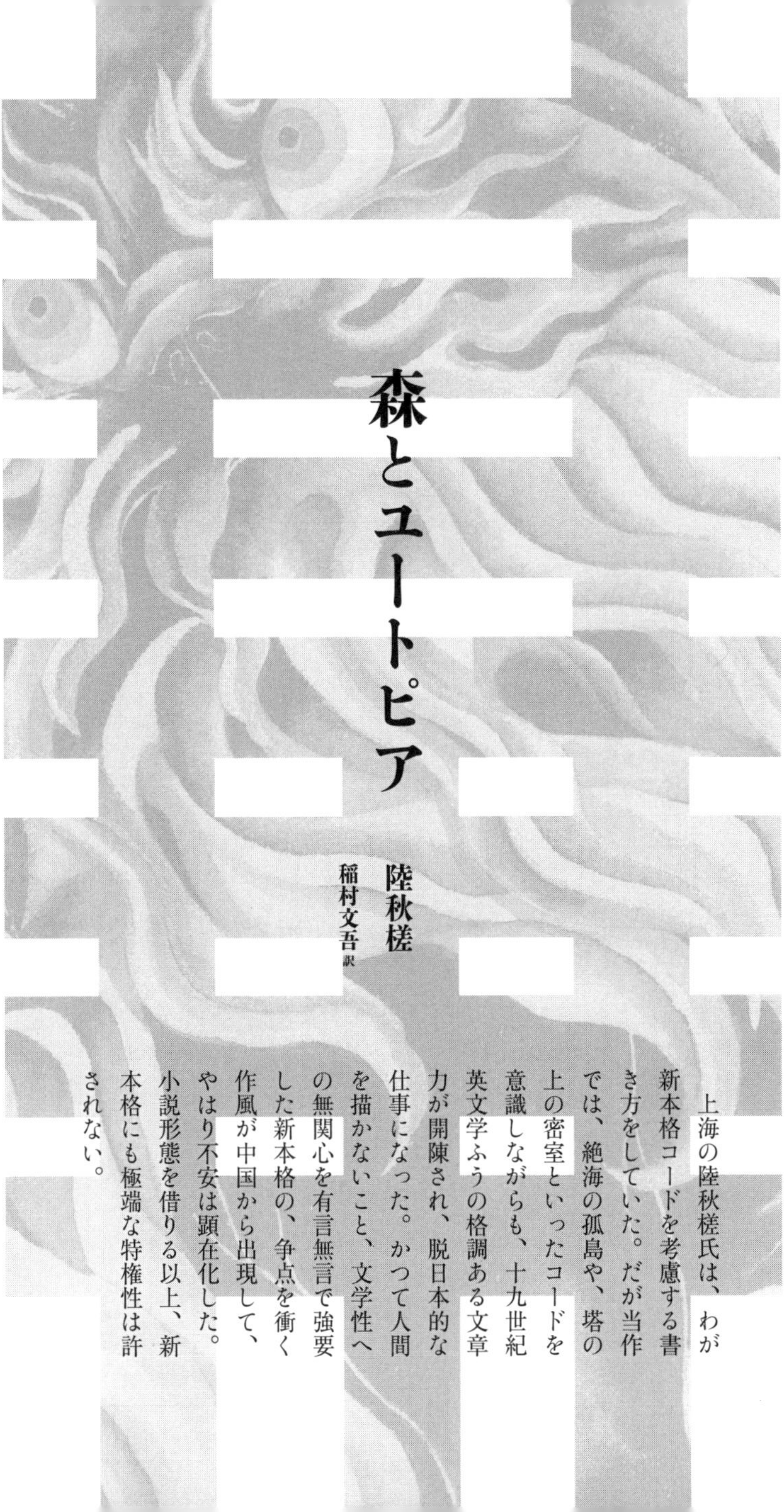

森とユートピア

陸秋槎

稲村文吾 訳

上海の陸秋槎氏は、わが新本格コードを考慮する書き方をしていた。だが当作では、絶海の孤島や、塔の上の密室といったコードを意識しながらも、十九世紀英文学ふうの格調ある文章力が開陳され、脱日本的な仕事になった。かつて人間を描かないこと、文学性への無関心を有言無言で強要した新本格の、争点を衝く作風が中国から出現して、やはり不安は顕在化した。小説形態を借りる以上、新本格にも極端な特権性は許されない。

この『地上の楽園』についてもこの魔術の技は同じ、
ただ正しく読んで下されば の話。本来は鋼《はがね》のような海路《うなじ》、
そこに架空の、至福の島を描く私《わたし》を許して下されば の話。
荒磯《あらいそ》の島では人びとの心は皆、波に揉《も》まれるに違いない、
また貪欲《どんよく》に荒らす怪物が強い男たちをさえ食い残さない
波打つ海中のそのような島を描くのを許して下されば の話、
空虚な一日の、貧弱な歌人《うたびと》を食い残して下されば の話。

——ウィリアム・モリス『地上の楽園』、森松健介訳

1

親愛なるパトリシアへ――

いまもわたしは、昨晩目にしたことをあなたに伝えたものか迷っています。もしあなたが、あれほど人を嘲笑《あざわら》うのが好きでないなら――そこまで広げなくとも、わたしを嘲笑うのが好きでなければ――ここまでためらいを覚えることはないでしょうね。ほかのことだったらパメラに話ができます。リリントンで暮らすようになるまえから、あの子はとても辛抱強く話を聞いてくれましたから。しかしこの件はパメラにこそ関《かか》わることだから、ほかを当たるしかないのです。ミス・グレイはというと、どうにもあの人に話しかける気が湧《わ》きません。授業の折も、もしくはほかのいかなる場合でも、あの人の質問にわたしが答えているときでなければ、あの人はずっといらいらした様子でまったく口を開かないで、わたしの目を見つめるばかり、まるで早く黙れと促《うなが》しているかのようなのです。だから、誰よりも親愛なるパトリシア、あなたに笑われることはわかっているのに、この話を伝えられるような人はほかに誰もいなくなってしまいました。

昨夜はベッドで輾転反側《てんてんはんそく》しながらもずっと寝付けなくて、起きあがってエリザベス・ギャスケルの小説をすこし読みました。あのかたの『メアリー・バートン』はたしかに素敵な本だとは思いますけれど、ただとても退屈で、なんの変哲もない農村の暮らしが描かれているだけなのです。わたしがあれを手元に置いているのはひとえに眠気を誘うためです。しかし、そのときはギャスケルの小説すら効き目がありませんでした。ですからわたしは、あなたの売ってくださった小さい望遠鏡を手に取り、窓を押し開けて、見知ったいくつかの星が見つからないか試してみようと思ったのです。

満月の迫った夜に、目に入る星々はごくごく限られてしまいます。銀河は潮の満ちた砂浜のように、月から広がる光に否応《いやおう》なく飲みこまれています。ただわたしは月を、あの穴ぼこだらけの天体を観察するのは好みません。ジョン・キーツが、ニュートンは虹《にじ》をばらばらにしてしまったと言っていたように、一目見たところで美しいものは、それ以上仔細《しさい》に観察する必要はなくて、せめて自分が思いをめぐらせる余地を残しておいたほうがいいのかもしれません。こう言うと、またあなたの笑いものになってしまうでしょうか？　たしかに、あなたのようなお仕事でしたら、自らもこんな態度をとっていたら手のこんだ偽物に振りまわされてしまうでしょうね。

そう、あなたがたはニュートンの信徒なのです。ミス・グレイも同じく。パメラだって例外ではありません。いちどわたしはパメラに、いずれ探検家のかたと結婚できればと話したことがありました。夫婦でともに新大陸へ向かって、人が足を踏みいれていないどこかの僻地《へきち》に行って、そこで未知の世界を発見するのだと――旦那《だんな》さまが見たこともない鳥や獣を捕らえ標本にしているとき、わたしは異国の雰囲気のする草花を採集して、それをジョンソン博士の辞典に挟んだり、ペンと水彩で紙に描きだしたりするのです。そうした標本や絵は水晶宮《クリスタル・パレス》に送られて披露され、わたしたちがイングランドに戻ればかならず、王立協会《ロイヤル・ソサイエティ》で発表をするよう招待されるのだと……わたしが話しおえると、パメラは両手でやさしくわたしの頬《ほお》をはたき、目を醒《さ》ましなさい、そんな白日夢を見るのはやめなさいと諭《さと》してきました。そして、そのような森の奥深くの秘境にはさほどの物珍しさもロマンもなく、現れるのは拳《こぶし》よりも大きな蜘《く》蛛《も》やけばけばしい毒蛇だけだというんです。

本題に戻ります。いくらか興を削《そ》がれて、わたしが窓を閉めようとしていたとき、庭に人影があるのが急に目に入りました。真っ暗な夜だったら、メイドの誰かが庭師と落ちあおうと抜け出しただけだと思ったことでしょう。そういうことは小説のなかでも、現実でも、とくに珍しいことではないのですから。ただ昨夜の月はあまりにも明るすぎて、その明るさでわたしは人影のまとっているものがはっきりと見えました——銀色のナイトガウンです。疑いようもなく、庭にいるのはパメラでした。どんな理由があって夜に外へ出ないとならないのかわたしにはわからなかったし、それ以上にどうしてわたしに隠すのかもわかりませんでしょう。

わたしはパメラが苔《こけ》むした石畳を踏んで、花壇と並木を通りすぎ、柵《さく》の扉を開いて、露《つゆ》に濡《ぬ》れた草原《くさはら》に入っていくのを見ていました。草原の途切れた先には林があります。昼ならばそう怖く不気味でもないのですが、ただ人の寝静まった夜にそこへ足を踏みいれるのはどんな気分か、わたしには想像もつきません。これまで読んできた作家でも、ああいった情景に熱を上げるのはエミリー・ブロンテぐらいではないでしょうか。パメラは一歩ずつ林の入口へ近づいていき、まもなくわたしの目の届くところから消えそうになります。

そのとき、わたしははっと、絶好の案を思いついてしまいました。なぜ、手にしている望遠鏡で見てみようとしないのでしょう。そこでわたしは実行に移しました。望遠鏡の倍率が高すぎたのか、一苦労してやっとパメラに望遠鏡を向けることができました。

狭い枠へ、はじめに現れたのはパメラの耳元の巻き髪です。わたしはずっとあの、きれいな黒い巻き髪をうらやましく思っています。まっすぐな髪をああして丸めるためたくさんの方法を試しましたが、髪を濡らして紙に巻きこもうとも（冬に試すのは断じてやめてください、かならず風邪をひきますから）、焼けた髪ごてで熱しようとも、なにもかも失敗に終わったというのに、パメラはまったく努力なんてしなくても美しい巻き髪を持っているのです。部屋で自分の髪を巻いているときには軽い妬《ねた》ましさを感じているというのに、あの子の髪を目にするとどうにも心惹《ひ》かれてしようがなくて、飛びついて口に入れられないことを惜しく感じます。

申しわけありませんね、また話が逸《そ》れてしまいました。レンズをわずかに下へ向けると、布に覆《おお》われた肩、上腕、そしてあらわになった腕先が見え、そのあとには、パメラが手に握っているものが視界に入りました……

それは、月光のもとで銀の光をひらめかせるナイフでした。

自分の目を信じたくなくて、あらためて目をこらしてみようと思ったのですが、イチイとスグリの木の落とす影がパメラを呑《の》みこんでしまいます。望遠鏡を下ろして、しばらく待ったものの、同じ場所から出てくる姿は見えませんでした。それも不思議がるようなことではなくて、パメラは林を通りぬけ、そのまま裏庭のほうへ歩いていったと考えればいいわけです。

誰よりも近しい友が、夜中の時分に鋭いナイフを手に館《やかた》を出て、林に消えたのです。わたしはもうすこしで、あれは中世の魔女で、ほうきにまたがってヴァルプルギスの夜に参加するところだったのではと疑うところでした。そのあとはベッドに戻って横になりましたが、いくらか時間が経《た》ったころ、廊下のほうからあるかなきかの足音が聞こえて、続いてドアの閉まる音がしました。場所から考えれば、あれはパメラが部屋に戻ったのでしょう。

いったいなにをしに行っていたんだろうか——胸のうちには計り知れない興味を抱《かか》えながら、訊《たず》ねることはできませんでした。そのままわたしは眠り、そして魔女裁判にまつわる悪夢をいくつも続けて見ました。

今日の朝は、パメラとともに乗馬に行くことになっていました。服装を整え、ふだんと同じように向こうの部屋のドアを叩《たた》いたのですが、ドアが開くことはなく、すこし気分が悪いからしばらく横になっていたいとドア越しに伝えられるだけでした。ドアを開けてくれないのは、きっとわたしがそばにいるのを必要としていないからでしょう。こうなっては、わたしは一人で行くしかありませんでした。

わたしは北に馬を走らせ、ブラック・ダウンの村の荒れた家々や川辺の粉挽《ひ》き小屋を通りすぎて、ケニルワースの城塞《じょうさい》を遠くから望める場所まで行ってようやく引きかえします。行きには霧が立ち込めていたのが、帰りには陽光がいささか目にまぶしいほどでした。乗馬の間、わたしの頭はパメラのことでいっぱいになっていて、一人で乗馬に来るのではなかったといくらか後悔を覚えるほどだったのです。

家に戻ると、パメラはもう起きていて、客間に座ってピアノを弾《ひ》いていました。それからわたしは一日の間、パメラとともに過ごしました。パメラもふだんと変わらずに楽しくお話をしていて、昨夜にはなにもなかったかのようです。しかしわたしにはあれがこの目で見届けたことであって、夢のなかの話ではなく、ましてでっちあげたお話などでないことははっきりとわかっています。親愛なるパトリシア、むかしからわたしのことはわかってくれていて、どのような好みをしているかは知っているでしょう。こうした出来事をわたしが静かな月夜に据えるはずがなくて、雷鳴と稲妻の雨の夜とはいかなくとも、せめて空から雪片のすこしは降らせます。それこそがわたしの、そしてゴシック小説の愛好者誰もが物語を作るときの流儀ではありませんか？

パメラがナイフを手にあそこへ現れた理由は、おそらく永遠に問いただすことはありませんから、このことはわたしたちの間だけの秘密にしておきましょう。

あなたの卑しき
クラリッサ

2

五日後の早朝、パトリシア・コリンズからの返信がラティマー家の屋敷《やしき》に届いた。それがクラリッサの手に渡ったのは午後のお茶のころだった。今回もミス・コリンズはクラリッサの期待を裏切ることなく分厚い封筒を送ってよこしたが、自身でしたためた文章は二葉のみで、残りは店からの商品である。ミス・コリンズは父親とともに骨董《こっとう》店を営んでいて、ロンドンのポートマス街に店をかまえている。来歴の不明な手稿は明らかに主力の商品ではないが、クラリッサは間違いなくこの類の品のもっとも熱心な買い手だった。

いかなる骨董店にとっても、クラリッサはこのうえなく理想的な客だった——その好奇心を満たそうとするさまは、ダナイデスの桶《おけ》を満たそうとするかのようなどこまでも果てのない行いだった。それとともに、よりによってクラリッサは最低限の鑑定眼も持っていなかった。なによりまずいことに、彼女はミス・コリンズという一人のユダヤ女のことを頭から信じきっていた。もちろん彼女は満十六歳になったばかりの娘であって、それが骨董店の常客になれるかは、もっぱら自由になる金の多寡に左右される。その点クラリッサはとても恵まれており、両親はなににつけても一人娘へ寛大に接していた。その寛大さは、ある種の冷淡さと読みかえることもできた。父親が一人の裕福な地主であることに満足できなくなり、母親もロンドンの社交界に一席を占めることに焦《こ》がれはじめたことで、二人はクラリッサを置き去りにした。毎年、クリスマスの近づいた二週間だけ、クラリッサはロンドンに迎えられ両親とともに過ごすことになり、両親も八月の、酷暑のもっとも耐えがたい時期だけ避暑のためリリントンに戻るのである。

幸いなことに、両親の寛大と冷淡のもとで、クラリッサが気むずかしくひねくれ、あるいは勝手気ままにふるまうようになることはなかった。彼女はとても人好きのする娘だった。リリントンの婦人がたは彼女を褒めちぎり、令嬢たちもみな喜んで友だちづきあいをした。この階層の娘が、家庭教師や寄宿学校の教師の訓育を受けて堅苦しく、退屈に育つことを免《まぬが》れるのはめったになく、彼女のいちばんの友であるパメラであっても避けられてはいない。しかしクラリッサは例外であった。

シェイクスピアやジョージ・エリオットと同じくウォリックシャー州――イングランドの中心である、ひとまず地理上はそう言える――に生まれたとはいえ、クラリッサは彼らの描いたどの登場人物にも似ておらず、むしろジェイン・オースティンの生んだキャサリン・モーランドに近かった。メアリ・エリザベス・ブラッドンのような感傷的な作家に触れるときも、幽霊の現れる作品にのみ興味を示す。同郷のエリオットについては、おどろおどろしい「引き上げられたヴェール」だけはどうにか〝まあ面白い〟と感じた。当然のこととして、キャサリン・モーランドが主人公となる『ノーサンガー・アビー』のページを開くのをクラリッサはずっと拒《こば》みつづけていて、彼女からすればその本は〝すべてのゴシック小説の愛好者へのあくどい中傷〟だからということだった。ばかげた筋書きの、とんまな趣《おもむ》きのゴシック小説であっても、クラリッサが相手なら色を失わせることができた。眠る前に数ページを読めば、たいがい数分するとパメラの部屋のドアが叩かれることになる。二人がいっしょに眠るときはおおむね平安無事に、静かな夜を過ごすことになったが、クラリッサがなんとしても本の物語をパメラに聞かせようとするときは別だった……

　このようにクラリッサは印象深い娘だった――好奇心に見合った勇気を持っていれば、ここまでではなかったかもしれない。ひとつ、クラリッサの性格を説明するのにこのうえなく向いた出来事がある。あるとき、彼女はミス・コリンズのところからマリア・シビラ・メーリアンの手になる植物画を郵便で購入し（疑問の余地なくただの複製だったが、クラリッサが実際のことを知っているかは非常に疑わしい）、興奮しながら包みを開けると、日ごろから森の奥深くの秘境にあこがれていたこの令嬢は、絵に描かれていた生き写しの毛虫に飛びあがり、絵を取り落として、メイドを呼んで片付けさせることになったのだった。当然ながらこれは、クラリッサがその後も誇張《こちょう》された旅行記や怪しげな手稿を買い求めつづける妨げにはならなかった。すこしして、ある航海家の日記を購入したのだとクラリッサが称していたとき、パメラはその内容がすべて、あるアメリカ人の書いた小説からとられたものだと気づいた。友人の自尊心を守るため、あの同情すべき娘はその小説を永遠にしまいこむことになった。

　メイドがミス・コリンズの返信とペーパーナイフを手渡したとき、クラリッサはパメラと花園の小さい円卓に座り、フランス語とピアノの授業の間のゆるやかな時間を楽しんでいた。二人はお茶を飲みながら、一分過ぎれば忘れてしまうやくたいもない話題を話している。クラリッサは薄紫色のモスリンのワンピースを身にまとい、珊瑚《さんご》のネックレスをしていた。パメラは青のワンピースをまとっている。半年前に喪服は脱いでいたが、いまでも黒玉《ジェット》で作られた装飾品を身につけていた。いまも例外ではなく、手のこんだジェットのネックレスを胸元に下げている。二人とも髪を額の前で等分に分け、鬢《びん》のあたりの髪は手を付けずに垂らして、残りは後ろへと梳《と》かしてシニョンに結いあげていた。パメラの鬢は自然に巻いていて、多くの娘たちが夢に見るような風情だ。クラリッサのほうはまっすぐに垂れていて、どこか幼稚に見える。

分厚い封筒は辛子色の菱形《ひしがた》の封緘《ふうかん》紙で封をされていて、まだ開かれていないように見える。封緘紙には飾り文字で一行、〝とても大切なあなた《UR all price》〟と書いてあって、これはユダヤ女がよく使う社交辞令なのかもしれなかった。パメラがここへ来る前、クラリッサはたえず連絡を取りあっていた。そのときのやりとりの内容は輪をかけて幼稚で、甘ったるいものだった。しかも二人は、折々に髪を切りとって手紙に同封し相手へ送って、それで郵便費が大幅に上がるのもさっぱり気にしていなかった。二年前、ラティマー氏がパメラの後見人となり、彼女も自然ななりゆきでこの邸宅に住むことになった。二人が連絡を取る必要はなくなり、取って代わったのがとりとめもないひそひそ話だった。

いまでは、クラリッサと定期的に連絡を交《か》わしているのはミス・コリンズだけ。

大事そうに封筒を開けると、クラリッサはまず返信にすばやく目を通した。夜のパメラの外出について書かれていないか確認するように——幸い、書かれていなかった。でなければ手紙をパメラに渡して読ませることはできない。ミス・コリンズの手紙は真っ白な犢皮紙《ヴェラム》に書かれているようで、便箋《びんせん》のいちばん上には骨董店の名前が印字され、羊歯《しだ》に似た模様で囲われている。ロンドン以外の顧客との連絡はすでにミス・コリンズの受け持ちになっていて、その筆跡は父親のコリンズ氏よりも神経がいきとどき、また読みやすかった。ミス・コリンズはこう書く――

〝親愛なるクラリッサへ――あなたのお話にはまんまと引きつけられました。神秘的と言えるお話で、なんだか想像を煽《あお》られるようなところすらあります。気のきいた、可愛《かわい》らしい謎《なぞ》を送ってくださったのに、惜しくもわたしには信頼に足る答えをお返しすることができません。ただこちらでは、違った贈り物をご用意しました。先週、メルボルンから帰ってきた一人の船乗りが、酒代に換えるためだけにとても興味深い品を売ってくれたのです。それは手記なのです――あなたがきっと興味を覚える手記です。わたしにそれを売る前に、船乗りはいくつもの骨董店で失敗を重ねていました。言ってしまえばそれは明らかに骨董とは言えず、書かれている文字はまだ真新しく、紙に記されてから現在まで二年は過ぎていません。明敏なるわたしの同業者たちがどのように話を断ったか、まるきり想像が付くというものです――〝あんたが書いた小説だったら、出版社に持っていくように勧めるよ〟と。しかし確信できます、あの方々があなたと友人になる幸運があったなら、きっと迷うことなく買いとり、ふさわしい時機を見計らってあなたにお送りしたことでしょう。船乗りの話では、この手記は、イングランドからオーストラリアに流れていったさる女性が船の上で書いたものということです。ここで語られていることすべてが起きたのかどうかわたしには判断が付きません。おそらくはたんなる物好きの手慰みで、ディドロが考えだした修道女シュザンヌの物語のようなものでしょうが、それがなんだというのでしょう。手記にはある悲劇的な事件が記録されていて、書きぶりはいささかそっけなくはありますが、とはいえお話そのものはなかなかすばらしいものです。これを買いとるためにわたしはたっぷり一ポンドを支払い、あなたが聞かせてくださったお話はすくなくとも八シリングの価値はありますから、今回いただくのは十二シリングのみ、この取引を受け入れてくださるおつもりはありますでしょうか。もちろん、これまでと同じく、手記全体を読みおえてから買いとるかを決めてかまいませんので〟

ミス・コリンズがこの手記を買うのに払った金額は断じて一シリングを上回らないだろうというのは確信できるだけの理由がある。ただこんな嘘《うそ》でもクラリッサを引っかけるには十分だった。これまでと同じく、手記全体を読みおえたらきっとこれを買いとろうと言って、しかもおそらくは一ポンド、ことによってはもっと多くの金額をミス・コリンズに払うはずだった。

パメラは円卓に懐中時計を置いていて、ピアノの授業の時間に遅れないためクラリッサの注意を引いているようだった。しかしクラリッサはそんなことに構わない。遅刻などという些細《ささい》なことで誰も自分を責めはしないのだから。いまこのとき、その意識のすべてはきっとミス・コリンズが送ってきた原稿に吸い寄せられていることだろう。そしていったん読みはじめれば、分厚い原稿の束《たば》を読みおわるまでなにがあろうと途中で手を止めることはない。

「新しいパトリシアさんの品なの？」

「そうよ」パメラのことについてはほぼ触れられていないので、クラリッサは安心して返信をパメラに手渡す。「あの人が船乗りから買いとったの。いっしょに読む?」

「夕食のあとのデザートということにしましょうよ。もうすぐピアノの授業が」

クラリッサは円卓の上の時計に目をやる。「まだもうすこしあるわ、たぶん読み終われるでしょう。好奇心を残したままピアノを教わりはじめたら、きっとなにも耳に入ってこないもの」

そしてパメラも、文字盤の針に目を向け、ため息をついて首を振った。きっとわかっていることだろう、これしきの時間では一束の原稿を読みおわるのにとうてい足りないと。クラリッサの読む調子は十分に知っている。しかし好奇心旺盛《おうせい》な友人を自分には説得できないとは気付いているらしく、ゆえにそれ以上は反対せず、黙って椅子《いす》をクラリッサのそばへ一フィート動かし、二人が並んで座り同じものを読めるようにしていた。

並んで生《な》ったこのサクランボは、今日の遅刻が確実となった。

3

女家庭教師《ガヴァネス》になって五年目、わたしは仕事を失った。コリングウッド家は末の子供まで寄宿学校に入る歳《とし》になったのだ。わたしのもっとも熱心な生徒、病弱ゆえに家に留まらざるを得なかったカタリアも、わたしたちを離れて主のみもとへ行ってしまった。オークハンプトンへ留まりつづける理由はわたしにないということ。コリングウッド家は情け深いことにそれから二ヵ月わたしの滞在を許し、新聞に職探しの広告を載せる時間が生まれた。とはいえピアノの弾けない家庭教師が仕事を探そうという苦労は、エディンバラからロンドンに歩いて向かうのにも引けを取らない。コリングウッド夫人が偏頭痛のせいであらゆる音楽を遠ざける必要があった、という事情がなければ、わたしはこの初めての職に就くこともできなかったろう。

一ヵ月と十五日をじりじりと待ちつづけ、わたしはガヴァネス互恵協会に助けを求める手紙を書いた。それまで互恵協会に一ペンスすら援助したことがなかったのに、彼女たちからは礼節のある返事をたちどころに受けとり、ハーレー街にあるガヴァネスの宿泊所にしばらく暮らしてよい、費用は毎週十五シリングでいいと伝えられた。

宿泊所の軒を借りている期間、互恵協会で働く人々はわたしのため仕事をみつくろおうとしてくれた。ただ結果は期待はずれだった。自分でも互恵協会に来てようやく気づいたのだけれど、わたしの不利なところはピアノが弾けないことに限らなかった。ある職員の打ち明けたところでは、家庭教師という生業《なりわい》にとっては、歳をとっていたり、見目のひどかったりする人こそがいちばん引く手あまたで、多くの家庭が、若くて美しい娘については冷たくあしらうのだという。〝どの家の奥さまも、ジェーン・エアやレベッカ・シャープを自分の家に雇いたいとは思わないのよ〟という話だった。わたしは、ジェーン・エアは美しくないと訂正した。答えは、それは大事ではないわ、どうせどこの雇い主もほんとうにシャーロット・ブロンテの小説を読んでいるわけではなくて、美しい娘だとみんな思いこんでいるのだから、ということだった。

彼女は正しいのかもしれない――いいや、きっと正しいのだ。新聞の職探しの広告を毎日眺《なが》めていると、実際に似たような募集の条件を目にした――五十歳以上、頭がはげていたり、顔にあばたのあったりする方優先。

わたしは、はじめハーレー街では長くとも一ヵ月しか暮らせないと告げられ、のちに三ヵ月に延ばすことが許された。しかし三ヵ月後、わたしは路頭に迷うのだろうか、それとももっと給金のいいパーラーメイドの働き口に応募してみるべきなのだろうか？　前途に絶望しきっていたとき、同じ職員が一枚のビラを手に押しつけてきた。それは植民地で働く家庭教師を請《こ》う告知だった。ビラに書いてあることによると、イングランドあるいはグレートブリテン島のどこでも、家庭教師というのは供給が上回っている職種ではあるが、植民地での状況はそれとは正反対だという。インドでもオーストラリアでも、南アフリカでも、役人や軍人、財産のある商人はみな、子供にふさわしい家庭教師を探してくるのに苦労していた。彼らはそろって、本土の教育を受けた女を雇いいれたいと望んでいた――カルカッタやメルボルンの寄宿学校ではなく。

そして彼女には、植民地へと旅立つ気がわたしにあるのなら、女子移民協会が旅費のほとんどを用立てられるとも教えられた。計算してみると、残りのすこしの費用は、わたしの底を突きかけた蓄《たくわ》えでも事足りる。最近ではほかに三十数名の若い女がこの取り組みに参加する気でいて、わたしたちは同じ船に乗りこんでオーストラリアに出発するということも知った。アフリカや西インド諸島に比べれば、オーストラリアはそこまで耐えがたいというほどでもない。

つまるところわたしはすべての条件を飲んで、シドニーに向かう船に乗りこんだ。到着のとき南半球は春を迎えていて、あちらの役人がわたしたちのため盛大な歓迎の式を開いてくれた。式が終わっての宴席では、二つの家から家庭教師を務めないかと誘いがあり、一つなどは毎年五十ポンドの給金を約束してくれて、イングランドにいたときのわたしにはとうてい想像できないことだった。わたしがピアノを教えられないということもその人たちはまったく気にしないで、むしろ刺繡《ししゅう》とフランス語、算数、ちょっとしたラテン語があれば十分だと伝えられた。

そうして、ほぼ一切ためらうことなくわたしは植民地での最初の仕事にありついた。はじめはなにもかもが順調で、わたしを雇いいれたチフリー家は船団一つと農場二つを所有していて、二十三歳の長男のブラウンは軍に奉職しており、十七歳になる上の娘のジェニーと十四歳の下の娘のクレアがわたしの生徒になった。コリングウッド家では七人の子供の先生を務めていたから、性別が違い、年頃の違う子供たちがそれぞれに扱いがたいところがあることは知りつくしている。十歳そこそこの男の子にありえるのはあまりに落ち着きがないことで、毎日こちらへ他愛《たわい》ないいたずらを仕掛けてきたり、もしくはツタを上っていって高いところから下りてこられなくなったりする。十四から十七の女の子というのは、誰にも無愛想《ぶあいそう》な顔を見せるばかりで、わけもなく感傷的になったときだけこちらの胸の中に飛びこんでくる。

しかしジェニーとクレアは、どこから見てもそうしたもろく感じやすい性格ではなかった。二人が熱を上げるものといえば乗馬やアーチェリー、テニスに、ボートも入るかもしれず、いずれにせよ一時たりとも腰の落ちつくことがなかった。ようやくわたしも、ピアノの教授ができるかをなぜチフリー氏が気にも留めなかったのか理解した。もとより二人は教わる気がないのだ。ブラウンが家にいると、軍で体験したことを彼女たちに話して聞かせ、品のない言葉やトランプ遊びを教え、あるときはマスケット銃の扱いかたを二人の妹に教えていた。わたしは確信を持って、二人はわたしではなく、自分の兄が家庭教師を務めるほうを望んでいると思った。

チフリー家のメイドも、わたしの知るなかでもことに下賤《げせん》だった。盗みをし、酒びたりで、あらゆる悪を尽くしていると言ってもよかった。ホワイトチャペルの娼婦《しょうふ》でもあれほど放埒《ほうらつ》ではない。あの人たちからははっきりと敵意を感じられた、向こうもわたしから敵意を感じとっているように。家庭教師というのは据わりの悪い立場で、受けとる給金は使用人のものながら、主人を上回る教養を求められる。オークハンプトンにいたときには、この役目の顚倒《てんとう》に悩むことが少なからずあった。ただチフリー家では、悩むどころではすまないことがたくさんある。女中頭にはメイドたちの靴下を繕《つくろ》うように申しつけられ、それを知ったあの人たちはわざと長靴下の糸をほころばせてこちらの仕事を増やしてくる。わたしの服はつねにふさわしいときに洗われず、部屋も自ら掃除するしかなかった。

わたしはしじゅう、ことによるとイングランドでパーラーメイドをしていたほうがここで家庭教師をするよりも尊厳を持てたかもしれないと疑っていた。パーラーメイドめいた仕事を命じられることすらしょっちゅうだった。イングランドから客人が訪れるたび、チフリー氏は毎度わたしが同席するように言いつけるので、まるでオーストラリア人たちの話すのは英語と違った言語で、わたしが翻訳しなければならないかのようだった。しかし、わたしがジョーンズさんと知り合う機会を持てたのもそれが理由だった。

三十四歳のジョーンズさんはかつて海軍に奉職していて、その後市役所で働いているということだった。以前はブラウンの上官で、そこからチフリー家をよく訪ねるようになったのだ。チフリー氏が彼とジェニーとを近づけようとしているのをわたしはうっすら感じ取っていた。もしチフリー氏がわたしに意見を尋《たず》ねたら——一介の家庭教師がそのことに発言権などないのはわかりきっていたけれど——おそらくわたしは、ジェニーがジョーンズさんに嫁《とつ》いではほしくないと伝えたと思う。一つは、彼が長広舌をふるうのを好み、口に上るのは聞きなれない理屈ばかりで、夫にふさわしい男になるとは言いきれないこと。ただそれ以上に大事な理由は、わたしがあの人を愛しているかもしれないことだった。

おおかたの人々とは違い、ジョーンズさんはわたしの身分を蔑《さげす》むことがなかった。あるとき彼は、自分の母親も家庭教師として働いていて、両親は立場の隔りを破ってともに暮らすことに行きついたのだと話してくれた。わたしがもういくらか若かったなら、その言葉を求婚のしるしと読みとっていたかもしれない。そのうち、ほとんど自然の摂理のように、わたしたちは連絡を取りはじめた。

手紙から知ったのは、彼は現在の生活にさほど安住しておらず、自分の仕事に罪悪感すら抱いていることだった。彼の手紙はたくさんの理解の難しい話題、また危険であるかもしれない話題ばかりだった。彼の言うには、わたしたちの文明は一切が誤った土台のもとに建設されていて、社会はすみずみまで人間の私欲に引き動かされ、そのために搾取と収奪に満ちているという。有閑階級はなにもなすことなく、農民から地代を受けとることに甘んじている。資本家は工員を劣悪な環境で昼も夜もなく働かせ、彼らの生死を気にすることもない。軍官は兵士を食いものにし、その血の通った体を自らの出世の種とする。世界の各地で毎日飢え死ぬ人間がいるというのに、商人たちは品を売り惜しみ、物価を吊《つ》り上《あ》げることばかり考えている。ただその一方で、搾取された人々はこうした誤った状況を打ち破ろうとは考えず、時間が空けば賭《と》博《ばく》に酒びたり、妻を殴るばかりで、いちど権力を握ったならやはり自分の出てきた階層の人々を搾取するのみ、どころか元よりひどくなってしまう。彼の目からすれば、人間社会は苦難の循環に陥《おちい》っていて、自分の尾にかじりつきながらそれに気づいていない巨大な蛇のようで、その過ちはかならず誰かが正す必要があるということだった。

あとで知ったことでは、彼のそうした思想はおおよそがウィリアムというある友人から来たものだった。その友人はアメリカ人で、鉄道会社を経営していた家族に生まれ、若い時分にヨーロッパへ留学し、パリで革命家たちに近づき、何度か影響力の大きいストライキを計画し、そのためフランス政府に指名手配されて家からも勘当された。数年ヨーロッパの各地に潜伏したのち、ニュージーランドに向かう船に乗りこんだのだ。船上でもウィリアムは自らの主張を捨てることなく、ほとんど毎日にわたり船員が船長に反抗するよう煽動《せんどう》した。結果、目的地への到着が二日前に迫ったとき船長の忍耐がとうとう限界に達し、ウィリアムを甲板から海に投げこませてしまった。しかしながら海の水すらも革命の火種を絶やす（あるいは溺《おぼ》れさせる）ことはできず、半日の漂流を経《へ》てウィリアムはブリスベンに向かう軍艦に助けられ、その船にジョーンズさんが乗りこんでいた。こうして二人は出会ったのだ。

劇的な邂逅《かいこう》で始まったこの物語は、それからさらに劇的な展開を迎えた。わたしがチフリー家で働いて二年目、ジョーンズさんは手紙で、ウィリアムが父親を亡くし、数十万ドルの遺産を相続したと伝えてきた。はじめウィリアムはその汚らわしい財産を放棄しようと考えていたけれど、のちにジョーンズさんとまたほかの友人がともに彼を説きふせた。ウィリアムが放棄を選んだなら、その財産は欲深い親戚《しんせき》たちに配分されてしまうが、彼が金を手にしたならそれよりも有意義なことに使うことができるのだと。ウィリアムはその提案を聞きいれることにした。

果てに彼らは、その金で南太平洋に小島を買い、そこに私欲と搾取のない理想社会を築くことに決めた。ジョーンズさんはそれにふさわしい小島を知っていて、ブリスベンを出てたった五日の航海で着く場所だった。うっそうとした森が覆うその小島は、かつてアジアに向かうための航路の途上にあった。食料と真水を補給するための拠点として、島にはひとまず暮らすための基盤と、五十人が駐留できる軍営、そして木で組みあげられているのにとても強固な灯台とがあった。のちに多少の事情があってアジア行きの航路は変わり、その場所を通ることはなくなって、小島もたちまち打ち捨てられた。そこに彼らがわずかばかりの修繕を加えれば、軍営を宿舎に作り変えられるのだ。

ジョーンズさんはこれが偉大な事業となり、将来の人類すべてが記憶に刻むものとなると確信していた。その場所で彼らは数千年来の人類文明の過ちを、とりわけここ百年の工業文明が人心を蝕《むしば》んできたのを正すのだと。そのため彼は市での仕事を辞めることにし、ウィリアムと、建築家である友人とともに、島の最初の住民となったのだった。彼らは作業員の一団を雇い、協力してすでに存在していた設備に改築を加え、またブリスベンからは二年間使ってももつだけの物資を送りこんだ。この事業に手を貸した作業員や船員はみな島に残ることもできた。一切が落ち着くと、つづけて彼らはさまざまな専門を持つ人々や女性たちの参加を募《つの》るようになった。

その手紙の最後で、彼は自分たちの仲間にならないかとわたしを誘っていた。

わたしはジョーンズさんに否とは言わず、すこし考えるのに時間がいるとだけ返した。もし彼が手紙でわたしに求婚したなら、わたしはたちどころに、俗世を遠く離れたその荒れた島へともに赴くことを承諾していたはずだった。しかし実際はそうではなく、彼は最後までそうしなかった。それからもわたしは何通か続けてジョーンズさんからの手紙を受けとったけれど、どれもオーストラリアに運ばれるよう船員に託されたものだった。最後の手紙の内容を、わたしははっきりと思いだすことができる――

〝島ではなにもかも順調です。すでに宿舎の改築はかたがつき、あれならイングランドのどの田舎家《いなかや》よりも快適だと保証ができます。仲間の一人ひとりが自分だけの部屋を持ち、部屋には一通りの家具が揃《そろ》っているのです。さらにぼくたちは製材小屋を建てて木材の供給元を確保したし、それとともに、耕作のできる土地をさらに開墾してきました。ほかには鶏舎と兎《うさぎ》小屋を建てたので、毎度の食事に肉を出すことができます。

ウィリアムは山のように物資を買いつけて、続々と船でこちらに運んでいます。コーヒーに、ろうそく、ビスケット、チーズ、チョコレート、米、腸詰、さまざまな缶詰、ほかには樽《たる》に詰めたビールに葡萄酒《ぶどうしゅ》、ウイスキーもあるのです。この物資を保管しておくためにアイザックは大型の倉庫を設計して、一つ一つ分類して収めることになりました。ノアの方舟《はこぶね》の作り手が見てもきっと脱帽することでしょう。

ここに毒蛇や猛獣なんかはいないし、虫たちだってオーストラリアより段違いに多いというわけではありません。ぼくたちを困らせる動物は猪《いのしし》と猿くらいです。猪は農作物を荒らして、苗をなぎ倒していくし、しかも島じゅうでもとくに食べがいのあるものを狙《ねら》っていくのです。猿のほうは倉庫に忍びこんで盗み食いをしていきます。ただ先月にぼくが二匹を撃ち殺してやったら、それから侵入してくることはなくなりました。

新しい仲間を募る仕事も万事順調で、三十三人がアルカディア島の第二陣の住民になると名乗りをあげてくれ、今月の二十四日にブリスベンから船に乗って、ぼくたちと落ちあうことになります。今回は外科医に漁師、靴職人、鍛冶《かじ》、パン職人、それに総督のため働いたことのある庭師を一人、集めることができました。また、あなたと同じように家庭教師を務めていた女性も数名います。一人ひとりが自らの特質をもとに、もっとも向いた仕事を得ています。ここでは罪ある搾取も、貪婪《どんらん》なる私欲もなく、あるのは平等な労働のみなのです。おそれながら、あなたにこの事業に加わっていただけるよう再度願います。ぼくには、この事業は人類の進歩のための礎石となるだろうという予感があるのです。この先われわれの手にする成功と栄誉は、どのようなものであってもあなたと分かちあいたいと考えています〟

この機会で彼はわたしを説得しおおせ、わたしは家庭教師の職を辞し、ブリスベンに向かい船を待つことになった。コリングウッド家に別れを告げたときとはまったく違った具合で、チフリー家についてわたしにはなんの心残りもなかった。女中頭は最後の一日まで嫌がらせをしてきて、二人の生徒も、新しい家庭教師が来るまでの数日、休みが生まれたことに心から興奮するばかりだった。

この一年とすこしの間で、わたしは徐々にジョーンズさんの見解に同意するようになっていた。この世界というのは搾取と収奪に満ちていて、大多数の人々は見て見ぬふりをしているのだと。家庭教師の仕事だってそうだった。英語を話す人であれば誰であれ、わたしたちがどんな不公正な扱いを受けているのかを知っている。わたしたちは有閑階級と同等の、ことによってはそれ以上の知識を求められているのに、受けとる給金は新人のメイドといくらか変わるわけでもない。幼《おさな》い生徒たちのため心を砕《くだ》き、早起きして暗いうちから服を縫い、靴下を繕って、手にするのは軽蔑《けいべつ》のみ。それなのに、家庭教師の誰一人として自らの不満を表に出すだけの勇気を持ちあわせていない。なぜならそうしても即座に職を追われるだけで、そんな待遇であっても募集に応じようという人は現れるのだから。とはいえ、ジョーンズさんとその友人たちの事業については、完全に理解できるわけでもなかった。何人かが孤島に逃れて世間と隔絶《かくぜつ》した生活を送ることで、孤島の外、ほかの人々の暮らしぶりを変えることができるのか、いまひとつわからなかった。しかしこれはジョーンズさんの選んだ事業であり、わたしはその判断を信じる気でいた。ひょっとすると、彼らといくらかの時間をともに過ごすことで、あの主張をほんとうに理解できるかもしれないのだし……

二十四日になり、わたしは見ず知らずの人々の一団とブリスベンの埠頭《ふとう》に立って、わたしたちを新生活に送りこむ船を待った。まもなく、その船が水平線からこちらへ進んでくるのが見えた。船が岸に着くと、何人かの船員が下りてきて、それに続いて現れたのがジョーンズさんだった。わたしからの返信はすでに受けとっていたのでわたしを見ても特段驚くことはなく、顔に浮かんでいるのは喜びのみだった。彼はわたしに手を貸し、船に乗りこんだ。

それから五日の航海では、男性は甲板にテントを広げ、女性は船室で暮らし、わたしはほとんどジョーンズさんと顔を合わせる機会がなかったが、かわりに何人かの若い女性と友達になった。なかでもいちばん麗しい装いをした人には、わたしのジョーンズさんへの好感を見ぬかれてしまった。認めるわけにいかずこちらが白を切っていると、自分はウィリアムを追いかけて船に乗ったのだとわたしに教えてくれた。その人は名前をドロシーといって、歳はまだ十九、クイーンズランドでも指折りの名門に生まれつきながら、遊び人のウィリアムを愛するようになり、それを引き離すため家族は彼女を英国本土の親戚のところへ送りだそうとしていたのだという。二十四日の当日は、もとは別の船でプリマスに向かうはずだったのを、目を光らせていた乳母から逃れてわたしたちと同じ船に乗りこんだのだ。どうやら、島へ向かうわたしたちを彼らがあの日に迎えに来ることにしたのは、ドロシーの時間の都合に配慮したのだと考えてよさそうだった。

彼らの言うアルカディア島に到着したときには、黄昏時《たそがれ》になっていた。ウィリアムは第一陣の住民たちを連れて出迎えてくれた。歳はおよそ三十あたりで、いくらかやせ細って見え、島で力仕事に加わっている姿はなかなか想像できない。その横に立っているのは、ジョーンズさんがよく話に出していた建築家のアイザックで、こちらは家を建てる作業員のようにたくましい姿をしている。どちらも農夫のような恰好《かっこう》で、もしかするとわたしたちを出迎えるため丁寧に洗ったのか、服はそれなりにきれいだった。みんなはそろって、砂浜で鶏肉《とりにく》や兎肉、魚を味わった。

太陽が完全に沈んでしまうと、彼らはろうそくに火を点《つ》け、わたしたちを連れて軍営を改築した宿舎へと向かった。住居の待遇についてはジョーンズさんの手紙ですでに述べてあったのを読んでいたので、実際の状況を見てもわたしは特段失望しなかった。割りあてられたのはドロシーの隣だった。枕《まくら》を抱えてやってきたドロシーにいっしょに寝てくれないかと言われたけれど、いちど試してみて暑さに耐えかねてやめることになった。

次の日の朝、わたしたちはラッパの音に起こされた。それから第一陣の住民に二人だけいた女性が順々にわたしたちの部屋の戸を叩いて、宿舎のおもての広場に集まるよう声をかけていった。わたしはミス・ハミルトンの寄宿学校で、毎日目を覚ましたあと手早く顔を洗い、服を着て、髪を結う手際を身につけていた。ドロシーはそうした技量はないらしく、身だしなみを整えるのにずいぶんと長い時間をかけていた。

広場では、ウィリアムがわたしたちへここの規則を述べた。アルカディア島に渡って暮らす人々は、例外なく自分の姓を捨てなければならない。なぜなら姓はそれ自体が階級の烙印《らくいん》を押されているのであって、人々はつねづね何気なく、姓を通してある人間が高貴であるかを判断しているのだ。よって、これからわたしたちは名前のみで互いを呼ばなければならない。もし同名の人間がいたなら、公平を尽くすため二人ともがほかの名前に変更することとする。幸い、女性たちの間でそういったことは起きなかった。そして、このとき、ジョーンズさんが初めてわたしを〝ミス・リトルウッド〟ではなく〝ルイーザ〟と呼び、わたしも初めて彼を〝ロバート〟と呼んだ。

それからわたしたちは各自の仕事を分け与えられ、また作業のための服を手に入れた――灰色の丈《たけ》の短いスカートと、黄土色のぴったりしたズボンだった。男性たちと比べるとわたしたちの仕事は重労働とはいえず、おおまかには洗濯と食事作り、裁縫の三つに分かれていた。家庭教師をしていたわたしはごく当然に裁縫に回される。そこにいたソフィーという女の子は、ロンドンの〝救児院《ファウンドリング・ホスピタル》〟で育ち、小さいころから厳しい修練を受けていて、裁縫についてはわたしよりも得意そうだった。ドロシーは洗濯の班に回された。

姓を捨てることにくわえて、アルカディア島にあったもう一つの特殊な決まりが、一人ひとりが一日ごとに自らの仕事を詳しく記録しなければならないことだった。週ごとに二人の〝監査者〟がくじで選ばれ、全員の作業日誌の検査を受けもつ。とくに、同じ班の各人の記録が一致しているかについて。これは、仕事がすべて首尾よく進んでいる保証のためウィリアムが作りだした制度のようだった。ただこの制度によって、わたしたちの班はちょっとした困りごとに出くわした。ソフィーの読み書きの能力はすべての出来事を記録するには不十分で、ふだんからわたしが代筆していた。そのうちある〝監査者〟が自分からそのことに気づき、わたしたちは咎《とが》めを受けることになった。それからは、ソフィーと、もう一人の貧しい生まれの女の子に読み書きを教えることもわたしの仕事になったのだった。

そしてわたしがふと気づけば、この世間と隔絶した孤島に渡ってきても、自分の仕事はいくらも変わっていなかった。彼女たちに読み書きを教えるためには、ふさわしい教材を手にいれる必要がある。そこでジョーンズさんに話しかけて、この島に図書室はあるかと訊《き》いたら、ウィリアムが、大部分の書籍の喧伝《けんでん》する思想は有害なものだと考えていて、だから多少の本を持ちこんできた人はいるけれど、いまはだいたいが倉庫に封じられて閲覧が禁止されているのだと伝えられた。なのでわたしはウィリアムと会って、キング・ジェイムズ版の聖書を教材として渡してくれないか訊いてみた。しかしきっぱりと断られてしまった。彼の話では、わたしたちは新世界を創造するためにやってきたのだから、旧世界の宗教は捨て去ることになるらしい。最終的にわたしは、どうにかシャルル・フーリエの英訳書を何冊か手にすることになった。ざっとめくってみると、優美にして模範的な英語だとは思わなかったけれど、とはいえほかに選択肢があるわけでもなかった。

わたしたちの大多数にとって、活動は島のごく小さな区域に限られていた。つまりは船着き場と砂浜、居住地、開墾された田畑、この範囲だ。薄暗い森に足を踏みいれられるのは、狩りや木こりを任された人だけだった。活動範囲の中心、田畑が広がるその中央には、半《なか》ばまで建設された、十メートル見当の塔が建っていた。塔の周りは鳥籠《とりかご》のように足場が囲んでいる。塔のてっぺんから何本か縄が垂れている、その先にはすべて籠が結んであって、石が詰まっている籠とそうでないのがあった。近くにはふぞろいな木材が集めてあり、人の背を越すほどに積みあげられていた。

わたしに休みが回ってきた日のことだ。散歩でそちらへ歩いていくと、ちょうどジョーンズさんがアイザックと、木材を塔へ運んでいるのが目に入った。塔の上では籠を使って木材を運びあげているのが見え、わたしは彼らにこの塔の使いみちを尋ねた。ジョーンズさんは、これも事業の一部分で、もっとも重要な一節とすら言えると答えてくれた。彼らはもともと船着き場のあたりにそびえ立っていた灯台を取りこわして、建材をここへ運んできて、より高い塔を建て全員の行動を監視するのに使おうとしていたのだ。

〝監視〟という言葉を聞いたわたしが困惑した、不機嫌でさえある表情を浮かべたのを見て、ジョーンズさんはさらに続けた。人の私欲を徹底的に取り除くためには、一人ひとりの行動を監視する必要があるのだと。なぜなら〝平等な労働〟のなかでも、労働の成果を勝手に独《ひと》り占《じ》めしようという人や、怠けたり力を提供するのを嫌がったりする人は出てくるものだから。現在の記録と監査の制度には致命的な欠陥があって、それは班の参加者たちが手を組んで同じ嘘をつくのがありえること、そうすれば〝監査者〟がごまかしに引っかかるのは避けようがない。しかし監視の塔が完成したら新たな制度が確立される。毎日二人を偶然頼りのくじで選び、塔の上から一人ひとりの行動を監視させる、これで徹底した〝平等な労働〟が実現できるのだ。

わたしは彼に、そうやってみなを子供扱いするような必要があるのかと尋ねた。

ジョーンズさんは落胆した様子でため息をつき、わたしは人間を高く見積もりすぎているのだと言った。人間はようやくおむつが外れたばかりの幼子《おさなご》でしかなく、ふさわしい指導と教育を欠いたなら、邪悪に向かってしまうと。そしてウィリアムの主張を引用してみせた。たとえば一人の捨て子が街頭に放り出されたら、運よく生きのびたとしても物乞《ものご》いかこそ泥になるばかり。わたしたちみなもそうした捨て子でしかなくて、搾取する者になるか、あるいは搾取に遭うか、現行の社会体制ではほかの行き先はないのだと。またウィリアムは、アルカディア島へ来るより前にわたしたちみなは社会の汚濁に染まってしまっていて、諸悪の根源である私欲を徹底的に取りのぞくことはできないのだと主張していた。よって、わたしたちの世代が新世界の到来を迎える資格を得るためには、ある程度の矯正が必要なのであって、監視こそはその矯正の一部である。わたしたちの次の世代が現れれば、彼らは幼いころから私欲の絶たれた環境で暮らし、わたしたちよりもさらに崇高な人間に成長することだろう。そのときには、監視がなくとも、私欲から不正に走る人間はもはや現れず、監視塔を取りこわすことができる――現在は、理想世界に通じているたんなる過渡段階なのだ。

もしジョーンズさんが、わたしがここへ来たのもひとえに私欲からだったと知ったなら、どのような感想を抱くだろうか。わたしは彼の信奉するものたちを無条件に支持する気でいたけれど、島のほかの人々がこの見解を受けいれられるかはわからなかった。おそらく、幼児のように扱われることは誰も望むわけではない——この方策ときたらもはや幼児でもなく、囚人だ。どうやら、島でのわたしたちの暮らしは、むしろ刑に服する罪人のものに似ていて、すべては人間社会がわたしたちにもたらした原罪を洗い流すこと、克服しがたい悪習を矯正することのみを目指しているようだった。

その夜は、いつものようにドロシーとともに食事をした。わたしたちが食べたのはパンがいくつかとハムが少しだけだった。食堂から宿舎に戻る道のりで、ドロシーが文句をこぼしはじめる。服を洗う仕事はもうたくさんだ、洗い、打ち、のりに浸し、干すことが果てなく続くうち嫌気がさし、午後のにわか雨に慌てて服を取りこみに行く騒ぎに嫌気がさし……果ては過去の日々をどこかで懐《なつ》かしむようになっていた。彼女はわたしに、日ごとにますます荒れていくその手を見せ、かつて自分の両手がピアノを弾いていたことを忘れかけているのだと語った。わたしはその手に口づけ、わずかに慰めの言葉をかけるしかなかった。それから彼女は、作業をしていないときにはつねに家から持ちこんだ革の手袋を付けるようになって、焼けつくような暑さでも外そうとはしなかった。

そのうち、聞こえてくる恨み言が次第に増えていった。ほとんどはわたしとともに島へやってきた人たちからだった。何人かの男性が、なぜ見回りや倉庫の整理といったたやすい仕事はどれも第一陣の住民たちが担当し、自分たちに回ってくるのは魚捕りや木こりといった体力仕事なのかと疑問を口にした。女性たちは作業服の見栄えが悪すぎると文句を言っていた。炊事班の主導者は第一陣の住民で、彼女は班の全員が髪を短く切るように申しつけ、それもみなの不満を買っていた。テニスンが書いたように、わたしたちは〝夏また夏の常夏を、心足《た》らわずに暮していた〟〔『イノック・アーデン』、入江直祐訳〕。

そうした感情が、あるときの宴会でことごとく噴出した。毎月最後の日になると、真面目《まじめ》に過ごしてきた人々はみな半日休み、そして夜の宴会に参加することができた。宴会はだいたい砂浜で開かれ、一人ひとりにふだんなら口にできない食べ物が分けあたえられ、酒もひときわふんだんに供与される。その酒の力を借りて、男たちが騒ぎはじめたのだ。〝苦役〟についていた人たちのほとんどが仕事の分担を変えるように要求し、そのうちドロシーたちも抗議に加わった。

一同の怒りを鎮めるために、ウィリアムは現在決められている労働の制度を改革することを提案した。公平を尽くすため、一人ひとりの仕事を分配しなおすこと、そして三ヵ月ごとに変更を繰りかえすこと。この提案に、わたしたちは挙手のかたちで意見を示し、採決をとることになった。正直に言えば、そういった方法にわたしはまったく賛同できなかった。いまの割り当ては各々の得意分野を考えたもので、それを分配しなおすと、わたしたちは新しい技能を学ぶのに大量の時間を費やさないといけない。考えるまでもなく、三ヵ月という時間は一つの技芸に習熟するのに不十分なはずで、その次にはまたいちから別の技芸を学びはじめるということ。考えるまでもなく、かなりの長さの時間、仕事を実際に進める人はいくらもいなくなるだろう。ただ、わたしの周りにいた第二陣の住民たちはみな賛成に手を挙げていて、わたしもほかの選択はできず、手を挙げることになった。この提案に反対したのは一人の例外もなく、第一陣の住民だった。この採決から、問題は解決したようでいて、二群の人々の断絶はおそらくますます埋めがたくなっていくのだ。

次の日の朝、厨房《ちゅうぼう》に入ったことのないわたしは炊事班に割り当てられていた。決まりどおり髪は短く切った。このときから、炊事班に限らず、公平を尽くすため女性たちはみな同じ髪型に短く切ることになった。炊事班での一日目、彼女たちはわたしに食器を洗う仕事しか任せなかった。二日目も同じ。新しい秩序がそうして続き三日しか経たないところで、わたしたちの集団は成立以来いちばんの変事に見舞われた。

ウィリアムが死んだのだ。

仕事が分配しなおされて、彼とアイザックは狩猟班に回った。二人は薄暗い森に入っていき、猪の痕跡《こんせき》をたどっていたのだった。ちょうど雨が降り、地面の足跡ははっきりと見てとれるような日だった。傷を負ったウィリアムをアイザックは背負い、本拠地に戻ってきた。そのときウィリアムにはまだ息があったとはいえ、意識を失っていて、左の額からは血が流れつづけている。外科医のジョンと、従軍看護婦を務めていたアグネスがともに手当を施して、できうるかぎりの応急処置を与えた。その日の夜、ウィリアムは高熱を出し、世界の変化を渇望したその大志ある心は、真夜中近くに拍動をやめた。

狩猟班のほかの人たちはアイザックの説明を頼りに、ことの起きた場所を確かめに行った。

周りの泥に残っていたのはウィリアムとアイザックの足跡だけ。ウィリアムが倒れていた場所のそばには、血の付いた、手のひらほどの大きさの石が一つ転がっていて、このちっぽけなものがウィリアムの命を奪ったらしかった。

ウィリアムを殺したのが何者か、アイザックはひどく端的に話した――猿の仕業だ。

わたしたちもただちにその考えを受けいれた。考えてみれば、狩猟班の語ったところによると近くにはウィリアムとアイザックの足跡しかなく、そしてアイザックが自らの親友であり、精神的な指導者でもあったウィリアムを殺すとは誰も信じられなかった。おそらく、木の上にいた猿が石を放り投げ、ウィリアムの額に命中したようだった。

次の日、わたしたちはすべての作業を中断し、以前に灯台が建っていた場所にウィリアムを葬った。ウィリアムの葬礼では、ほぼ誰しもが不安の気持ちをあらわにしていた。そもそも、法律という点から見れば、この小島の持ち主はウィリアムで、倉庫のさまざまな物資もウィリアムの金で買われたものだ。その財産を誰も引き継ぐことができなければ、わたしたちはその一切を失う。葬礼が終わり、ジョーンズさんとアイザックは、その場の住民みなを前にしてウィリアムの遺言を読みあげた。ウィリアムはすでに手配を済ませていたのだ。彼が死んだ場合は、この島を含むすべての財産はジョーンズさんとアイザックに譲り渡され、自分の意志を彼らが実行しつづけることとする。

ウィリアムの死があっても現状が変わらないことをみなが喜んでいたとき、ドロシーが人々のなかから歩み出た。そしてウィリアムがいないのなら、自分がここにとどまる理由はなくなったと口にした。ジョーンズさんとアイザックはそれを引き止めず、二日後には次の木材を積んだ貨物船がやってくるから、その船に乗って出ていくことができるとだけ答えた。

ドロシーの決断は理解できた。そこで死んでいたのがウィリアムでなくてジョーンズさんだったなら、わたしもきっと同じ決断をしていたから。しかし、誰もが彼女の出立を受けいれられたわけではない。とくに第一陣の住民たちは。彼らの考えでは、ドロシーは私情のためにアルカディア島に渡り、いまに至るまで私情を手放しておらず、より偉大な事業のため身を捧《ささ》げる覚悟がない、それはウィリアムへの裏切りだというのだ。とはいえ第二陣の住民の多くは彼女の出立を応援し、ソフィーなどはともに出ていきたいと考えていた。ただわたしはというと、今回の家出があったあとで、ドロシーの家族が彼女を受けいれようとするのかがすこし気にかかっていた。

その日の夜、男性たちは全員がたくさん酒を飲み、ソフィーやアグネスまでもがいっしょになってひどく酔っぱらっていた。なかでも外科医のジョンはとくに酔いがひどかった。杯を手に一人で食堂を出ていき、わたしとドロシーはなんだか心配になって、後を付いていった。振り向いてわたしたちを見た彼は、地面に座りこんだ。がりがりにやせ細ったこのお年寄りをわたしたちが助け起こそうとしていたとき、突然彼が口を開いた——ウィリアムの傷口は妙だったんだ、宙から落ちてきたものがぶつかって、あんな傷にはならない。

ドロシーはなにも言うことなく、黙って去っていった。宿舎に戻って、わたしはその部屋の戸をノックしに行ったけれど、彼女から返事はなかった。

次の日の朝、まだラッパの響く前、目を覚ましていた人間はみな、外でなにかが地面に落ちる音を聞き、すぐに続けて女性の悲鳴が聞こえてきた。わたしを含め、服を着終わっていた者は全員、声の出どころへ駆けていった。完成していない監視塔の下で、わたしたちはアイザックの死体を見つけた。

ドロシーがそばにへたりこみ、両目は森の方向を見つめている。わたしたちがやってくるのを見て、彼女は顔を上げ、一言だけ口にした――猿がやったの。

彼女を助け起こしてあげて、いったいなにが起きたのかと尋ねた。

散歩でこちらへ来たら、アイザックが塔の上にいたのだ、と答えが返ってくる。彼女はその目で、猿が塔を上っていき、アイザックの顔に飛びかかるのを見届けた。アイザックはその猿を振り払おうとして足をもつれさせ、塔の頂上から落ちた。猿は彼が転落する一瞬前に飛び降りて、足場を伝って逃げていき、森に去ったという。

その言葉を理解しようとした。たしかにアイザックは毎日、朝早くと夕方に塔に上がる習慣があった。狩猟班に回されたとはいえ、長年の建築家としての本分は身体《からだ》から抜けず、ずっとそうした形で建設の進度を観察していたのだ。彼であっても塔の頂上まで上がるには二、三分かかった……

ドロシーの話を、猟銃を手に駆けつけてきたジョーンズさんも耳にしていた。

黙れ、この嘘つきが――ジョーンズさんは歯噛《はが》みしながら言った。ドロシーが反論の口を開く前に彼は手にしていた猟銃を突きつけて迫っていき、ドロシーは一歩ずつあとじさって、足場に背中が付いて止まった。わたしはジョーンズさんを止めようと思ったけれど、身体がぴくりとも動かない。そのとき、ドロシーが足を踏み出して銃身をつかんだ。ジョーンズさんの手から銃を奪おうとでもいうように。

大音響とともに、弾丸が銃から発射され、ドロシーの胸を貫《つらぬ》いた。

誰かが駆けよって、ジョーンズさんを押し倒すのが見えた。いま、わたしの身体はまったく言うことを聞いてくれない。悲鳴を上げ、血を流すドロシーの死体から一刻も早く逃げ出したかった。なのに何歩も走らないうち、人の高さに積みあがった木材にぶつかり、丸太や角材、ほぞ継ぎされた木片たちが次々とわたしに襲いかかってきた。

意識を失う前にわたしは、みなが言い争っているのを聞いた。すべての軋轢《あつれき》がこの一瞬で燃え上がったかのように。ウィリアムはもうおらず、誰もここに出てきて一切を調停することはできない。意識がすこしずつ薄れていき、彼らの口論も理解できない言語のようになっていく。

どれだけ気を失っていただろうか、わたしはようやく目を覚ました。起きたことを思いかえすより前に、意識はすべて疼痛《とうつう》に支配された。背中の激しい痛みは、わたしを引き裂いてしまいそうだった。時間をかけて、わたしはどうにか疼痛に慣れ、記憶も時間とともに表面へ浮きでてきた。

目を開けば、上ったばかりだったはずの太陽がまもなく山に沈もうとしているのに気づく。夕陽《ゆうひ》の残照に照らされ、わたしは生まれて以来もっとも恐ろしい光景を目にした。

全員が死んでいた——わたしのいる近く、まだ完成していない監視塔の下に、ほかに生きている人間はいなかった。塔から転落したアイザックや銃弾の当たったドロシーだけでなく、全員が、ジョン、ソフィー、アグネス、そろって血だまりに倒れていた。ジョーンズさんもそのなかにいた。

わたしはほとんど這《は》うようにしてジョーンズさんに近づいていった。胸元にはいくつも傷があり、腹にも一つ傷があった。彼の表情は恐慌に覆われていて、ほかの人々の表情も同じだった。

彼の手元に落ちていた猟銃をわたしは拾いあげ、銃口を自分の額にあてがい、引き金を引いた。しかし銃弾は発射されない。銃を捨て、ジョーンズさんの横でいつまでとも知れず泣きつづけ、そのうち太陽はすっかり山に沈んだ。

遠くでは雷鳴が聞こえつづけていた。雷鳴の轟《とどろ》く切れ間に、ジョーンズさんの声が聞こえたような気がした。

生きのびろ、砂浜に行け——それが彼の声ではなく、自分の脳内に響く独《ひと》り言《ごと》でしかないのはわかっている。これこそが、ほんとうのわたしの望みなのかもしれなかった。いつでもわたしは逃げることを選んでいた。オークハンプトンからロンドンへ、ロンドンからメルボルンへ、メルボルンからアルカディア島へ。逃げつづけてきたわたしは、ここからどこへ逃げるのだろうか。

苦労しながらわたしは立ちあがり、よろめきながら砂浜に歩いていった。

そして、漆黒に塗りつぶされた海が視界の果てに現れた。わたしの背後で、爆音が轟くのが聞こえ、その音は、猟銃の発射を近くで聞いたときに増して耳に痛かった。振りかえると、落雷が監視塔を貫いていた。永遠に完成することのない木造建築が炎を上げはじめる。夜明けが近づいてくると、火の勢いはほかの場所にもその手を伸ばし、宿舎、倉庫、はてに近くの森もすべてが燃えていた。

わたしは砂浜に腰を下ろし、アルカディア島の最後の日の出を迎えた。

数時間が経って、木材を満載した貨物船が海上に姿を現した。

4

ラティマー家の旧邸は摂政時代の大火事で失われていて、現在の屋敷もその時期に建てなおされたものだ。それゆえ周辺の数百年の歴史を持つ古い家々と比べればはるかに快適で暮らしやすく、すくなくともクラリッサが自らを古城に幽閉された姫君で、『国王牧歌』の騎士が救いに来なければならないと考えることはなかった。

クラリッサの部屋に足を踏みいれれば、きっとウォリックの町外れに身を置いているのを忘れてしまうはずで、その華麗さと当世風であることでは、ロンドンで育ったご令嬢がたの自室にも決して引けをとらない。暖色の壁紙はウィリアム・モリスのデザインによる紋様が一面に描かれ、夏には使いみちのない暖炉《だんろ》も花壇のように飾りたてられている。ブール象嵌《ぞうがん》様式の書卓には、モロッコ革張りの本が何冊かに、これまでに受けとった誕生日の贈り物いくつかが並べられていた――八歳の贈り物は精巧なドールハウスで、十二歳のときは鳥籠の形をしたオルゴールだった。いちばん新しく受けとった十六歳の誕生日の贈り物は、蠟《ろう》でできた多彩な花びらが、ガラスのドームに封じこめられているものだった。書卓の上方に提がっているのは巨大なベルリン毛糸の刺繡で、童話の挿絵にありそうな古城が縫いとられている。パメラがここへやってきて自ら縫ったもので、クリスマスの贈り物としてクラリッサが受けとったのだった。

クラリッサとパメラはそれぞれナイトガウンに着がえて、肩を並べて空色のシーツを敷いたベッドに腰を下ろしている。ベッドサイドの棚の上に置かれたオイルランプと、開かれた窓から射《さ》してくる月光が部屋を照らしている。クラリッサの手にはいまも例の手記がある。ミス・コリンズの持ちかけた取引はきっと成立することだろう。

「……ミス・グレイに咎められなくてよかったわ」クラリッサが言っているのは、午後のピアノの授業に遅れたときのことだ。彼女たちはたっぷり十五分遅れていった。

「そうね」パメラはどこか心あらずの様子でうなずく。

「このお話は気にいった？」クラリッサが訊きながら、手記をかすかに持ちあげる。

「前半のところはなかなか面白かったわ。まえロンドンにいたとき、似たようなことを話しているのを聞いたことがあって。忘れたけれどどこかの国のお金持ちが似たようなことを試していて、アフリカに土地を買いとって、そこにユートピアのような独立した王国を建設しようとしたの。最終的な結果はここまで無惨ではなくて、一人で破産しただけだけれど」

「このお話の結末はたしかに、あまりに劇的ね――でもわたしは、このくらいの雰囲気が好きなの」

「そうね、きっと好きでしょう。島でともに暮らしていた人々の一団が、猟銃が暴発した一度の事故から同士討ちを始めて、木材の山にのしかかられていた手記の作者を除いて、全員死んでしまった――誰から見ても、無責任な小説家の、いい加減にお茶を濁《にご》した結末よ。でもそれは、あなたの好きなゴシック小説ではとくに珍しくはないから」

「もしかすると、この島は呪《のろ》われていたのかもしれないわよ」

「ええ、呪い――常識に合わないことはなんだって、呪いで説明できる」パメラの言葉には皮肉の意図が滲《にじ》んでいた。「いちばん受けいれがたいのはこの結末ではなくて、すべての導火線になった出来事よ、もとを辿《たど》ってみれば二匹の猿だなんて――いえ、同じ猿の仕業かもしれないわね。この物語でウィリアムが、木から猿が放り投げた石にぶつかって死ななければ、アイザックが塔に上ってきた猿に脅かされて落下しなければ、最後のこの、血なまぐさい場面はなかったのよ。まさか、これも呪いなの？　もしくは、すべてはジョーンズさんが猿を銃で撃ち殺した――手記の作者への手紙で触れているわ――そのためにこうむった報《むく》いだったの？」

「報いだとしてもおかしくはないでしょう。コールリッジも似たお話を書いているわ、一人の水夫がアホウドリを射《い》殺したせいで、残酷な報いをこうむるの。インドでは猿を神さまとして崇拝している人もいるというから、ひょっとするとその島の猿には本当になにか、超自然的な力があったのかもしれないわ。でもね、パメラ」そう言って、クラリッサは微笑《ほほえ》みながら友人のほうを向いた。「ほんとうにあなたは、猿がウィリアムとアイザックを死なせたと思っているの？」

「ほかにどういうことがありえるのかしら」

「気づいたかどうかわからないけれど、手記にはこういった言葉があったわ」クラリッサは手記の一頁《ページ》を開き、パメラに指さしてみせた。「ここね、外科医のジョンがお酒に酔ったあと、〝ウィリアムの傷口は妙だったんだ、宙から落ちてきたものがぶつかって、あんな傷にはならない〟と言っているわ」

「酔っぱらいがでたらめを言っただけでしょう。ウィリアムの死体が見つかったとき、まわりには彼とアイザックの足跡しかなかったのよ……もしや、アイザックがその石でウィリアムを殴り殺したと言いたいの？」

「どうしていけないと思う？　ほんとうのことを、酔ったときにしか口にできないというのはありえることよ。わたしは、ジョンが嘘を言ったとは思っていないの。彼は歳を重ねた外科医で、きっといろいろな傷口を見てきたはず、これだけの判断をする能力があるわ。それに、こんな嘘を言ったとしても彼にはなんの得もないのに」

「とはいっても、アイザックがどうしてウィリアムを殴り殺すの？　そんなことをしてもなんの得もないでしょうに」

「どうして得することがないの？　百合《ゆり》の花のように純真無垢《むく》なパメラ、気づかなかったのかしら、ウィリアムの遺言に従えば、彼が死んだあとその財産はアイザックとジョーンズさんに任されて共同で管理されるのよ。アイザックはきっと、その大金を我がものにするために彼を殺したんだわ」

「それは、ゴシック小説の好きなあなたのような人だから思いつく真相ね。あなたたちは誰のことであっても、リチャード三世のように陰険にして狡猾《こうかつ》、ヒースクリフのように理性を失って取り乱すものだと考えたがるから。なら、アイザックを殺したのは誰なの？　ウィリアムを慕《した》っていたドロシーが、復讐《ふくしゅう》のために塔から突き落としたと言いたいの？」

「ドロシーはジョンの言葉を耳にして、ウィリアムを殺したのが猿ではなくアイザックだったとわかり、そのために事前に塔のてっぺんで待ちぶせして、ふだんと同じく塔を上がってくるアイザックを待ち、彼を突き落としたって――最初はわたしもそう考えていたわ。ただ、あきらかに彼女にはできなかったのよ。手記で触れられているとおり、毎日二度上っていたアイザックであっても、〝塔の頂上まで上がるには二、三分かかった〟。上から下りてくるときにも、それなりに時間はかかるでしょう。一同は、転落の音と悲鳴を聞いてただちに駆けつけているから、もしドロシーがはじめ塔の頂上に立っていたなら、その時間ではたぶん地上に戻ってくるには足りない……」

「でもクラリッサ、猿がアイザックを殺したとも思っていないんでしょう？」

「ドロシーのほかにもう一人、アイザックに心から復讐したかったはずの人がいたでしょう？」

「ジョーンズさんのこと？」

「いえ」クラリッサは首を振る。「ジョーンズさんはジョンの言葉を聞いていないわ、アイザックに疑いを向けることはないはず。あともう一人……」

「あともう一人？　ドロシーといっしょにジョンの言葉を聞いた、手記の作者？　でも彼女はウィリアムにとくに好意は持っていないから、彼のための復讐で人を殺すことはないでしょう。それに彼女は、ことのあとに駆けつけているから、アイザックを突き落とす機会はなかったはずよ」

「まったくパメラったら、いちばん単純な答えから目をそむけているのね」クラリッサはまた笑う。「――幽霊になったウィリアムよ。彼がアイザックを突き落としたの」

それを聞いて、パメラは黙りこんだ。いまこのとき、彼女の胸に湧きあがっている感情が憤《ふん》怒《ぬ》なのか、無力感なのか、もしくは憐《れん》憫《びん》か、でなければ可《お》笑《か》しいと思っているだけなのか、判断はつかない。きっと彼女は、クラリッサが実際にそう考えていて、いまの言葉には断じて自分をかつごうというつもりがないのを知っている。しかしこの結論を受けいれるとなると、おそらくそれもあまり容易ではなかった。

対してクラリッサは、友人の感情の揺れ動きに気づいていないようで、ひとり勝手に話を続けるばかりだった。

「ドロシーはすべてを見届けていながら、真相を口にすることはできなくて、すべての罪を猿に押しつけるしかなかったの。一つは、それが誰にでも受けいれられる真相とはほど遠かったからだけど、それ以上に彼女は、ウィリアムの名誉を守ろうとしたのよ。彼は幽霊になってしまっていて、それに復讐が目的だったとはいえ殺人は殺人で、彼女はウィリアムの名誉がその罪によって汚されることを望まなくて、だから嘘を話すのを選んだということ」

「彼女は心からウィリアムを愛していたようね」パメラは話を合わせて返すと、すぐに立ちあがり、向きなおってクラリッサに対し言った。「このお話をいっしょに楽しませてくれて感謝するわ。それとミス・コリンズにも伝えておいて、こんなに面白い手記を手に入れてくれて感謝していると」

「戻って休むつもり？」

「そうよ、もう遅いから。今日新しく覚えたフランス語も、ちょっぴりおさらいしておきたいし」

「ほんとうに、ミス・グレイの理想の生徒ね。怒らせてばかりのわたしとは違って」

「どうせあの人も、クラリッサのことはどうにもできないんだから、ほんのすこし怒らせたって構わないでしょう？」

「わたしたち、明日は遅れないようにしないと」クラリッサが言う。「わたしをどうにもできないにしても、やっぱりあの人のことはなんだか怖くて」

そう言うと手を開き、原稿がベッドに広がり落ちるに任せ、立ちあがってパメラを戸口まで送っていき、ドアを開けると名残《なご》り惜《お》しそうに彼女へ口づけた。

「明日の朝、いっしょに馬に乗らない？」クラリッサが訊いた。

「やめておきましょう。ここのところいつも、あまり寝つけなくて。あまり早く起きると一日《いちにち》中《じゅう》元気が出ないの」

パメラの部屋はクラリッサの向かいにある。最後には、二人ともが部屋のドアを開け、廊下を隔《へだ》てて手を振り合い、そして示し合わせたかのようにそろってドアを閉めた。

わたしも覗《のぞ》き穴の覆いを閉じ、ランプと裁縫箱と、あとは繕いかけの靴下を手に、クラリッサの自室の隣に設けられた納戸から出た。メイドが上り下りに使う狭い階段を一階まで下り、角を一つ曲がって、わたしにあてがわれた小さい部屋に戻ってくる。ここには生花と造花で彩《いろど》られた暖炉も、鮮やかな色彩の壁紙もない。白々《しらじら》した壁の前にはウォルナット材のクローゼットが置かれていて、中は寡婦さえ着たがらない黒いロングスカートで埋めつくされていた。そのほかの家具は、本棚が一つと、机と椅子の一揃《ひとそろ》いとベッドがあるだけ。

これが、わたしがほこりだらけの納戸に縮こまってでも、ここへ戻ってくるのをためらう理由だった。壁の向こうから聞こえる談笑の声は、わたしに聞かせるためではないとはいえ、針仕事をしているときの絶好の気晴らしになった。

裁縫箱を引き出しにしまい、服を整えて、申し合わせのとおり訪問者が現れるのを待った。見込みどおり、五分が過ぎたところでパメラがわたしの部屋のドアを叩いた。

5

「すみません、ミス・グレイ、今日のピアノの授業に遅れてしまって」パメラはドアを閉めながら、硬い声で言った。

「今月でもう二回目よ。前回は先週の金曜日の刺繍の授業だったわ、覚えているでしょう？」

彼女はうなずく。

「心ではどう思っているのかわかるわ。きっと、悪いのはなにもかもクラリッサだと考えているんでしょう」

「そうは思っていません」

「そうなの？」椅子から立ちあがって彼女に歩いていき、その背後で足を止める。「どうしてそう思わないの。クラリッサの我がままのせいで、あそこでむりやり例の手記を読まされたせいで、あなたも巻きぞえになって遅れたというのに。自己弁護をする気はないの？」

「なにも弁解することはありません。あのとき、わたしがクラリッサをやめさせればよかったんですから」

「とはいっても、自分にはあの子を止めるなんてできないのもわかっているんでしょう」

「わたしの意気地がなさすぎるんです」

「いいえ、そんなことではないわ」わたしはその肩に片方の手を乗せた。経験で言えば、身体の震えというのは表情にまして情緒の揺れ動きを映しだすもので、そうした震えは、手で触れてはじめて的確に感じとれた。「パメラ、あなたはとても賢い子で、自分の立場をはっきりと理解しているわね。あなたはラティマー家に養われているただの孤児、ラティマー夫人と縁続きだからここに引きとられた。そしてクラリッサには話し相手が必要だというだけの理由で、劣悪な条件の寄宿学校に送られないでいる。それゆえに、あなたの立場では、クラリッサになにか指図する資格などとうていない。ただそうはいっても、あの子がなにか間違ったことをしたら、あなたも同じようにあおりを食うことになるわ――いえ、正しく言えば、あなただけがわたしの咎めを受けて、あの子はそうならないのよね」

わたしの言葉を耳にして、パメラの呼吸は見る間にせわしくなり、肩の震えも激しくなっていく。

しかしパメラは、こうしてわたしに痛いところを突かれるのに慣れてしまっているはずだ。はじめてこう聞かされたときと比べ、彼女の反応は格段に穏《おだ》やかだった。

「……ミス・グレイ、あの手記はもう読んでいるのでしょう?」だしぬけに彼女から訊かれた。

パメラは、自分たちの手紙をわたしが調べることを知っている――跡を残さずに手紙を開け、ふたたび封をするのは家庭教師の誰しもが身につけるべき技能だ(必要になればわたしはこの芸をパメラに伝授するだろう)。そしてパメラは、二人が乗馬に行っているあいだ、彼女たちが引き出しに入れている日記をわたしが読んでいることも知っている。覗き穴のことについては、まだパメラは気づいていないはずだ。でなければ、彼女の性格なら、わたしが盗み聞きしているかもしれないとわかっているとき、〝どうせあの人も、クラリッサのことはどうにもできないんだから、ほんのすこし怒らせたって構わないでしょう〟などと口にすることはありえない。

「話をさえぎらないの。いま話しているのは手記のことではないわ。たしかにあなたたちが遅れたのは、ミス・コリンズの送ってきた手記のせいだったけれど」わたしはパメラの肩をつかむ。力は入れずに。「ただあれは、クラリッサに売られることになっているものよ——あれを手にする資格があるのはあの子だけ。わたしたちにはないわ」

「……わたしは、知りたいだけです」すすり泣きながら言う。「家庭教師という仕事は、ほんとうに、手記に書かれていたようにみじめなものなんですか」

「ほんとうのことを聞きたい？」

わたしに背を向けたままパメラはうなずく。

「あれに書かれていたようなみじめさとは違うわ、どころか、あれに増してみじめなの。明日をも知れない仕事よ。もしラティマー氏がふいにあなたたちを寄宿学校に送ることに決めたら、もしくはあなたたちへの教育を終わらせることにしたら、わたしは手記の作者と同じように失業するわ。とはいっても、いずれあなたたちはここを出て、二年後かもしれず、一年後かもしれないけれど、ロンドンの社交界にデビューするの。だからこの仕事を失うのもたんなる時間の問題でしかないわ。そうなれば、わたしにできるのはわずかばかりの蓄えをすべてはたいて、一部は新聞に職探しの広告を載せる費用に充てて、ほかはあちこちの面接に行く交通費に充てること。うまく次の仕事を見つけられたとして、わたしの暮らしになにか転機があるわけでもない。変わらずにささやかな給料を受けとり、雇い主に軽んじられ、生徒にあざ笑われ、メイドたちもきっとわたしを遠ざけるの。教育のほかにも、果てのない針仕事に追われて息もつけなくなるんだわ。なによりも辛抱ならないのは、生活の辛酸を存分に味わったうえで、世間知らずのお嬢さまと毎日いっしょにおままごとをすることね。それが家庭教師の暮らし、しかも運よく仕事を見つけられた家庭教師のみが享受《きょうじゅ》する資格のある暮らしでしかないの」そう言って、わたしは手をパメラの肩から外した。「こう話せば、あなたは満足?」

「ミス・グレイ」パメラが急に身体を向け、涙をためた目でこちらを見すえた。「よく知っているでしょう、わたしには継ぐ財産なんてないこと、父がこの世を去る前、破産に瀕《ひん》していたことは。どこかの親切なかたがそれを受けいれてわたしと結婚しようと思ってくださらなければ、家庭教師になる以外にほかの道がありますか」

「わたしのところでフランス語とピアノを学べなかったら、ことによっては家庭教師にすらなれないで、メイドになるしかないわ」わたしは、溢《あふ》れだそうとするパメラの涙を指で拭《ぬぐ》ってやりながら、口ではさらに涙を引きだす言葉を続けていた。「クラリッサがもしかするとあなたを家に入れてくれるかもしれないわ――将来の旦那さまが反対さえしなければ」

「一生クラリッサにつきまとうことはできません。クラリッサには自分の人生があって……わたしにはきっとありません、なにもないんです」

「そんなことを言って、わたしの同情を買おうとしているの? 申しわけないわ、わたしはあなたに同情しない。一日たりとも令嬢としての暮らしを味わったことはないんだもの、あなたもカウアン・ブリッジで衣食にも困る暮らしをしたことがないように」

「違います、ミス・グレイ、誤解なんです。そんなことが言いたいんじゃありません」その言葉はどこか落ちつかなげになっている。「わたしはただ、恨んではいないと伝えたくて――わたしは、ずっと傷つけられているけれど」

「わたしを恨む資格はあなたにないのよ、わたしにも、あなたを愛する資格がないのと同じ」そう応《こた》える。「たとえあなたを実の娘のようにかわいがりたいと思っても、なにもしてあげられはしないの。ラティマー氏がクラリッサにしているように、憧《あこが》れるに足る未来を用意してはあげられないわ。あなたもその歳ならわかるはずでしょう。愛も、恨みも、お金のある人々でなければ口にのぼせる資格のないもの言いだと。なにひとつ手にしていない二人には、相手を愛する資格も、相手を恨む資格もなくて、いましているように必要とするものを受けとるしかないのよ」

「ええ、わたしはあなたから刺繍と、フランス語と、ピアノを学んで、もしいずれわたしも家庭教師になるなら、その技術は仕事を探す助けになるでしょう。あなたは、わたしから……」

「……家庭教師としてあるべき尊厳を、取り返しているわ」

それは遠まわしな言いかたでしかない。わたしがパメラをたんに楽しみから傷つけ、毎日積み重なった怒りのはけ口にしているだけだと、彼女が知らないはずがない。いつかある日、わたしの立場に彼女が立ったならきっと理解してくれる。

そしていま、パメラはわたしが支配しきっている唯一の相手だった。あまりに度を越さないかぎり、わたしは何の対価も支払うことはない。クラリッサを別にして、誰もほんとうには彼女を気にかけていないのだから。パメラの後見人であるラティマー氏は、もしわたしが彼女にしていることを知ったならわたしを止めるだろうか、それともクラリッサには知られないようにとわたしを戒《いまし》めて終わるだろうか？　わたしを止めたとしても、それはたんに家族の名誉を考えたゆえのこと。考えてみれば、名目上の養女が家庭教師に虐待を受けているというのが表沙汰《おもてざた》になったなら、彼とその家族みなにとっては名折れとなるばかりだ。とはいえそれ以上のことではなく、彼がほんとうにパメラの生死に関心を持っているとは思わない。蜜瓶《みつびん》で育ったクラリッサのほうは、他人の悪意には無知そのものだった。パメラの口をふさいでおければ、クラリッサは何にも気づきはしない。

わたしはふたたび机に向かい、引き出しを開け、その中からあまり鋭いとはいえないペーパーナイフを取りだした。

「今日は付いていってあげましょう」わたしは言う。

パメラはうなずき、片方の手で机のランプを取り、もう片方でわたしの手を引いた。

殺風景な部屋を出ると、わたしたちは廊下を通り、裏口から庭に入っていった。

先週の金曜日、パメラが正面入口から出たところをクラリッサに見られた。余計な騒ぎを招かないよう、これからはいつも裏口から出入りするといいだろう。上ってきたばかりの下弦の月はさほどの輝きではなく、空気には霧と泥の息吹が漂っていた。

屋敷の裏の庭は、長いこと管理が疎《おろそ》かになっている。好き放題に伸びた野草のなかにいくらかのカルーナとエニシダが見えた。

「あの手記を読み終えて、クラリッサになにか卓見はあったの？」わたしは低い声で尋ね、今晩の二人の会話についてはなにも知らないふりをした。いま周辺には誰の影もなく、かすかな虫の声がするだけで、わたしの声はどれだけ小さくともパメラの耳に届いた。

「クラリッサは、アイザックがウィリアムを殺して、それからウィリアムの幽霊がアイザックを殺したと言っていました」

「それはたしかに、あの子の思いつきそうな答えね。あなたはどう考えた？」

「考えはなにもないんです。あれを読んだときは、ピアノの授業に遅れることで頭がいっぱいだったんですから。夜に話をしたときも、このあとあなたにどうやって顔を合わせるかばかり考えていて、そんなことを考える余裕なんて……」

「わたしは一つ思いついたことがあるの。あいにく、クラリッサはわたしにあの手記を見せてくれないだろうから、こちらもまっとうな状況で話を聞かせることはできないわね」

「だったら、わたしから伝えましょう——もちろん、自分が思いついたと言うしかないですけれど」

「それでもいいわ、くだらないにもほどがある謎解《なぞと》き遊びには、あなたがこの先付き合ってあげて」わたしは答える。「あの手記を初めて目にしたとき、ある言葉がひどく唐突に見えたの」

「どの言葉でしょう？」

「〝黙れ、この嘘つきが〟という一言。アイザックの死体を発見したとき、ジョーンズさんがドロシーの証言を聞いてそう口にしたの。はじめはよくわからなかったのよ、なぜ彼は、ドロシーが嘘をついていると決めつけることができたのか」

「ドロシーの証言といったら、猿が塔に上っていって、そのせいでアイザックが転落することになったと……いったい、この言葉のどこが問題だったんでしょう?」

「はじめわたしは、ドロシーの立っていた場所からは塔の上が見えなくて、ジョーンズさんに嘘を見抜かれたのかもしれないと考えたわ。しかし、ウィリアムの死にざまと手記全体の締めくくりを考えあわせて、ジョーンズさんのその言葉を改めて振りかえってみるなら、それだけで終わる話でないことはわかるわ」

そう言って足を止め、わたしの手を引いていたパメラの手を優しく振りほどいた。向きなおり、パメラと顔を合わせる。彼女はかすかにうつむいてわたしの視線を避けた。燃えつきかけているランプの弱い光に照らされて、パメラは『黄金伝説』に記された聖女のように見えた。涙に洗われてまもないその顔には、数々の感情が綯《な》い交ぜになっているのがはっきりと見てとれた——恐怖、悲哀、憐憫、そしてわたしが口にしようとしている答えへの期待。夜風がそっとその巻き髪を弄《もてあそ》んでいく。わたしもクラリッサのように、はばかることなく彼女へ口づけられたらどんなにいいだろう。

現実的でないその考えを打ち消して、ふたたび話しはじめた。

「こう考えてはどうかしら——ひょっとすると、島のどこにも猿などいなかったのではと」

「猿がいなかった?」彼女はやや驚かされた様子で、足どりも止まっていた。「しかし、ジョーンズさんは手記の作者に宛《あ》てた手紙で、猿が倉庫に忍びこんできて、自分は二匹を撃ち殺したとはっきり書いていました。ウィリアムが死んだあとのアイザックの証言でも、猿が石を放り投げたと……」

「気づいたかしら、ドロシーを別にして、猿のことに触れていたのはすべて第一陣の住民なのよ。おそらく、〝猿〟という言葉への理解は二群の住民のあいだでまるきり食いちがっていたの。第一陣の住民の言う猿とは、ほんとうの猿のことではなくて、ほかのなにかを指していた。ドロシーやジョン、手記の作者を含んだ第二陣の住民たちは、そろってその意図を誤解していたんだわ」

「それは……」

「ジョーンズさんも、アイザックもそう、彼らの言う〝猿〟とは、実は島に暮らす先住民だったのよ。そう考えたなら、すべてに説明がつくようになるわ」

「だったら、ウィリアムを殺したのは、ほんとうは……」

「島の先住民よ。彼らは、あなたがきっと聞いたことのある武器を使って、石ころで遠くからウィリアムを射《う》ち殺した、だから地面にはまったく跡が残っていなかったの。外科医のジョンも嘘はついていなかった。その石は上空から落ちてきたものではなくて、水平方向にウィリアムに射ち出されたんだから」ここで一度言葉を切る。「このところ、あなたたちが聖書を暗唱するのを聞いていないわね、これを機にひとつ復習してみましょうか? サムエル記上、第十七章の内容を思いだしてみて……」

パメラは数秒黙りこんだあと、暗唱を始めた。

「〃……ダビデは袋に手を入れて小石を取り出すと、石投げ紐《ひも》を使って飛ばし、ペリシテ人の額を撃った。石はペリシテ人の額に食い込み、彼はうつ伏せに倒れた〟――この一節でしょうか?」

　わたしはうなずく。「クラリッサが買い求めた探検記に書かれていたけれど、新大陸の先住民は似たような小型の投石の仕掛けを使うの。アイザックの言う〝猿〟が使っていたのも、たぶん似たような武器だったんだわ。これがウィリアムの死の真相よ。ただ第二陣の住民たちはその意味を理解していなくて、ほんとうの猿が木の上から石を放り投げてウィリアムに当てたと勘違いしてしまったの」

「なら、アイザックを殺したのは誰なんでしょう?」

「たぶんドロシーがやったのよ。彼女は、ジョンが酒を飲んで言った言葉を聞いて、アイザックがウィリアムを殺したと思いこんで、想《おも》い人の仇《あだ》を討とうとしたの。アイザックが毎朝、その完成していない塔に上がることを彼女は知っていて、事前に自分で上がり、彼が上がってくるのを待って突き落としたというわけ」

「クラリッサもその可能性は思いついていましたが、すぐに打ち消していましたよ。ほかの人が声を聞いて駆けつけるまでの時間では、ドロシーが塔を下りていく余裕がないと」

「歩いて下りなくてもいいのよ。手記によれば、作業員は縄を籠に結びつけていて、それを利用して木材を運びあげていたの。彼女はその縄を握って、そのまま滑《すべ》り下りればよかった」

「それでは手を怪我《けが》するのでは?」

「これも手記にあったけれど、ドロシーは家から島に持ちこんだ革手袋を持っていたの。その手袋をしていれば、縄を伝って滑り下りても手を怪我することはないわ」

「細かいところまで読んでいますね」

「物語のいちばん最後、集落が壊滅したのも同士打ちが起きたのではなくて、先住民の襲撃に見舞われたの。手記の作者は木材がぶつかってきたあと、即座に意識を失ったわけではないでしょう。彼女は、〝彼らの口論も理解できない言語のようになっていく〟と書いているわ。きっと、ここで彼女が聞いたのは居住地を襲撃してくる先住民の雄叫《おたけ》びだったのよ。こちらの集団の人々の虐殺が行われているとき、先住民は手記の作者がもう死んでいるものと思っていて、だから傷つけることはなかったし、そうして彼女は唯一の生き残りとなったの」

「そういうことだったんですね。そのうちに、クラリッサに話して聞かせることにします」

わたしが一連の推測を話し終えて、二人は歩きつづけ、たちまち林との境目にたどり着いた。この一年、わたしはたびたびパメラをここへ行かせ、ときどきは今日のように付いていくこともあった。

彼女はまだこれに慣れていないようだった。

無理もない、わたしはカウアン・ブリッジの寄宿学校を出るときにもまだ慣れていなかった。わたしが道理を理解したのは彼女の年頃のことだ。慣れる必要のないことというのは存在するし、こちらになにかを変える力があるわけでもない、できるのはただ耐えることだけ、成長して大人になるその日まで耐えることだと。

クラリッサはやはり幸せな子だ。同年代の娘がナイフを手に林に入っているのを見て、なにも連想できないとは。誰も彼女にそんな仕打ちはしないのだから——父親の事業が順風満帆であるかぎり、これからもないはずだ。彼女は一、二年すれば社交界に足を踏みいれ、重たいクリノリンを身につけて軽やかに舞い、ふさわしい家柄《いえがら》の相手と結婚して、最後には一生かかっても使いきれない財産を継承するのだ。

哀《あわ》れなパメラのことは、その運命をわたしたちは話題にしたばかりだ。いつか彼女は、わたしと同じ立場に立つかもしれない。そしていまこのときの彼女に、わたしよりうまくやれる自信はまったくない。

わたしはパメラにペーパーナイフを渡し、その手からランプを受けとった。

「いくらかしっかりした枝を切ってきなさい」パメラの耳元で静かに言う。「今日はわたしも、手加減はしないから」

参考文献

・譲‐克里斯蒂安・珀蒂菲斯［Jean-Christian Petitfils］（著）、梁志斐、周鉄山（訳）『十九世紀烏托邦共同体的生活』上海人民出版社、二〇〇七
・川本静子（著）『ガヴァネス（女家庭教師）――ヴィクトリア時代の「余った女」た

ち』中公新書、一九九四
・岩田託子、川端有子（著）『図説　英国レディの世界』河出書房新社、二〇一一
・デボラ・ラッツ（著）、松尾恭子（訳）『ブロンテ三姉妹の抽斗——物語を作ったものたち』柏書房、二〇一六
・谷田博幸（著）『図説　ヴィクトリア朝百貨事典』河出書房新社、二〇一七

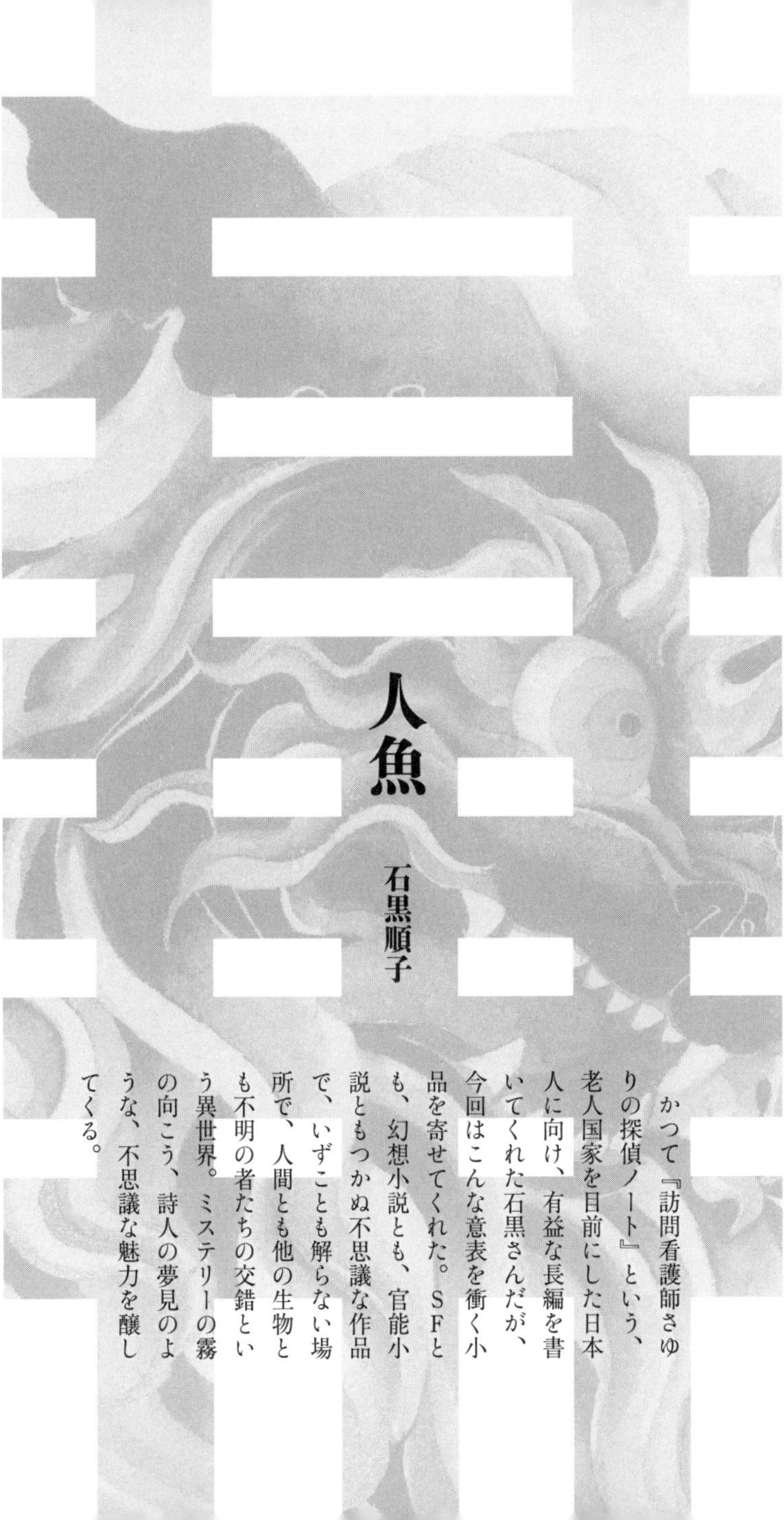

人魚

石黒順子

かつて『訪問看護師さゆりの探偵ノート』という、老人国家を目前にした日本人に向け、有益な長編を書いてくれた石黒さんだが、今回はこんな意表を衝く小品を寄せてくれた。ＳＦとも、幻想小説とも、官能小説ともつかぬ不思議な作品で、いずことも解らない場所で、人間とも他の生物とも不明の者たちの交錯という異世界。ミステリーの霧の向こう、詩人の夢見のような、不思議な魅力を醸してくる。

仕事も終り、夕暮れ空に背中を向けて商店街にある魚屋の前を通りかかると、台にところ狭しとたくさんの魚が並べられているのが目に入った。

(久々に魚でも食べるか……)

今夜のおかずを念入りに物色する。どれもつやつや光り、新鮮そのものだ。

一人暮らしが長いと、主婦たちに交ざっての買い物も苦ではなくなる。最近では顔なじみになった気のいいおばさんが、美味《おい》しい食べ方なんかを親切に教えてくれたりもする。

ぼんやりしていると、ふと冷たい風が吹き、とてもいい香りが漂って、それは軽い眩暈《めまい》を覚えるほどだった。

横に人の気配を感じたかと思うと、耳もとで誰かが囁《ささや》いた。

「あなた、お魚お好き? 私《わたし》、お魚、好きなの。魚って、官能的ね……」

言葉より何より、小さく甘い声が耳の穴から脳を刺激して、体に電気を走らせた。

一瞬体が硬直。声のほうを向いたら、目が釘付《くぎづ》けになった。

そこには、二十代と思われる女性の姿があった。色白の卵形の顔に、細い顎《あご》のラインまで、つややかなストレートの髪が伸びている。かたちがよい頭の丸みに沿って、キューティクルが光っている。大きな目もとと、膨《ふく》らみのある唇《くちびる》は潤《うる》んでおり、全身がつやつやと清潔に輝いていた。

何も言えず、ただ目と目が合うと、彼女は微《かす》かに微笑《ほほえ》んで、くるっと背中を向け、歩いて先に行ってしまった。

「ちょ、ちょっと……」

呼び止めようとしたが、すでに無駄だった。

白いブラウスが腰で細くしぼられ、腰から太ももの丸みに沿って、薄いピンクの布が先細りに巻かれ、膝丈《ひざたけ》のフリルが施され、裾《すそ》からは細い足がすらりと伸びていた。

雑踏の中で、どれだけの時間、彼女の後ろ姿を眺《なが》めていたことだろう。夕日に輝くその姿は、まるで人魚のようだった。

一人住まいの借家に戻ると、蛍光灯をつけた。マンションの購入計画を頭に描きながら夕飯をすませると、ゆっくりと湯に浸《つ》かってから、眠りについた。目を閉じて、さっきの女性を思い浮かべようとするが、そのいとまもなく、深い暗闇《くらやみ》に体が沈んでいった。


ここはどこだろう。

足に、柔らかで冷たい感触がある。草の上だ。周りには木々がたくさん植えられている。暗がりだが、ぼんやりとした明るさがある。空には満月が浮かび、そこからこうこうと月光が降り注いでいるのだった。

しばらく歩くと、チャプチャプと水の音がする。音に誘われて歩みを進めると、ひときわ明るい場所が見えてきた。林を縫い、ゆっくりと歩みを進め、近づく。

目の前に大きな湖が広がった。黒い水面に月光が反射して、波を白く光らせている。歩みを進める。水の音はさらに大きく、はっきりと聞こえだした。

立木をすっかり抜ける頃には、暗がりに大分目も慣れた。

低い草の茂みの上に、人間の頭らしいものがのぞいていた。

（こんな夜中に誰だろう……）

音をたてないように近づくと、可憐《かれん》な鼻歌が聞こえてくる。高い声、女？

誰なんだ？

「誰？」

小さく声をかけるが、返事はない。さらに近づくと、月はいよいよ湖の真上にかかり、まるで昼間のように明るく、彼女のいる場所を照らしている。林から抜け出ると、月光を浴びる。自分の姿もはっきりと照らしだされたろう。

鼻歌がピタッとやんだから、凍《こお》りついた。

空には相変わらず、静かな満月がいる。満月だけが、ぼくの姿をじっと見つめていた。白く光っていた満月が、一瞬ひとまわり大きくなり、黄色の火花のような粉を散らして爆発し、ばらばらと滴になって降ってきて、ぼくの身を包んだ。

「あっ」

思わず小さな声をもらしてしまった。

「誰なの？」

湖にいる女の顔が、くるりとこちらを向いた。月明かりのもと、彼女の目が緑色に輝いたように見えた。金髪の、まだ若い、大人になりたての少女だった。

ぼくを見て驚くだろう、そう思ったが、しかし彼女はしばらくこちらを見て、またむこうを向いて、なにごともなかったかのように鼻歌を始めた。

不思議に思い、額の汗をぬぐおうとして、驚いた。

「ない、ない、腕がない……」

汗をぬぐおうとあげたはずの腕がないのだ。しかし、額に手の感触はある。視線を下におろして、仰天した。

自分が消えている。透明人間になっているのだ。

でもぼくは、不覚にもこの状況を好都合だと思ってしまった。だからいま彼女は、ぼくを見たのに驚かなかったのだ。月の女神の思《おぼ》し召《め》しだと思った。だって月が奇跡的に爆発して、無数の欠片《かけら》が降ってきて、ぼくの体を透明にしてしまったのだから。

彼女のすぐ脇《わき》まで忍び足で来ると、水の中まですっかり見やることができた。水はとても澄んでいて、水底には丸い石が敷き詰められていた。その上に、無数の小さな魚が泳ぐのが見える。群れは、鼻歌を歌う彼女の体を取り巻いて、体のあちらこちらをついばんでいるのだった。

水中に手を入れると温かい。温泉のようだ。この光景、どこかで見たことがある。魚たちは彼女の肌の角質や、毛穴の毒をついばんでいるのだ。世界のどこかにはそういう湖があって、そんな健康法があると聞いた。でも、こんな場所ではなかったように思う。

彼女の体のきれいなことには、まったく感動してしまった。いやらしさは微塵《みじん》も感じられず、西洋の彫刻にあるように、いや、西洋の絵画にあるように、本当にきれいだった。とりわけ肌が真っ白で、胸の膨らみはまだ小さく、彼女自身のふたつの手で、簡単に包み隠せそうだ。

細くしなやかな肢体、二本の足は並んで折り揃《そろ》えられ、その付け根まで、くっきりと月光に晒《さら》されている。しかしそこには、きめ細かな、滑《なめ》らかな肌が輝くばかりで、髪の色と同色のものはまだ見えていない。

「月って不思議なのよ、特に満月は。こういう日に、女性の体には命が宿り、それが大きくなると、やはり満月の日、この世に生まれてくるのよ。月とヒトの命は繫《つな》がっているのね……」

急に彼女が歌をやめ、独《ひと》り語りしはじめたので、驚いて少し飛びあがってしまった。声を出さないように、透明になった手で必死に口もとを押さえた。

水音をたてながら、彼女は水面をかき回した。

再び湖の中をのぞくと、三センチほどだった魚たちの中の一匹が、いまは五センチほどの大きさになっている。さらにどんどん、どんどん見ている間に大きさを増して、急成長をしている。

八センチほどになると、不思議なことが起こった。魚が喋《しゃべ》ったのだ。

「その話、聞いたことがある。むかし、地球という星にいたことがあるんだ。そこには君みたいな生き物がやはりいて、人間と呼ばれていた。だけど、そこの人間はひとつの体しか持たないんだ」

意外にも、男の声だった。魚が喋ったことも仰天だが、その内容に耳を疑った。ここは地球ではない――？

「そこで、赤ちゃんをやったことがある。その時も、ここから、その星に行ったのだもの。それで、お母さんという人に育ててもらったんだ、こうやって……。君にも教えてあげるね」

そう言うと、いまや十センチほどに成長した魚は、胸の膨らみに近づいた。少女はじっとして魚に視線を落とし、その様子を見ていた。母になるにはまだ早い年頃である。彼女の様子を見守った。

驚いたことに魚は、少女のまだ小さな乳房の膨らみの、頂点に君臨する可愛《かわい》らしいピンクのつぼみに吸いついたのだ。ちゅうちゅうと音をたてる、まるで赤子がミルクを飲むように。

その時、少女の気持ちがはっきりぼくに伝わった。彼女は、いままで感じたことのない感触を乳首に感じたのだ。それはなんとも言えない不思議な感覚だった。しばらくじっとして、感覚に身をゆだねていたのだが、魚はくわえた口を離し、こう言った。

「こんな感じにね、分かったかい？」

そう聞くと、彼女はコクリと頷《うなず》いた。

「今度はもっといいことをしてあげるよ、いいかい？」

そう言うと、魚は今度は乳房の膨らみを優しくついばみはじめた。

少女はおとなしくそうされていた。リズミカルで優しい乳房への刺激は、マッサージのように心地よく、少女はうっとり目を閉じると、軽い眠りに入った。

体の感覚がすべて解放される。乳房への刺激はとても気持ちよく、刺激が体の中心に向かって、何かのメッセージを伝えているようにも感じられた。

魚が中央のつぼみに近づく時にはたまらない高揚感《こうよう》がともない、体がよじれ、じっとしていられない。乳首の先のほんの微かな刺激が、鋭敏に体を走り抜ける。

乳首への刺激は徐々に強められ、もはや体が痺《しび》れて動けない。乳首を吸いあげられ、たまらず声がもれる。

少女は、頬《ほお》を淡いピンク色に染め、小さなうめき声は途切れることがない。

その様子からは少女らしさが消え、かわりに女性のなまめかしさがうかがわれ、たまらなく魅力的に感じられる。

彼女はうっとりと、切ないような愛《いと》しいような表情をして、声をもらすたび、少し苦しそうな表情にもなった。

「あっ、あーっ！」

彼女はとうとう大きく声をもらし、息を荒らげると、体をのけぞらせ、全身を震わせた。

彼女の全身から、喜びのエネルギーが発散されていた。たまらなくなり、ぼくも水中に飛び込んだ。もう、自分の本能を押さえきれなくなった。と言うより、そうしなければならないように感じたのだ。

水中にもぐると、自分も同じ魚になっていた。だから、少女のところに泳ぎ戻った。そしてとなりの魚に負けないように、反対の乳房にむしゃぶりついた。

するとと彼女は大きく声をあげ、その声は水中でも同じようによく聞こえた。

声を聞いて、歓喜を覚えた。声の調子で、彼女の様子をうかがった。彼女の体は熱を増し、水の温度も熱くなった。

彼女の肌は白く柔らかで、近くで見ると、美しさがさらによく分かった。

体の線がとてもきれいで、愛しかった。最初はなんだかよく分からなかったが、彼女が歓喜の声をあげるたび、自分はますます彼女に特別の感情を持つようになった。彼女の美しさのゆえもある。

君が好きだよ、歓喜をあげる君の姿が美しい。君をもっと気持ちよくして、すべてを解放してあげたい。

そんな気持ちが湧《わ》く。優しく守ってあげたい気持ちと、衝動的な強い気持ちが交互に入り混じるようで、少々混乱した。

時に優しく、時には強く、その気持ちを示すかのように刺激を与え続けていると、また彼女も、それに応《こた》えるかのように声をあげ、体を震わせた。

そうしていると、下のほうから、なんとも刺激的な香りがたちのぼってくる。

となりの魚が、彼女の下半身のほうへ泳いでいった。ぐったりした彼女を感じつつ、自分もそのあとを追いかけた。

彼女の足の付け根を見て驚いた。二本の足がついているのではなく、それは二本の足が一本にくっついて、魚のようになっているのだった。

彼女は人魚なのか――。彼女の両足の間に、彼女の頭髪と同じ色のものが見当たらなかったのは、そういうことだったのだ。

しかし、両足の間にあるはずの場所に近づくほどに、刺激的な香りは芳醇《ほうじゅん》な匂《にお》いへと変わり、強さを増した。

先に泳いでいった魚は、そこへ向かうが、ヒレのようになっているのだもの、そこには何もない。

魚は水面にのぼり、そこから加速をつけて体当たりをした。突破しようとしているのか？けれどぶつかっても、魚はこまのようにはじけ飛んだ。何度も何度も同じことを繰り返すのだが、結果は同じだった。

途方にくれたように、魚は水中をうろついていた。ヒレの感触はどんなだろう。自分も恐る恐る、彼女の両足の付け根に近づいた。

すると、濃厚な香りがねっとりと全身を包んだ。まるで歓迎を受けるようで、優しく唇を這《は》わせると、ヒレが消え、そこには二本の大きな長い、本物の足が現れた。

その付け根には、金色の繊維状のものがユラユラと無数に揺れ、その茂みの間には、丸い透明な気泡が無数に散っていた。

外観は、まるで竜宮城にも似た金色の輝きがあり、しばらく感動して見入っていた。すると大きな足が、ゆっくりと左右に開き、茂みの下に門が現れた。

「お願い、そこを入って、あなたしか入れないの」

突然、彼女の声がした。その声に誘われるように門に入ろうとすると、急に轟音《ごうおん》が鳴りわたり、激しい水流が背後に押し寄せ、どんと背中を押された。

渦に一気に巻かれ、逃れようとするが、息ができない。

渦巻きの底に呑《の》まれてしまったのだろうか、水圧が高い、体中《からだじゅう》を押《お》し潰《つぶ》されてしまう。

ここをどうにか突破しなければ――。

全身の力を振り絞って前に進もうとする。逆流と水圧との戦いだ。脳に酸素が行っていない、もう体中が痺れはじめた。

このまま気を失うのか、最後に振り絞る全身のエネルギーが最高潮。流されそうになりながら、それにあらがい、全力を振り絞り続けた。向かってくる水流の圧力と、自分の力が同等になった。

「ん、んー」

どちらも引かない。苦しい、苦しい、もう少しだ。

自分に言い聞かせ、懸命に最後の力を振り絞る。一気に突破してみせる。

「うぉー！」

野性的な叫びをあげた、のかどうか。自分でもなんだかよく分からず、全身のエネルギーが出し尽くされ、体がぐったりした。

力を失った渦巻きはちりぢりになり、体の周りをおとなしく、ゆっくりと流れていった。

目の前には、全裸の彼女の姿があった。

「来てくれて、ありがとう」

彼女からヒレはなくなり、人間の姿になっている。

そういう彼女を見た途端、一気に疲れが吹き飛んだ。どちらともなく歩み寄り、抱き合った。

「どうぞ休んで……」

言って彼女が、柔らかな寝床へと誘ってくれた。

「あ、体が戻ってる……」

彼女と抱き合ったのだから当たり前なことに、いま気づいた。透明でなくなっている。彼女は静かに微笑んだ。

二人で体を横にした。こうしてみると、彼女はやはり少女だった。華奢《きゃしゃ》な胸の膨らみを、優しく手で包んでみたが、ぼくの手には小さかった。

その感じが愛しかった。安堵《あんど》の気持ちで、しばらく時の流れを感じていた。

「聞いていいかな？」

彼女に向くと、あどけない表情がぼくを混乱させた。この子があの時あんな妖艶《ようえん》な姿を見せ、ぼくにこんなことをさせたのかと思うと、信じられなかった。

「何？」

彼女が小さく言った。声もやはり少女のもので、あの喘《あえ》ぎの声とは別人だ。

「何故《なぜ》、あの魚ではダメだったの?」

どうして、自分だけがここに来ることができたのだろう。

「あなたは私を、本当に心から愛してくれたから。あの魚からは何も感じられなかった。ただ性の衝動では、人間にはなれないの。あなたからは温かさが伝わってきたから、人間の心があったから」

彼女はゆっくりと、噛《か》みしめながら、言った。

「ぬくもりか……」

思わずそうつぶやくと、

「そう。あの魚は地球に行ったと言ったけど、地球って、どんなに汚れた星なのでしょうね」

寂《さび》しげに、彼女は言った。

「ここはなんていう星なの?」

聞くと、彼女は黙って首を横にふった。

「名前がないの?」

ここはどこなのだろう。

「あの魚、地球に行った時は、あなたのように純粋だったはずなの。なのにここに戻って来て、私の体をただ刺激して、官能的に弄《もてあそ》んだだけだった。自分の覚えてきたテクニックを見せつけたいだけ。愛が感じられなくなってる。ここに悪いものを持ち込んだ人は、ここまで来られないの」

彼女は静かにそう言った。内容が、彼女の外観とそぐわず、驚いてしまった。

彼女は、これが初めてではないのか——。

ぼくはもう一度試してみたくなった。彼女の体を、本当にぼくのものとして実感したい、そんな独占欲にも似た、複雑な思いが湧いた。ずっとこのまま二人でいられるのか、不安にもなった。

「もう一度、抱いていいかい？」

祈りにも似た思いで、彼女に聞いた。

「ええ、いいわよ……」

彼女は軽く体をこちらへ傾けた。

それでぼくたちはゆっくりと体を探りあい、口づけしあい、お互いの優しさを感じあってから、体をひとつにした。

まるで、彼女の広い世界のなかに溶けていくようだった。再び、あの苦しさとともに果てると、ぼくは彼女にこう言った。

「地球は、宇宙から見たら、青く見えるきれいな星なんだよ。君にも見せてあげたいな……」

「そう？　嬉《うれ》しい。あなたは地球が好き？」

彼女が聞いた。

「うん」

地球だけだって聞いたもの、こんなにきれいな青い星は。

「そう、あなたは地球に帰れるわね」

耳もとで、彼女の声がそう言った。急に切なさが湧いて、あわてて彼女のほうを向くと、そこには誰もいなかった。自分一人が、ぽつんと自室にいた。あまりの急な変化に、啞然《あぜん》とした。

「夢、だったのか……」

リアルすぎる感触が、いまでも体の隅々《すみずみ》に残っている。パラレルワールド、それを見た気がした。

上体をわずかに起こして、窓の外を見た。朝日が昇りはじめ、街を照らしている。電柱と、その下に、ゴミ袋の山ができていた。いつもの、街の風景だった。

「地球ってどんなに汚れた星なのかしらね」

耳もとで彼女の声が聞こえた気がして振り向いたが、やはり、誰もいなかった。

畳の上に、小さな赤い玉。右手を見ると、彼女がつけていた、赤い石の連なった首飾りが、握られていた。最後に、彼女と果てた時のものだった。

ぼくはどれほど汚れているのだろう——。

そう考えると、自分が、地球が、恥ずかしく感じられた。

聞こえなかった銃声

小野家由佳

小野家氏は成城大学ミステリークラブの部長を務め、ここは創作も熱心だったので、彼が健筆を振るって部員をよく引っ張っていた。当企画は、本格であることを条件とせずに良作短編を探したが、そういう彼なので、全作中で最も本格趣味を色濃く見せている。殺人現場におけるささいとも見える疑問を、徹底した理詰めで検証していき、ついにこれ以外にはあり得ないという結論を導く。この種の頭脳ゲームはやはり懐かしく、好ましい。

1

成城の先生の家を出たのは、とうに日付が変わってからだった。

議論が白熱してしまい、気がついたら、こんな時刻になっていた。

以前にもあったことで、今日はこうなることを予見して電車ではなく自転車でやってきていたくらいだが、それでも、いざ時間を確認して、ギョッとしてしまった。

早く帰らねばと冷たいサドルに尻《しり》を乗せる。

僕が一人暮らしをしているアパートは多摩川の近くで、成城からは自転車で三十分かかるかどうかくらいの道のりだ。近いというわけではなく、むしろ遠いのだが、道が平坦なので苦にはならない。

通るのも騒がしい大通りではなく住宅街の中で、自分以外誰もいない道を爽快《そうかい》に走っていくことができた。風が強かったが、それも向かい風ではなく追い風だ。

ダン、と破裂音がしたのは、そんな快適な帰り道の三分の二ほどを過ぎたあたりだった。

ブレーキをかける。

「銃？」

車のバックファイアや花火ではなく、そう聞こえた。多少の距離はあるようだが、はっきりと耳に届いた。

大学入学のために上京してくる前、よく聞いた音だ。僕の実家は山に囲まれた盆地にあって、シーズンになると猟師らの銃声が絶えない土地柄《がら》だ。聞き間違いとは思えない。

再び自転車をこぎ始める。

とりあえず音のした現場に行ってみようと、さっきまでよりも力をこめてペダルを踏んだ。幸いと言うべきか不幸にもと言うべきか、音がしたのは僕のアパートの方向だ。確かめるために寄り道しても、帰宅時間がそんなに変わるわけではない。

なるべく速く、けれど注意深く走っていき、とうとうそれを見つけた。

アパートからほど近いところにある公園だった。

家族でピクニックをしにくるには小さすぎるが、子どもたちがボール遊びをするには丁度良《い》いような、そんな場所だが、今はやたらと広く感じられた。昼間と違って誰もいないからだろう。

そんな公園の隅にある砂場の中、街灯に照らされるようにしてそれは転がっていた。

最初は何か分からなかった。自転車を停《と》めて、目を凝《こ》らして、それでようやく、男が倒れていて、背中をこちらに向けているのだということが分かった。

「大丈夫ですか？」

大声を出したが、返事がない。自転車を飛び降りた。

駆け寄って、肩を叩《たた》く。反応はない。手にこめる力を強くしても変わらなかった。

ぷんと香る鉄臭さに半《なか》ば確信を抱きながら、僕は砂にまみれた男の体を軽く引いた。一切の抵抗なしに、仰向けになった。

　半開きのまま動かない口と目、年齢のせいだけとは思えない深い皺《しわ》……生気の感じられない形相がまず、目に入る。それから視線をゆっくりと下げて、反射的に「うわあっ」と飛びのいた。

　モスグリーンだったであろうセーターが赤く染まっている。胸のあたりに、穴が空いていた。やはり撃たれていた。

　頭の中にあふれ出す様々な感情や言葉を、とりあえず、と無理矢理にまとめる。とりあえず、通報をしなければならない。義務だから、国民の。やらなければ。

　立ち上がろうとしたが、腰が抜けてしまったらしく、下半身に力が入らない。ポケットからスマートフォンを取り出そうとするも、手が震えて上手《うま》くいかない。何度かトライしてようやく持てたが、今度は指紋認証が反応してくれない。

　大丈夫、自分は冷静だ、と言い聞かせるように深呼吸をした。

　それで幾分か頭は落ち着いてくれたらしいが、体はそうでもなかった。指の動きがいまいち覚束《おぼつか》ないままで、スマートフォンを落としてしまう。

　何やっているんだか。ため息をついて、屈《かが》みこんだところで――僕は、それに気づいた。

「一回しか、聞こえなかったよな？」

　思わず呟《つぶや》く。

　胸の弾痕《だんこん》、これ、二つないか？

2

僕が昨晩のことを一気呵成《いっきかせい》に語り終えると、成城の先生が口髭《くちひげ》を愛《め》でるようにいじりながら「銃声は一つ、されど撃たれた痕《あと》は二つ、ねえ」と口端を上げた。

先生、といっても別に学校教諭をやっていたり、医者や政治家といったお偉い職業に就いているわけではない。物腰や雰囲気が、なんとなくそう呼びたくなるものだったから、僕が勝手に呼び始めただけだ。

もしかすると以前はその手の仕事をしていた可能性はあるが、少なくとも今は違う。興味はあるので、いつか本人か奥さんのどちらかに話を振ってみようと思っているのだけれど、行動にはうつせていない。

ともかく、僕が知っているのは、この家で一日中本を読んでいる先生の姿だけだ。

薄い関係の僕らを繋《つな》いでいるのは探偵小説だった。

僕も先生も、かなりのマニアなのである。そもそも親しく話すことになったキッカケが、大学で紹介された先生の御宅《おたく》の蔵書整理のバイトで、本棚を見た僕が大はしゃぎしたことだった。

どちらも周囲に同好の士がいなかったこともあり、それ以来、暇さえあれば僕らは会って、歳《とし》の差を越えて、深夜まで趣味の話にいそしんでいるというわけだ。

そうした次第だから、例の体験談は、彼の興味を惹《ひ》くだろう、なら、話してやろう、と昨夜、あれこれといち段落ついた時から思ってはいた。

現にこうして彼の家の応接室のソファに座って、あの謎《なぞ》のことを語り、先生は興味深そうにニコニコ笑っているわけだが……一つ、昨夜の僕にとって、想定外のことがあった。

僕の隣に座っている大柄《おおがら》な男のことだ。

その男、武蔵《むさし》警部はぶるると垂れた顎《あご》肉を震わせて「妙な話でしょう?」と笑った。

「先生の御友人ということでなければ、聞き間違いだったんじゃないか、で済ませてしまっていたところですよ……というのは、流石《さすが》に冗談ですが」

彼のことを先生と呼ぶ僕以外の人間がいることを知ったのは、署での事情聴取の最中だった。そんな遅くまで、一体どこにいたのか、と尋《たず》ねられたので答えたところ「君は先生と知り合いなのか」とこの警部が反応したのだ。

動揺する僕を後目《しりめ》に「ふむ」とか「ああ」とかぶつぶつ独《ひと》り言《ごと》を言ったあと、彼は嬉《うれ》しそうに「最近、会っていなかったな」と手を叩き「明日午後イチ、一緒に先生のところへ行こうか。君の証言が本当なら、これは先生好みの難事件かもしれない」と言い、それでこのようになっているわけだが、正直言って、意味が分かっていない。

警部は、先生についての何かしらの予備知識を共有している前提で話しているみたいだが、僕はそれが分かっていないのだ。

先生、そんなに凄《すご》い人なのか……?

「証言者が誰であろうと、真摯《しんし》に話を聞いてやってほしいところだけどね、武蔵くん」

「だから、冗談って言ったじゃないですか」

警部はポケットからメモ帳を取り出し「ちゃんと近隣に聞き込み調査もしましたよ」とぱらぱらめくった。

「結論から言いますと、こちらの調査でも、銃声を聞いたのは一度きり、という証言が大多数でした。深夜のことですから、皆さん無視をされたということですし、曖昧《あいまい》な部分も多々ありましたが、二回確かに聞いた、という人はいませんでした」

そこで警部は急に真剣なまなざしになり「そして」と口調も重くした。

「遺体に残っていた弾痕も、確かに二発分でした」

「聞き間違いも、見間違いもなかった、と」

先生は身を乗り出した。

「もう少し詳しく、お聞かせ願っても、よろしいかな?」

「勿論《もちろん》」

警部も座り方を浅くした。

「では、事件の概要について、ざっと説明していきます。被害者の名前は坂下次郎《さかしたじろう》、年齢は五十二歳で、不動産会社の総務部に勤めていたそうです。役職は課長。歳を考えると人並みといったところでしょうか。これは、昨夜あなたにはお話ししましたね」

「はい、二丁目の……僕が住んでいるあたりの町内会長さんなんですよね? 僕は会ったことがなかったんですが」

頭を掻《か》いた。

恥ずかしながら町内会、というものをはっきりと意識したことがない。回覧板だったりゴミ捨て場の掃除当番くらいには流石に協力していたが、それだけだ。アパートの向かいの家に住んでいる人の顔すら僕は知らない。

しっかりと近所づきあいをしていれば、昨夜の時点で「町内会長さんが死んでる！」と分かったのかもしれない。まあ、別にそれでどうなるというわけでもない。

「ということは、被害者の家も、現場とかなり近いところに？」

「歩いて五分程度ですね」

つまり、僕の家からもそのくらいの距離、ということだ。

「死亡推定時刻は、銃声が聞こえた午前一時十分前後。検死の方でも、裏付けられています。検死結果からの推定は念のため前後一時間ほど幅を取ってみてはいますが、今回の場合は余り関係ないでしょう」

警部がこちらを向いたので「ちゃんと僕が銃声の直後に見つけてますもんね」と返した。

「まさに」と彼は満足げに頷《うなず》く。

「被害者のパンツのポケットが漁《あさ》られた形跡があったこと、現場からも自宅からも財布とスマートフォンが発見されなかったことから、犯人がこれらを抜き取ったもの、とみられています。といっても、我々の方では金目当てだったり、異常者による通り魔的犯行だったりとはみていません。どうしてかは、これから説明します」

警部は手帳をめくった。

「被害者は事件当夜、犯人に現場へ呼び出され、自宅から現場へ向かったものとみられています。昨晩は坂下の妻であり唯一の同居者である清子《きよこ》が高校の時の友人と旅行に出かけていたとのことで、詳しい彼の行動は分かっていないのですが、午後八時頃、家の電話に着信が入っていたのが確認されています」

「どこから？」

「公衆電話からです」

警部は「だから直接的な手がかりにはなりませんね」と残念そうに首を振った。

「発信元は突き止められているのかい？」

「新宿です。証言等は絶望的ですね」

人通りの少ない小さな駅ならともかく、あそこまでのターミナル駅となると、いちいち誰が公衆電話を使ったか、なんて確かに見ていないだろう。今のご時世、新宿だろうとどこだろうと電話ボックスを使っている人はそうそういないだろうが、それでも、誰かが使っていたからといって、いちいち物珍しそうに見るほどではない。

「なお、被害者のパソコン等には、それらしいやりとりは残っていませんでした。犯人がコンタクトを取ったのは、公衆電話での一回のみ、ということらしいです。身元がばれないよう、かなり気をつかったみたいですね」

ここで僕はつい、口を挟んだ。

「そんな時間に、本人のスマホとかじゃないところから呼び出されて、ちゃんと指定の場所へ行くってことは犯人はそれなりに親しい人ってことになりそうですね」

「それに特殊な凶器だ。これだけでかなり絞れそうなものだが、どうかな？」

「それがさっき言った、金目当ての通り魔的犯行ではない、と考えた理由ですね。まさしくそのラインから、有力な容疑者が挙がっています」

警部は、手でピストルの形を作った。

「実は、被害者はライフル撃ち……銃免許の保持者なんですね。そして、月に数回、連れ立って、山へ狩りをしに行く同年輩の友人たちがいたんです。人数は、三人」

警部は「今言っても覚えられないかもしれませんが」と前置きをしてそのまま続ける。

「一人目は館川武雄《たてかわたけお》という大学教授、次に山本悟《やまもとさとる》という証券会社の役員、最後の一人が黒田《くろだ》秀吉《ひでよし》という被害者と同業、不動産会社の社員です。四人は、大学時代に射撃部に所属していて、それ以来の仲とのことです」

「館川って名前、なんか、聞いたことありますよ。テレビに出てませんでしたっけ」

「おっ、よく知っていますね。私は知りませんでしたが、よくお昼のワイドショーかなんかにコメンテーターとして出ているみたいです」

確か、どこかの私大の経済学部の教授だ。

彫りが深く、鼻筋がすっと通った……昔風にいえば甘いマスクをしていて、喋《しゃべ》り方も明瞭《めいりょう》で人柄《ひとがら》も良さげ、言う言葉はスパスパとした正論、といかにも奥様方に人気がありそうなキャラクターをしている。

あの人がこの事件に、となんだか意外に思う。

しかし、近所に住んでいる人は知らないのに、一切関係のない大学教授の名前にはちゃんと反応するというのは、我ながらどうなのだろうか。

「で、実はこの三人には動機もあります」

そう言って、警部は鞄《かばん》を手に取り、中からクリップで留められた数枚のコピー用紙を取り出した。大学ノートのページのコピーらしい。

「これは？」

先生が尋ねると、警部が「被害者の自宅から発見されたものです」と答えた。

「ここには、四人が行った密猟の件について書かれていました」

警部は指で文字を辿《たど》った。

幾つも書かれたなんとか山という地名、その横に動物だったり植物だったりの名前と、数字が続く。

なんとなく察することはできたが、警部の言葉の続きを待った。

「その時期ではまだ狩猟してはならない鳥獣や植物から、どんな時期であろうと狩猟が許可されていないものまで、彼らはかなりの山を荒らしていた模様です。横に書かれたのは、オークションで売った際の落札金額ですね」

「これ、帳簿というか、こまめにつけていたもの、というわけではなさそうですね」

密猟をする度に、オークションで売る度に書き込んでいたのなら、同じ人物が書いていても
どうしても筆圧だったりペン自体だったり違いが出そうなものだが、これはどう見ても均一だ。一気に書いたものにしか見えない。

「そう。だから、これはこの密猟行為に嫌気がさした被害者が、内部から告発をするために今までの成果を書き出したものだろう、と警察はみています」

「武蔵くん。このノートの本体は？」

「見つかりませんでした」

警部は「見つかったのは、本棚に隠されていたこれだけです」とコピー用紙の束《たば》をつつく。

「ノートの本体は被害者の家の中にあり、昨晩、殺人を終えた犯人が盗んだもの、とみられています。これまた注意深く家探しをしたようで、一見してそういう痕跡《こんせき》は残っていなかったのですが、清子の証言からデスク周辺の物の配置が変わっているということが分かりました。恐らくはそのあたりにノートが隠されていたのでしょう」

「財布やスマートフォンが抜き取られていたのは、物取りの犯行への偽装というだけではなく、相手の家に忍び込むためだったり、密猟についてのやりとりを隠すためだったり、犯人にとって実利的な狙《ねら》いもあったわけだ。よく考えられているね」

先生は、いかにも感服した、といった様子だ。

「……坂下さんは、犯人がそうすることを予期して、ノートが盗まれても大丈夫なよう、コピ

ーを隠していたんですね」

「そうでしょうね」

警部は重々しく頷いた。それから、先生の方を向く。

「ひとまず、こんなところでしょうか」

先生はすぐには答えなかった。

僕らの方ではないどこかを見つめながら口髭をいじくり、思い出した、といったように「十二分に動機を持った三人の男、そして、一つしか聞こえなかった銃声、か」と呟く。

「ちょっと、調べてみたいね。遺体の発見現場まで連れていってもらっても、良いかな？」

3

すでに大方の捜査は終わったということなのだろう。立ち入り禁止の黄色いロープが入り口に張られた公園は、昨夜と同じくらいがらんとしていた。

野次馬らしい人影も見当たらない。警察と一緒に引き払っていったらしい。

「遺体があった砂場はあちらです」

丁度、僕が自転車を停めたのと同じあたりから、警部が砂場を指した。

彼はそのまま、対角線をなぞるように指を公園の逆側へ向ける。

「そして、ライフルの発射場所は、あちらのジャングルジムの上からとみられています。火薬の痕が残っていました」

六段組みで、下から順に二段ずつ青、黄、赤、と色が塗られた、一般的な形のジャングルジムだ。塗装はところどころ剝《は》げ落《お》ちていて、素の銀色が顔を覗《のぞ》かせている。

脳内で、ジャングルジムの天辺《てっぺん》から砂場まで、一本の線を描いた。それで一つ気づいたことがあったので、警部に聞いてみる。

「この角度なら、砂場の中に銃弾がめりこむことになりますね。貫通したなら、ですが」

と言ってみたものの、ライフルの弾なら、ほぼ間違いなく人間の体は貫通するだろうという確信はあった。ライフルは貫通性が高い。山での狩猟でも、猟師は獲物の向こうに木や壁だったり、弾を止めるものがないと撃たないようにしている。

「ええ、砂場の中に二つ、銃弾は埋まっていました」

「なら、ライフルマークも調べられそうだね」

先生がそう言うと、警部は「はい。ただいま照合中です」と返した。

ライフルマークが分かれば、誰の銃でその弾が撃たれたのかが分かる。つまりは、誰が撃ったのかが分かるということになる。それでも、銃声が一度しか聞こえなかった謎は解決しないが……。

「照合中ということは、容疑者のライフルの検査も行っている筈《はず》だが、それなら、どれが最近撃たれたものか判別できるんじゃないかい？」

「そこなんですが」

警部は頬《ほお》を掻いた。

「実は一昨日、四人連れ立って射撃場へ行ったそうなんですね。恐らくは、主な目的は密猟の告発についての相談だったんだろうと推測していますが、それでも、ちゃんとそれぞれ撃ったらしくて、火薬の痕跡は全《すべ》てのライフルについていました」

「撃った弾の数についても、一発や二発、誤魔化しがきく、か」

つまり、そちらの方向からだと犯人には迫れそうにないわけだ。

「さて、とりあえず、中に入りましょうか」

警部はロープを乗り越えた。先生も慣れた感じでそれに続く。僕だけ、ちょっとぎこちない。

「ジャングルジムから、ね。傍《そば》に街灯があるから、目立ちそうなものだが」

「いや、あの街灯ですが、どうも数週間前から電球が切れているみたいで」

先生の質問に、すぐに警部が反応する。

「昨夜、まともについていたのは例の砂場のところだけのようです」

「それにしても、なんだかおかしいね。あんな不安定なところ。隣にある木から撃った方が、よっぽど良かったんじゃないかな」

確かに、先生の言う通りだった。

ジャングルジムの横には大きな桜の木が一本、植わっていて、丁度ジャングルジムの頂点と同じあたりが、人一人がすっぽり入れそうな枝の分かれ方をしている。不安定なことには変わりはしないが、それでもジャングルジムよりは、こちらの方が銃を撃つ土台として相応《ふさわ》しそうだ。身を隠すこともできる。

「犯人には、ジャングルジムから撃たなければならない理由があった、とかですかね」

少し考えて、僕は言った。

「どんな理由だい？」

「たとえば、こんなのはどうでしょう。犯人は実は自分で撃ったのではなく、自動射出装置を使っていた。すると、反動の衝撃を人間の体ではなく、固定しておく土台に頼らなければならなくなる。だから、木ではなく丈夫な鉄棒で作られたジャングルジムでなければならなかった」

先生の顔を見る。苦笑していた。

「一応、反論をしておこう。本当に木だと柔くて固定が上手くいかないなんてことがあるのか、むしろ、木の方が固定に向いているんじゃないか、といったことは、そういう装置なのだ、ということで百歩譲って目をつぶろう。それでも自動射出装置だと理屈がつかないことが多すぎる。第一に、犯人は、被害者を銃殺後、その体を漁って、家の鍵《かぎ》を奪いとっていった筈だろう？　現場に姿を現しているのに、なんで自動射出なんてする必要があったんだね？」

「……家の鍵を取るのと、殺すのと、順番が逆だったんですよ。犯人は別の方法で坂下さんから鍵を盗み取っていたんです。それで、こちらに呼び出して殺している隙《すき》に被害者の家に忍び込んだ」

警部が「ほう」と声をあげた。

「それは、筋が通っていますな」

「それでも、まだ問題はある。第二に、被害者がどこに立つのか犯人は正確には分からなかった筈だ。砂場の隅に立ってくれ、といっても、正確に特定の位置に立ってくれるとは限らない」

「その点も反論できますよ。正確に殺せるかどうかが分からないからこそ、犯人は二発撃つようにしたんです」

「さっきライフルを固定、と君は言っていたね？　固定されているということは銃口の向かっている場所が同じということだ。連射して意味があるかな？」

「首振り機能がついていたんです」

僕が答えると、先生と警部は同時に噴《ふ》き出《だ》した。

「赤外線センサー搭載の首振り機能がついていたということにしよう。しかし、随分な大仕掛けだ。設置するのも撤去するのにも時間がかかりそうだが、その時間はどうやって捻出《ねんしゅつ》したんだろうね、犯人は」

「そうでも、ないでしょう。犯人は坂下さんをここに呼び出している間に坂下さんの家に忍び込んでいる、という想定なんですから。設置して、殺して、撤去する。一連の時間が一時間ほどなら、誰も気づかない、と踏んでもおかしくない筈です」

「ふむ。犯人はこの近辺にいた、と」

先生はここで「じゃあ」と少し間を置いた。

「なんでわざわざ、そんな自動射出装置を使ったのだね？」

「あっ……」

「普通、そんなものを使うのは、犯人がアリバイを作る場合だ。なのに、この話ではそこが無視されてしまっている。犯人がそんなものを使うメリットがないのだよ。その時点で、通らないな」

なら、と反論をしかけてやめた。

これ以上なにかを言っても、屁理屈《へりくつ》にしかならないということに気づいたからだ。正当な理屈では、僕は完全に論破されてしまった。

だから、僕は肩をすくめて「まあ、これだと一つしか聞こえなかった銃声の件だって、説明つきませんものね」と敗北宣言をした。

「そう、一つしか聞こえなかった銃声。それが問題なんだ」

先生はそう言うと、髭をいじりながら、ジャングルジムを見上げる。

僕はその横について、懲《こ》りずに話しかける。

「ジャングルジムの件については解決できませんが、その、どうして銃声が一つしか聞こえなかったかの方については、一つ考えていたことがあります」

聞いて、先生は意外そうに「ほう」と笑った。

なんだかちょっと馬鹿《ばか》にされているようで癪《しゃく》に触る。先刻のライフル自動射出装置説がコテンパンに論破されてしまったあとだから、仕方なくはあるのだが、なんだか悔《くや》しい。

「この公園で発射された銃弾は一つだった、と考えれば良いんです」

僕は少し、声を張り上げた。

「ナイフで刺された人が犯人から逃げるために部屋の鍵を閉めて、そのまま死んでしまった結果、密室状態になったのだ、というトリックがありますね。原理はあれと同じです。一発目の弾丸は、別の場所で放たれていたんです」

「そして、追ってきた犯人にこの公園でもう一発撃たれた。君が聞いたのはその銃声だった、と」

一番言いたかったところを先生に持っていかれてしまった。まあ、よしとしよう。僕はそのまま続ける。

「その通りです。一発目はきっと、どこか屋内で撃たれていたのでしょう。オーディオルームだとか、そうした防音設備のある部屋で」

補足を言い終わったところで先生と警部の顔を見る。どちらも意地の悪そうな生暖かい笑い顔をしていた。

僕は慌てて二つ目の補足を付け足した。

「勿論、この説だと犯人がジャングルジムに上ったということが説明できていません。これについては話す前に言った通りです。ただ、それ以外の問題は解決できているのではないでしょうか」

「余裕のある状況で、どうして木の上からではなく、ジャングルジムなんかを使ったのかという謎と、被害者を追っているというどう考えても余裕のない状況でどうしてわざわざジャングルジムに上ったたか、だとまた別の話になってくると思うがねえ」

先生はやはり、穏《おだ》やかな口調を崩さずに痛いところを突いてくる。それから、微塵《みじん》ともよしと思っていない雰囲気で「それをよしとしても」と反論の矢を継いだ。

「これまた、幾つもの問題があるね。たとえば、被害者が撃たれていたのは二発とも胸部だったんじゃなかったかな？　そうすると、致命傷じゃないにしても一発撃たれた段階で相当量の血が流れた筈だね。この公園までの道のりにそんな跡はあったかい？　武蔵くん」

警部は無慈悲に首を振り、そのまま「それに」と彼まで反論の矢を放ってくる。

「砂場からはしっかりと二発、銃弾が発見されています。その仮説はそこでも通らないですね」

「ああ、それなら、やっぱり、駄目ですね」

がくんと肩を落とす。これまた、駄目か。あのタイプの密室トリックの別解、というのは実は昨夜の時点でなんとなく思いついていて、それ故《ゆえ》に結構、自信があったりしていたのだけれど。

「一発目と二発目で状況が違ったから、ってのは、結構いけるんじゃないか、と思ったんですけどね。そうじゃないと説明ができなそうですし」

「こっちの会議では、一発目にサイレンサーをつけて撃ったところ、それで壊れてしまって、二発目はサイレンサーなしで撃つことになってしまった、なんていうのはどうかという意見もでましたよ」

警部が笑いながら言う。

「それも否定されましたけどね。サイレンサーが壊れてしまった、もしくは取り外したのなら、一発目と二発目の間には数秒あいた筈。それなら被害者の体勢に変化が生じた筈だが、その様子は見られない。よって、それは考えにくいということになりました」

「その様子は見られない、というのは弾の入射角度が、という意味かい？」

「ええ。どちらの傷も、ほぼ同じ角度から弾が入っていることが明らかになっています。銃で撃たれた人間が取る行動は大体二つ、うずくまるか、倒れるか、です。どちらにせよ、弾の入射角度は変わりますよね」

警部と先生のやりとりに成る程、筋が通っている、と頷く。

「先生は、何かお考えは？」

ここでようやく、先生に水が向けられた。よし、ここまで反論された分、先生の推理を徹底的に検証してやろうじゃないかと僕は身構えた……のだが、先生はいつもの調子を崩さず「まだ、かな」と受け流してしまった。

「まだ情報が足りない」

そう言いながら、砂場へと歩いていく。僕と警部もついていった。

現場保全のためだろう、砂場にはビニールシートが被《かぶ》せてあった。三人でそれを取り外すと、穴だらけ、そうじゃなくてもでこぼこの砂場が顔を出す。

「昨夜は、こんなんじゃありませんでしたよ」

冗談交じりにそう言うと、警部が「弾を掘り出すためには仕方なかったんです」と生真面目《きまじめ》に返してきた。なんだか申し訳なくなる。

「これは、その過程で出てきたものかな？」

先生が地面から何かを拾い上げていた。指先ほどの大きさしかない、ちっぽけな何かだ。警部が顔を近づけて「木屑《きくず》、ですか？」と尋ねると先生は頷いた。

「えーっと、どうでしょう。うちが使っている道具で木製のもの、なんてあったかな……」

「こんなもの、いつ落ちたのか分からなくないですか？　ここ、公園ですよ。そんなのいくらでも落ちていると思いますが」

公園なんてありとあらゆるゴミが落ちているものだし、その中でも木屑なんて、ゴミとしてカウントすらされないような代物だ。どうしてこんなものに注目するのか分からない。

しかし、先生は意味深に「そんなことはないと思うよ」と笑う。

「断面が新しい。これは、つい最近ここに落ちたものだ」

「……だとしたら、どうなんですか？」

「さてね」

「答えてくれないんですか」

僕が文句を垂れると先生は「すまない」と、これまたさらりと受け流し木屑を警部へと渡した。

警部は僕と同様、困惑した様子だったが、それでも従順に従って証拠物件用と思われるビニール袋を取り出し、丁寧にしまう。それをポケットに戻すついで、という感じで警部は携帯電話を取り出した。途端、青ざめた。

「すみません、大分着信無視してしまっていたみたいです。ちょっと、電話してきます」

警部は公園の入り口の方へ腹を揺らしながら歩いていった。

それを見送ったあと、僕は丁度良い、と先生へ向き直る。

「事件の話から一気に変わるんですけど、ちょっと、良いですか?」

「どうぞ」

「先生って、一体なんなんですか?」

昨夜、警部と先生のことを話してから、ずっと聞きたかった質問だった。

「なにと言われても」

先生は虚をつかれたような表情を一瞬浮かべて、誤魔化すように口髭を触る。

「ご存知の通り、ただの隠居老人だよ」

「まだ、老人というほどの歳でもないでしょう。それに、ただの隠居老人のところに、警察が相談なんてしにきませんよ。明らかな捜査機密までバラしちゃって」

先ほどの先生たちの反論と同じくらい、完璧《かんぺき》な反論だと思う。

先生は「参ったな」と頭を掻いた。

「昔、ちょっとね」

「ちょっと?」

「ちょっと、警察の捜査に協力したことがある。それだけだよ」

「えっ、その、つまり、先生が名探偵ってことですか」

想像はしていたのだけれど、流石に動揺する。そんな言葉、現実で聞くだなんて思っていなかった。

「武蔵くんはそう思っているみたいだね。君のことも、どうも、私の新しいワトソンだと解釈していたらしい」

「待ってください。本当に？　いや、ワトソンの方じゃなくって、名探偵だって方が、まだ受け止められてなくって」

僕の反応に先生はぷっと噴き出した。

「自分から尋ねておいて、その質問はないんじゃないかな、君」

「でも、にわかには信じがたいですよ。名探偵だなんて。だって、警察官だったってわけではないんですよね？」

「そうだね」

「その時点でおかしいじゃないですか。普通、刑事事件を解決しちゃうような人なら、警察に入りますよ」

「入りたくなかったものでね」

「なんで」

先生は少しだけ遠い目をして「責任や意識が分散されてしまうから、かな」と、僕ではない誰か、もしくはどこかを見ながら呟くように言った。

「ある一定以上の規模のグループに属すると、何かの行動が、その個人ではなく、グループの行動ということになってしまう。ほら、今回の事件だって、そうだろう？」

「というと？」

「年相応に出世している勤め人は、普通は密猟や密売になんて手を出さないよ。個人なら、ね。それをやってしまったのはきっと、グループだからという甘えがあったのだと、私は思う。組織や国体とは呼べない、ごく小規模の集まりですらこうなってしまう」

そういうのが嫌なのだ、と先生は話をまとめた。

雰囲気がいつもと違いすぎて、僕は、何も言えなくなった。

タイミング良く警部が戻ってくる。駆け足で。

「ライフルマークの照合が済みました！　二発とも、館川のライフルから発射されたものと、完全に一致していたそうです！」

4

「えーっと、つまり」

警部の息の調子が落ち着いたのを確かめてから、僕は口を開いた。

「館川が、あの大学教授さんが、坂下さんを撃った、と」

「いや、どうも、これで逮捕、みたいな、そう単純にはいかなそうな感じもありまして」

警部は汗を拭《ふ》くために使っていたハンカチをしまい、それと入れ替えに手帳を取り出した。

「と、いいますのは、この件をもとに館川を詰めようとしたところ、新事実が明らかになってしまったんですね。館川は、坂下清子と不倫をしていたらしいんです」

「えっ」

素直に驚いた。ワイドショーのコメンテーターが大学時代からの友人の妻と不倫……なんとも生々しい。週刊誌のスクープになりそうなシチュエーションだ。

「今、他《ほか》の容疑者二人に対しても確認を取ってくれているのですが、どうも、知人らの間ではほとんど公然の秘密……知らぬは亭主ばかりという状態だったらしいです」

「でも、それで別に困ることはないのでは？」

館川には密猟の件以外にも、色恋沙汰《ざた》という強力な動機まであった、ということになる。捜査の手助けにはなっても、邪魔にはならない。

警部はいいや困った、とでもいうように眉《まゆ》を下げた。

「昨夜、清子と一緒にいたらしいんですよ」

「はい？」

「清子の、学生時代の友人との旅行というのが嘘《うそ》だったんです。本当は館川とホテルで一晩過ごしていたとか」

「つまり……アリバイがある、と」

警部は神妙そうに口を閉じたまま頷いた。

「いや、でも、愛人同士のアリバイなんて」

「二人が泊まったホテルですが、表口の監視も、裏口の施錠もかなり気をつかわれていたらしいです。監視カメラが設置してあったので確かめてみたところ、入場も退場も不審な時刻のものはなかったとのことです。午後九時にインして、翌朝八時にアウト、と、館川の証言通りです」

言われて、当たり前かと肩を落とす。

そうしたところを含めてチェックした後だから、そう単純にはいかないとわざわざ言ったのだ。プロの仕事だから当然だ。

「確かに、そうなると一筋縄じゃいかなそうだね」

先生だけが、なんだか楽しそうだ。

僕の頭は混乱している。

銃声の件、ジャングルジムの件、とすでに沢山の謎があるのに、そこに新しいものが追加されてしまったわけだ。ライフルマークは間違いなく館川のもの、けれど館川にはアリバイがあった。どういうことだ？

最もシンプルに考えると……？

「館川はアリバイトリックを弄《ろう》していた、とかですか？」

それが一つしか聞こえなかった銃声に関《かか》わっている。そう考えれば綺麗《きれい》に整理できそうだ。

「たとえば、死体は昨夜のずっと前から、九時前から砂場にあった。そして、深夜になってから音だけ鳴らすよう爆竹とかの仕掛けがあった、とか。本当は弾は一発で終わらせるつもりだったけど、ミスをしたせいで二発目を撃つことになっちゃって。それによって、用意した仕掛けと音の数が合わなくなってしまった……とか」

言い終わって、すぐに、首を振った。

「駄目ですね、これ。砂場に何時間も死体を放置、というのがまず、仕掛け発動の前に発見されたらどうするんだっていう話ですし、銃声だって、僕みたいに都合良く聞いてくれる人が近くにいたなんて奇跡ですし、何より死亡推定時刻は広くとっても午前一時の前後一時間とのことでした」

「うん、そうだね」

自分ですぐに仮説の穴に気づいたところに成長を認めてくれたのか、先生の声はさっきまでよりも優しい。

「それに、そもそもアリバイトリックを用意するくらい計画的なのに、ライフルマークのことに思い至らなかった、ということからしておかしいしね」

「アリバイを検証された段階で、計画犯としては間が抜けていますよね。頭の回る人間なら、自分に容疑がかからないようにする、ということを第一にします」

先生に警部が実感のこもった言葉で応じる。

「でも、そうなると、どういうことになりますか？」

「誰かが館川に罪を着せようとした、ということになるだろうね」

「館川のライフルを盗んで？」

「考えにくいですね」

先生ではなく警部が答える。

「ライフルでも散弾銃でもそうですが、日本では銃を所持している人は鍵つきのケースでの保存等、徹底的な管理が義務づけられています。館川も、そのあたりは抜かりありませんでした」

「誰かが昨夜までに盗んで、撃って、戻した、というのはあり得ないと」

「ほとんど考えられないですね」

「でも、そうなると、おかしくないですか？　だって、現に発見された弾には館川さんのライフルマークがついているんでしょう？」

理屈に合わない、とツッコミを入れると警部も「そうなんですよ」と困り顔になった。

「それこそ不可能状況ですよね」

「そんなことはないよ」

先生の一言に、僕と警部が「えっ」と同時に驚く。

「ライフルではなく、弾の方に注目すれば良いのさ。撃った弾の方を、偽装したんだ」

「ライフルではなく、弾の、方」

「犯人は自分のライフルで坂下を撃った。それで、自分のライフルの弾を回収。現場には館川のライフルから発射された弾を残す……こうすれば、今のような状態が出来上がる」

先生は少し間を空けてから「そして」と言葉を継いだ。

「残る容疑者の二人、山本も黒田も、この偽装を実行することは可能だ。館川と一緒に猟に行っていた彼らなら、隙を見て発射済の銃弾を確保できた筈だからね」

唸《うな》る。その手があったか。

「そう考えると、犯行現場として公園を、この砂場を選んだというのも納得がいく」

先生は屈みこんで、砂をすくいあげた。

「第一に、土よりも掘りやすい。第二に、土と違って、表に掘った跡が出にくい。多少の乱れは殺害完了後に色々な人が乱したからで説明がついてしまう。犯人が被害者の体を漁って財布とスマートフォンを抜き取った、というのも、弾を埋めた跡を自然に隠す狙いがあったのだろう」

パン、パン、と砂をはらう。

「さて、段々と事件の構図が見えてきたね」

5

「概要を一通り聞いた時点で、不思議だったことがあったのだが、これで解決してくれた」

「不思議だったこと？」

「武蔵くんが教えてくれた概要を、そのまま受け取るには犯行計画が歪《いびつ》すぎた。ライフルでの射殺という大雑把な殺し方で、弾丸まで残しておくという迂闊《うかつ》さがある一方で公衆電話を使った呼び出しに財布とスマートフォンを漁るという行為に幾つもの意味を持たせる狡猾《こうかつ》さがある。理屈にあわない」

言われてみれば、確かに犯人像が一致しない。

「犯人がどういうつもりなのか、分からなかった。それが今回の情報でスッキリした。犯人が見せようとした事件の姿というのを理解できた。あくまで、犯人は狡猾だった。大雑把だったり迂闊だったところは、見せかけだ」

「ええっと、犯人が見せようとした事件の構図、というのは、さっき言った通り、犯人が館川である、というやつですよね？」

「そう。清子との不倫の末、恋敵となる彼女の夫をライフルで殺してしまった、犯人は、そうした風にみせたかった。これでようやく、ノイズが消えてくれた」

「ライフルという足のつきやすい凶器、弾丸という犯人が何者かを直接指摘してしまうような証拠物件、といったものをどうして残してしまったのか不審な点は確かにこれで解決しましたね」

警部が合点《がてん》がいった、といったように相槌《あいづち》を打つと「まさしく」と先生は髭を撫《な》でる。

「犯人にとって誤算だったことは二つ。第一に、坂下がノートのコピーを用意して隠していたこと。これがあったせいで、本来はカムフラージュになってくれた筈の館川の不倫の件よりも先に密猟の件が露呈《ろてい》してしまった」

「でも、ノートのコピーがなかったとしても、館川が吐《は》いてしまえば変わらなかったんじゃ」

「館川が密猟のことを話す可能性は少ないと踏んだのだろう。それはおかしな考えではない。密猟のことは館川自身の殺人の動機になるネタなんだからね。下手をうてば更に容疑を深めてしまう」

先生は「第二の誤算は」と続けた。

「事件当夜、館川が清子と過ごした結果、彼にアリバイができてしまったということ。この二つの誤算のせいで、完全に犯人の計画は崩れてしまった、というわけだ。我々にとってはツイてるね」

「そういうことになりますね」

警部が久々に明るい声を出す。

「先生のおっしゃる通り犯人の動機も計画も大体が明らかになっていて、犯人すらも山本と黒田のどちらかということまで分かっているんですから、あと一歩です」

僕はそんな警部に「でも」と暗い声をかけた。

「結局、この公園で話し合った問題についてはまだ、全然解決できていないわけですよね」

ジャングルジムを指す。

「どうしてあそこから撃ったのか、それから、どうして銃声が一つしか聞こえなかったのか。謎は、多いですよね」

「まあ、確かに」

途端、警部の顔が曇った。

「密猟のことについては確認が取れているので、最悪、どちらも別件逮捕はできるのですが……」

「全てが説明できない限り、それ以上先までいくのは厳しそうだね」

「どちらが犯人なのか、先ほどの疑問点、それらが全て分かった上で、証拠がないと、ですね」

警部がそう言ってため息をついた。

なんだか空気が重くなる。

ちょっと進んだところで行き詰《づま》り、というのが最も気を落としてしまうのは世の常だから仕方がないけれど、どうにも居心地が悪い。

僕は砂場の近くから離れた。

聞こえなかった銃声に、ジャングルジムからの射撃、どちらも本来なら考慮に値するべきではない些細《ささい》な事柄《ことがら》だ、とちょっと冷め始める。どうして気になっているかといえば、銃声を聞いたのが僕で、ジャングルジムからのことを気にしたのが先生だから、とそれだけのことだ。きっと、正攻法で捜査を進めていくのが一番良いのだろう。

それでも、どうしても引っ掛かってしまう。さっき、先生は犯人像の歪さが解消された時にノイズが消えた、と言ったが、まさに雑音だ。できることなら排除したい。それが使命であるようにさえ思う。

僕はジャングルジムを見上げながら小さく舌打ちをする。

石ころを蹴《け》り飛ばす。

鉄棒に当たって、カン、と音をたてた。

——瞬間、僕の頭の中で、雷光のように一つのアイディアが駆け抜けた。

「おっ、おおっ」

犬みたいな唸り声をあげると、踵《きびす》を返《かえ》し、先生と警部のもとへと駆け戻った。

「どうしたんだい？」

目を丸くした二人に、僕は「分かりました」と荒い息のまま言う。

「どうして、銃声が一つしか聞こえなかったのか、どうしてジャングルジムから撃ったのか、そのことについて、謎が解けました」

そこまで喋ってから咳《せ》き込《こ》む。

「まず、落ち着きたまえ」

先生がとん、とんと僕の背中を叩いてくれる。

「大丈夫です」と返した。

「今度のは、自信があります。これで銃声とジャングルジムというノイズを解消できる筈です」

今まで挙げてきた仮説も、その場その場では自信満々のものだったのだけれど、それは措《お》いておく。今回が最高傑作の筈だ。

先生は優しく微笑《ほほえ》んで「どうぞ」と僕を促《うなが》す。こちらも笑って頷いた。

「さっき、この砂場に埋まっていた銃弾は、偽物だったことが分かりました。ということは、どういうことか。一つ、今まで考えられたものとは別の可能性が浮かんでくるということです」

「別の可能性、とは」

「本物の、被害者の体を貫通した銃弾が、一つだけだった、という可能性です」

警部が「一つだけ？」と首を傾《かし》げた。

「被害者の傷痕《きずあと》は二つ、確かにありましたよ」

僕はニヤリと笑う。

「ええ、確かに二つ、ありました。けど、なんてことはありません。一つの弾丸でも、二つの傷痕はつけられます」

「どうやって」

「こうやって」

僕はさっき先生がやったみたいに屈みこんで、石を拾い上げ、それを砂場近くの街灯の柱めがけてなげた。見事に的中したそれはカーン、と良い音をたてて跳ね返り、どこかへ飛んでいく。

それを見て警部は察したらしい。

「跳弾……」

ハッとした顔で呟くように言う。

「そう、一度突き抜けた弾が、もう一度被害者に当たった。こう考えれば、謎は解けます。ライフルは、一回しか撃たれていないんですからね」

僕はゆっくりと、はっきりと、続けた。

「勿論、それは犯人にとって予想外の事態だったでしょう。狙えるものではありませんからね。とはいえ、さしたる問題ではなかった筈です。もしもの時に備え、犯人が館川さんのライフルの銃弾を複数用意していたとしても、不自然ではありませんからね」

「ジャングルジムの件についても解決した、と言ってたね?」

ここで先生が尋ねてくる。警部はすっかり感心した顔だが、こちらはまだまだ疑い深そうに目を光らせていた。

「ええ。実は、現場はジャングルジムの方だと考えているんです。犯人も被害者も、あちらにいた」

そう言って、ジャングルジムを指した。

「犯人は、被害者をジャングルジムの前に脅して追いつめて、そのまま、ライフルを撃ったんです。つまり、ジャングルジムから撃った、という前提自体が間違いだったわけですね。昨夜は風が強かった。結果、火薬が上の方に舞い上がり、まるでジャングルジムの頂上から撃ったかのようになった、というわけです。勿論、ジャングルジムの下部に火薬と血液はついたでしょうが、犯人はそれを拭きとったと考えればオーケーでしょう」

ここまで話して、グッと、拳《こぶし》を握った。

これで宣言通り、銃声とジャングルジムのことについては説明し尽くせた筈だ。

「街灯の明かりもない、真《ま》っ暗闇《くらやみ》の中、ジャングルジム本体と地面に飛び散った血液と火薬を全て、拭きとったというのかい？」

しかし、無情にもここでまた、先生からの反論が飛んできた。

「それに、なんでジャングルジムの前で撃ったんだい？　砂場に埋めるのが最善の判断だから、犯人はそれに従ったのだろうという話をしたばかりだったと思うがね」

ウッと唸ってから、頭を下げる。

「すいません。ジャングルジムのことについては、全て解決してやろうとスケベ心を出しました」

ここは戦略的撤退をするべき場面だ。

「やっぱり、そのことについては謎で良いです。犯人は何かしらの理由でジャングルジムから砂場に呼び出した被害者を射撃した。結果、街灯のところで跳ね返った弾で二回やられた。それだけにしておきます」

「これなら、通るんじゃないですか、先生」

警部からのフォローが入る。

「申し訳ないが、それでも、駄目だろうね」

先生はそう言うと先刻、僕が狙撃《そげき》した街灯へと近づいてその表面を撫でた。

「ライフル弾なら、一度人体を貫通しているとはいえ、それなりの威力があった筈だ。けれども、この街灯にはそれらしい痕がない。かといって」

先生はわざとらしく首を振る。

「この周辺で、他に跳弾が狙えるようなものもない」

「ああ……」

「更に言えば、跳弾ということは、弾の入射角が真逆になるわけだから、もし、そうなら検視官がすぐに気づくんじゃないかな。勿論、これは被害者が一度撃たれたあとに体をねじったのだ、という考え方もできるだろうが」

先生は「それからもう一つ」と更に繋げる。オーバーキルだ。

「犯人は弾のすり替えを最初から考えていたわけだから、自分が撃った弾の回収方法を用意していた筈だ。撃った弾をどこかに埋まったまま放っておいたなんて、考えにくい。あと、随分と犯人がぞんざいに自分が撃った弾を扱ってるね。跳弾するような位置に撃つなんて、大外れも良いところだ」

弾の回収方法、と言われてハッとする。確かに考えていなかった。

「で、でも、弾なんて、土にめりこんだらほじくれば……」

「そんな痕、公園の中にあるかい？　何より、犯人が公園のどこかに掘った痕を残すだなんて方法を良しとするかな？」

おっしゃる通りなので何も言えなかった。見かねてか先生が「これはもっと早く言っておけばよかったとおもうのだけれど、実はその点について、私には考えがある」とそのまま続けた。

「砂の上に、合板を敷くんだ」

「合板」

「弾止め、だね」

そう言われてから、僕は思い当たる。はじめにライフルには貫通力がある、と考えた時に、頭の中で連想した知識だ。猟師は必ず、獲物の向こうに弾止めとなる木がある場所を狙って、引き金を引く、というあれだ。

「成功した後は砂場からその板を取り出し、終わりさ。形跡は今日何度も言っているが、財布やスマートフォンを漁ったり、発見時の騒ぎだったりで誤魔化される……勿論、その弾止めの下には警察が発見した館川の弾が埋められていた、というわけだ」

「木屑！」

そこまで聞いた警部が、ポケットからさっき先生に手渡されたあの木屑を取り出した。

「これは、その弾止めの木屑なんですね！」

「そうだと、私は思う」

僕は、その場にがくんと膝《ひざ》をついた。昨夜、死体を見つけた時と大体同じ位置だ。

「やっぱり、考え足らずでしたか」

うなだれていると、先生が僕の頭を撫でた。

「仮説としては、今までで一番鋭かったんだけどね。ちょっと、考え方のベクトルが違う」

「ベクトル……」

見上げながら悔し紛れのように「どう違うって言うんですか」と尋ねた。ちょっと、語気が強めだ。

「そうだね。君の推理はどれも、聞こえなかった銃声という謎を、ただ単純に説明づけようとしたものだった。私はちょっと、その点で考え方が違う」

「……というと？」

「私は、この事件全てを説明してくれる謎が、一度しか聞こえなかった銃声だった、と考えている。だから、その謎だけではなく……その向こうにある、事件の真相を、考えようとしている」

——そう言われても、正直、ピンとこなかった。

けれど、そう言い放った先生の顔と口調は、どこまでも凛々《りり》しくて、僕は呆《ほう》けたように、それを見ていた。

先生はゆっくりと警部の方へ体を向けて「さて」と言った。

「武蔵くん。幾つか調べてほしいことがあるのだが、お願いしてもよろしいかな？」

6

次の日も、僕は先生の家にやって来ていた。前日に先生が警部にお願いしたことの結果が分かるから、そうしたら、先生曰《いわ》く「この事件の真相が確信をもって話せるだろう」とのことだから、気になってやってきたのだ。

大学を二日続けてサボることになってしまったが、気にしない。ここまで足を踏み込んだのだから、今更退くに退けないではないか。

少し早めに着いてしまったらしく、まだ警部は来ていなかった。

しょうがないので、というわけでもないのだが、先生と探偵小説について語らって時間を潰《つぶ》す。僕は気が急《せ》いてソワソワしてしまったのだけれど、先生はいつもと変わらず落ち着いた様子だった。このあたり、年季の差だろうか。

先生が淹《い》れてくれたコーヒーが残り半分ほどになったあたりで、警部が到着した。

「早速ですが、調査結果の方をお話しいたします」

昨日と同じように僕の隣へ座った警部は、挨拶《あいさつ》を済ませるとすぐに手帳を取り出す。

「まず、自家用車の所持についてです。山本の方は、プリウスを一台、持っているようです。対し、黒田の方は免許すら持っていないとのことで……ライフル所持者としては、随分と珍しいですね」

聞いて、思わず「なら」と言いかける。

なら、犯人は車を持っている山本の方ということになるんじゃないか？　先生が自家用車の有無を尋ねたのは例の弾止めに使用した合板や、そもそものライフルの持ち運びの観点からだろう。犯人は車を持っていなければならない。そういうことなら、これで見事解決だ。

しかし、僕はそこで踏みとどまった。今の考えを口に出さなかった。

昨日と同じ失敗を繰り返してはならない。その場その場の思いつきで喋って、どうする。仮に犯人が山本だとしても、銃声の謎等は解決しないではないか。そうしたことを踏まえて推理を話さないと、また、同じように反論されてしまう。グッとこらえた。

先生もこれに関しては特にコメントをせず「ふむ」と言って、警部に先を促すだけだった。

「さて、もう一つの方ですね。館川、山本、黒田、それぞれに密猟と密売は誰が先導して始めたのか、ということについて質問してほしいとのことでしたが……」

警部は「まず館川からですね」と言ってページをめくる。

「彼曰く、誰が、というものではなかったらしいです。採取しても良いとされるサイズより少し小さい山菜を持っていく、といったような小さなマナー違反が段々とエスカレートしていってしまったのだ、と。誰の責任でもないと言っていました」

「潔いですね」

流石甘いマスクのコメンテーター、不倫はしているけれど、と揶揄《やゆ》するように言うと警部は

「そうですね」と笑い「一方、山本と黒田はちょっと往生際が悪い」と次のページをめくった。「山本の方は段々とエスカレートして、というのは同意だが、はっきりと法律違反をしたのは坂下が最初だ、その癖《くせ》に……といった具合で、名指しで批判をしていました。対し、黒田は自分はほとんど関わっていないので、詳しくは知らないのだ、と言っています。いずれも嘘でしょうね。恐らくは館川の証言が真実です」

警部は意地悪そうに笑った。

「と、まあ、こんな具合ですね。これで何か分かりましたか？　先生」

「ああ、そうだね……これで、確信をもって話せると思うよ。この事件の真相を」

先生はここで、警部以上に意地悪そうな、けれど、ちょっと爽《さわ》やかな笑顔を見せて。

「あくまで、私の想像だがね」

7

「何度も言うようだけれど、私は、この事件のポイントは一度しか聞こえなかったのに、二発撃たれてしまっている、という謎にあると見ている」

先生はまずそう言って、僕を一瞥《いちべつ》した。

「そして、その件については昨日、君が色々な仮説を出してくれたおかげで、随分と可能性が絞れた。ありがとう」

「皮肉ですか？」

「まさか」

先生は今度は優しく笑って「昨日潰された仮説たちから分かる、一昨日の晩の状況、というのを少し考えてみようか」と手を広げた。

「第一に、犯人はその夜、あの公園で、ジャングルジムから砂場の被害者へ向けて、自分の手で二発撃っている。二発というのは遺体の傷痕から、砂場へ向けて、というのは現場の状況から確定だ。一発をどこか別のところで撃って、二発目だけ公園、というのもない」

言い終えて、一本指を折る。

「第二に、一発がサイレンサー、もう一発が普通の銃、というのもない。そもそもそういうことになったという推定が非論理的だし、それがないこともまた、遺体の状態が示している」

もう一本、折られる。

「第三に、跳弾というのも考えにくい。これもまた、遺体と現場の状態からだね」

三本目が折られた。

「第四に、僕の聞き間違い、というのもあり得ない、としておいてください。僕は、銃声がどういうものか知っていますし、意識もはっきりしていましたから。イヤホン走行もしていませんでした」

「そうだね。それも、周囲の住人への聞き込みということで確かめられている」

四本目。

「さて、というわけで、犯人は確かに、あの夜、サイレンサーも何もついていない銃で、被害者を二発撃った。けれど、音は一回しか聞こえなかった、ということになる」

「おかしいですね。説明がつかない」

僕がそう言うと先生は「そうかな？」と笑った。

「一つ、シンプルな答えが残っていると思うがね」

「と、いいますと？」

これだけ議論を重ねた後なのに、そんな馬鹿な、と思いながら尋ねた。

すると先生は「本当に、単純な話さ」と煽《あお》るように言葉を重ねる。

「君は、確かに銃声を二つ聞いていた……そう考えれば良い」

きょとんとする。

「何言ってるんですか？　聞き間違いはあり得ないって言ったじゃないですか」

「そうだよ。でも、君は確かに二発聞いたんだ」

禅問答ですか、と、そう返そうとした。その前に、先生が言葉を継いだ。

「けれど、気づかなかったんだ。何故《なぜ》なら、二つの銃声が重なっていたから」

＊

「重なって、いた。それは、同時に撃たれた、ということですか？」

そう聞いたのは警部だった。僕はまだ、唖然《あぜん》としていて、何も言えなかった。

「そう。そして、ライフル銃である以上、一人で二丁を同時に撃つというのは不可能だ。つまり、犯人は二人いた、ということになる。山本と黒田の二人、両方が犯人だ」

何も応じられなかった。やはり、脳内が追いつかなかった。そんな僕を追い越して、先生は台詞《せりふ》を連ねていく。

「そう考えると、幾つもの事柄に合点がいく。第一に、どうして木ではなく、ジャングルジムからの狙撃だったのか？　木には、一人分のスペースしかなかったからだ。タイミングを合わせて二人で砂場に弾が埋まるように撃つには、ジャングルジムからしかなかった」

「二人並んでなら、撃った後に散る火薬の痕が変わりますが、いや、そうか、あの夜は風が強かった」

警部が言うと「その通り」と先生が応じる。

「第二に、何故、ライフルか？　簡単だね。二人同時に人を殺せて、その痕を誰か一人分に押しつけられるものは、ライフルしかない。刃物であれば同じ凶器を使っても細かい力の入れ具合で変わってしまうが、ライフルなら、残る弾以外は、同じだ。そして、その弾をすり替えることによって、あたかも一丁の銃で二発撃たれたかのように偽装できる」

先生は「第三に」と言いかけてから「まあ、これ以上連ねる意味はないね」と首を振った。

「そもそも、今回の事件で銃声が一つしか聞こえなかったということを説明できる状況なんて、これしかない。二人で同時に撃った、という真相を指し示す最大の論拠が、一回しか聞こえなかった銃声なんだ」

「成る程」

警部は先生に、かすれた声で相槌を打つ。

「昨日、犯人の誤算として二点を挙げたが、実は最大の誤算はこのことだろうね。はっきりと、銃声は一回だけだった、と証言できる信頼できる証人が現れるなんて想定外だったんだ」

「確かに、周囲の住人が寝ぼけた状態で聞いた銃声の回数が違うかもというだけじゃ、大した問題にはならなかったでしょうね……少なくとも、はっきりと証言できる人なんていなかった筈」

「お手柄《てがら》だよ」

そう言われて、僕の口からようやく「いや」と声が出た。

それで急に冷静になって「それよりも！」と身を乗り出す。

「ちょっと、待ってください。確かに、二発同時に撃った、ということで説明つきそうですけど、でも、じゃあ、なんで、山本と黒田は、そんなしち面倒なことをしたんですか？」

そこが説明できなければ、結局、昨日の僕の推理の数々と変わらないじゃないか。そう思って、勢いよく、まくしたてた。

しかし、先生は冷静に、即答した。

「責任を被《こうむ》りたくなかったからだろうね」

「責任」

「昨日、話したね。個人ではなく、グループだと……誰かと一緒だと、甘えが出る、と」

先生は「それさ」と暗い目つきで続ける。

「山本と黒田は、自分たちの立場を守るために、坂下の告発を止めなければならなかった。それには殺すしかないという結論に至った。この時、まず、個人ではないからという気持ちがあったのだと思う。密猟に手を出したのと同じように、一人じゃないから、簡単に犯罪へ針が振れた」

先生は誰かを茶化《ちゃか》すように指を立て、横へすいっと動かす。

「そして、捕まらないために、館川をスケープゴートにする作戦を立てた。ここまでは良かった。問題は、その先だ。仲間がいるから、と自分だけじゃないから、と密猟や殺人を決意した二人だが、実行となると、どちらかの手を汚さなければならない。殺人の罪を背負わなければならない」

「どちらも、やりたがらない、でしょうね」

僕の声は震えていた。

すでに警察にばれている密猟の責任の所在を他人におしつけるような人が、殺人をやりたがるわけはない。

先生は相変わらず凜《りん》とした声で「ご名答」と返す。

「そんな二人が話し合った結果、出たのが、二人同時に撃って、どちらの弾が殺したのか分からないようにする、という結論だった。比べては失礼だが、死刑執行官と同じだね。三つのボタンを三人が押して、どれかが当たりだという……」

——先生はふう、とため息をついた。

「彼らは、罪を分け合って、罪悪感を、責任を、曖昧にしたんだ」

*

「だから、恐らく、証拠品も分け合っている筈だよ」

しばらくの沈黙の後、先生は警部へ打って変わって明るい口調で言った。

「自家用車の所持未所持を聞いたのは、そのためだね。今回の計画には道具を運ぶために自動車が必須《ひっす》だ。電車やバスとかの公共機関はとうに使えない時刻だし、そもそも銃も合板も目立ちすぎるよ。そして、車を出すのは山本しかできなかったわけだ」

先生は「なら」と間髪容《い》れずに続ける。

「その分の仕事が、黒田に割り振られている筈。私はそれは、弾止めに使った合板の処理だと思う。ああいうかさばるものは、そう簡単に隠せるものではない。車を持っていないなら猶更《なおさら》ね。きっと、ちょっと調べれば簡単に見つかるんじゃないかな」

「見つかれば、証拠になりますね」

「そうすれば解決、かな？　反論はあるかい？」

先生は最後の最後は悪戯《いたずら》っぽく言った。

8

「流石は名探偵！　新ワトソンくんもありがとうございました！」

一通りの話が終わると警部は腹をぶるんぶるんと震わせて去っていった。

それを見送った後は当然、僕と先生が二人きりになる。

すっかり冷めてしまったコーヒーを飲み干すと、僕は意を決して先生に話しかけた。

「あの……」

「ああ、すまないね」

僕が何か言う前に、先生はちょっと照れくさそうに頭を下げた。

「なんだか巻き込んでしまって。武蔵くんの誤解はそのうち解いておくから」

「いや、その、そうじゃなくて」

こめかみのあたりを掻いて、もう一度、決意をして尋ねる。

「先生、今回みたいに、誰かと一緒に捜査したり、議論したりするのも、甘えが生れて嫌だ、と思いますか？」

どうやら、予想外の質問だったらしい。先生は目を丸くした。

「いや、こういう、パートナーとのディスカッションだったりは、違うものだと思っているよ。そのために昔は……」

余り思い出したくないことでもあるのか、先生はそこで口をつぐんだ。

それでちょっと怯《ひる》んだが、ええい、ままよ、と僕は攻勢を続けた。

「今回、僕、ちょっとは役に立ちましたかね？」

「さっき言った通り、君のお手柄で解決したようなものだよ。発端も、可能性潰しも」

「なら……」

少し間を空けて。

「僕、また、ワトソン役、やらせてもらっても、大丈夫でしょうか？」

昨日からずっと、僕は、痺《しび》れっぱなしだった。

本当に、名探偵というものがこの世界にいたんだ、と。

僕みたいなただの悪趣味な、好事家みたいな態度で推理もどきをするような探偵小説マニアではない、論理的で、明晰《めいせき》で、鋭くて、そんな人間がいたんだ。ただの趣味の合う年上の知人だと思っていたこの人が、そうだったんだ。

だから、もし、先生が良いのなら、僕が。

そんな風に考えてしまったのだ。

「ふむ……」

先生は一瞬だけ躊躇《ためら》うように目を伏せてから、微笑んだ。

「もし、また、武蔵くんが今回みたいに飛び込んでくることがあれば、ね」

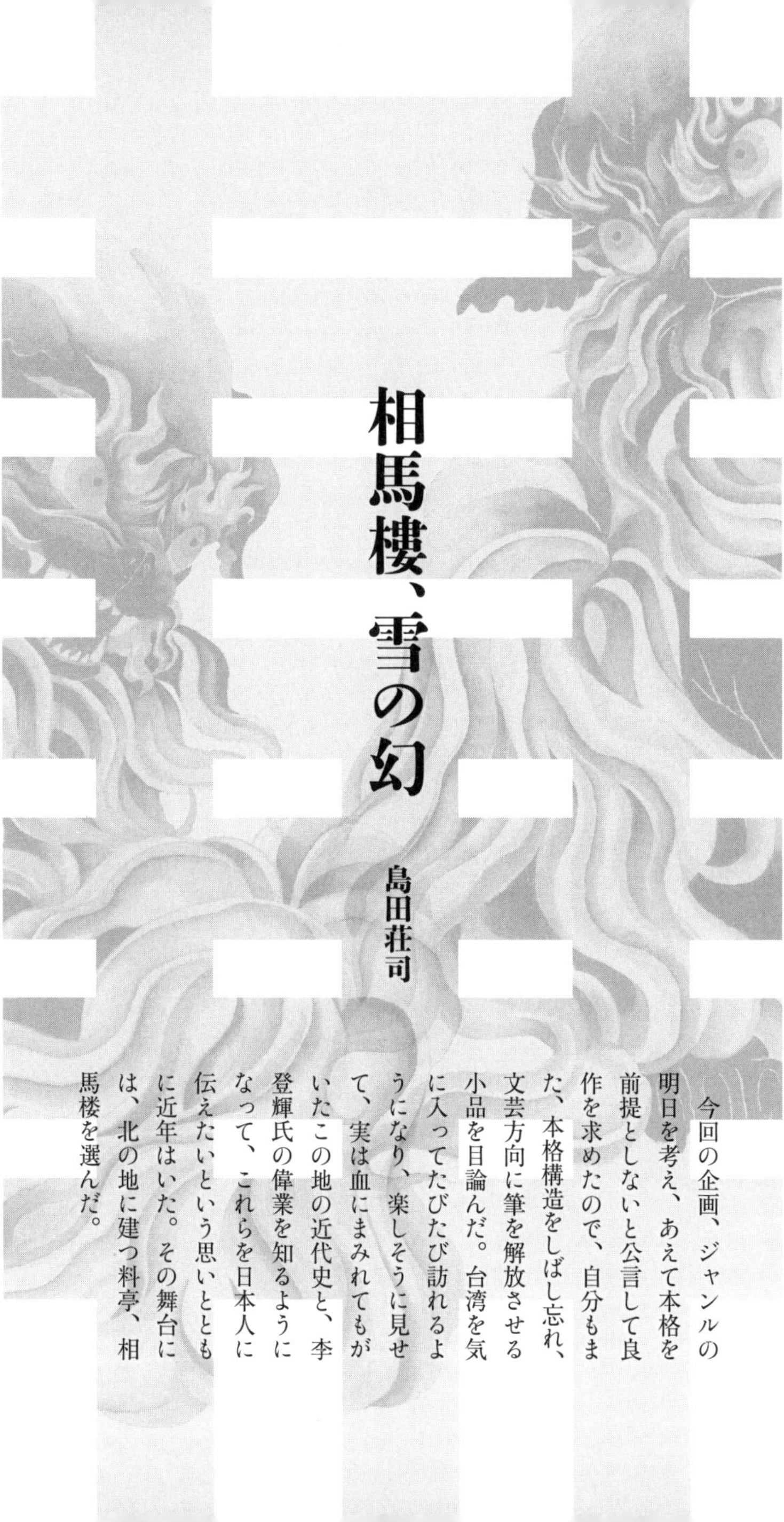

相馬楼、雪の幻

島田荘司

今回の企画、ジャンルの明日を考え、あえて本格を前提としないと公言して良作を求めたので、自分もまた、本格構造をしばし忘れ、文芸方向に筆を解放させる小品を目論んだ。台湾を気に入ってたびたび訪れるようになり、楽しそうに見せて、実は血にまみれてもがいたこの地の近代史と、李登輝氏の偉業を知るようになって、これらを日本人に伝えたいという思いとともに近年はいた。その舞台には、北の地に建つ料亭、相馬楼を選んだ。

一

山形県酒田市の秋。駒子《こまこ》は、船簞笥《だんす》職人の石井卓三と二人で、本間《ほんま》家本邸の庭園を歩いていた。本間家は江戸の頃からの酒田の豪商で、往事はこの地で、殿様以上の尊敬を集めていた。最盛期には三千町歩の田畑を所有し、日本一の大地主と呼ばれた。土地に伝わる戯《ざ》れ歌《うた》に、

「本間様にはおよびもせぬが、せめてなりたや殿様に」

と歌われていたほどで、酒田の庶民にとって本間家は、殿様以上の殿上人だった。けれど戦後の農地解放で土地を取り上げられ、一挙に没落した。

往時をしのぶ本間家関連の建物は今も酒田の各地に遺っているが、本邸庭園は、その中での指折りの名所で、樹齢四百年を越える赤松や池、二千石格式長屋門が有名だ。

卓三と駒子は、その庭園を今歩いている。しかし卓三は高齢のせいもあり、このところ体がよくなくて、体のあちこちに痛みが出て早く歩けない。また、長く歩くと息が切れる。

「駒子、和服よく似合うの」

卓三は言った。

「ありがとうございます」

駒子は言う。

「紅葉の色さもよくなじむ。こうしてみたら、まるきり日本人のようだの。外国から来た子と

は思わんねの」

駒子は、ちょっと複雑な表情をしてから微笑《ほほえ》み、

「嬉《うれ》しい」

と言った。

彼女は台湾で生まれ育った生粋の台湾人で、名前はミンミンといった。

「旦那《だんな》さま、手をとりましょう」

池の石橋を渡る際に、駒子が言った。

「おとうさんと呼んでくんねがの」

卓三は言った。

長屋門を出ると珈琲《コーヒー》屋があったので、二人はここに入ってひと休みすることにした。コーヒーを頼み、やってきたこれを、砂糖なしでひと口すったら、卓三は急に胸を押さえて身を折った。

「おとうさん、大丈夫?」

駒子は上体にすがった。卓三はいっとき痛みに堪えていたが、やがて身を起こした。

「ああ、もう大丈夫だ。今ちょっと急に痛み、来たさげの。この頃胸と背中が痛くての。でも駒子のために仕上げねばならね仕事あっさげ、まだ死なんねなぁ」

そして卓三は、声を殺し、きしむような、かすれた笑い声をたてた。体の痛みで、大声で笑うことができないのだ。

しばらく卓三を見ていたが、ふと顔を上げ、駒子は暗い色に塗られた珈琲屋の板壁に、女の顔の絵がかかっているのを見つけた。

「あ、竹久夢二《たけひさゆめじ》」

駒子が言った。

「ああ、夢二だの」

卓三も言う。

「この街、どこにでも竹久夢二の絵がありますね」

「ここ、夢二が気に入ってよく来てたっていう話ださげの」

「相馬樓に来てはったと。おとうさん、うちがどうしてこの街に来たか、この前訊《き》いてはったやろ?」

「ああ」

「うちの店にずっと夢二の絵があったんです。今もある。ひいおじいちゃんが、上海《シャンハイ》で買うてきて、それが店の壁にずっとかかっておって、それずっと見て育ったからね」

「育った家さ? なんでだろうの」

「うちはずっと、日本人のおかげでやってこられたんです。ひいおじいちゃんの代に、お店開けるようにお家《うち》世話してもらって。ひいおじいちゃんの教わった、小学校の日本人の先生に。パン作りの職人さんも紹介してもらって、あんぱんとか、パンの作り方教わって、いっぱい焼いて売ったんです。それから、飲み物とか駄菓子も置いて、なんとか商売やって、生計たてたんです。

日本時代、お店は繁盛して、その頃は、暮らしが豊かだったみたいです。日本人が大勢買いに来てくれたから。学校の先生とか生徒さん。それで日本人の先生にとっても感謝していて、上海で日本人の夢二の絵見つけて、高かったみたいだけど買ってきて、店の壁にかけて、店の名前も夢の路《みち》の、夢路屋にしたんです」

「ほう、夢の路……」

「だから夢二の絵、私《わたし》も好きになってね、そうしたら、市役所の壁にもかかっておるの見つけてね、よく観《み》に行った。でも家にある絵の方が大きくて、立派でしたよ。それがなんだか嬉しくて。だから、日本にずっと憧《あこが》れておりました。いつか日本に行きたいなて、ずうっと思うていました」

「ふうん」

「夢の路、日本への路ですね。それで夢二のことといろいろ調べたら、日本のあちこちに夢二の美術館があること知って、それら、いつか観に行きたいなあと。山形の、この北の街にもよく遊びに来ていたて知って、この街の相馬楼に」

「気に入った娘でも、いでだけんでろの、相馬楼」

「それでいつか酒田の相馬楼も、観に行きたいなて、ずっと子供の頃から思っていたんです」

「それでこの街さ来たっていうわけの?」

「うん」

「駒子の家、パン屋さんしてたんけが」

「パン屋ていうか、駄菓子屋かな。お菓子とパン売っていた。最近はパン、食パンだけだけど」

「食パンだけ？」

「うん、日本人がいなくなって、うち貧乏になったから、売れるものなら何でも売って。あんぱん、だんだんにあんまり人気なくなってきて、だからやめたんです。夏の夜市の季節になったら、氷も売るよ。食パンはね、前に焼いて売っていたんですけど、全然駄目だったんです、すぐ固くなるし、おいしくなくて。でも日本人の職人さんが、おいしい食パンの焼き方教えてくれて。それでおかあさんや兄と一緒に、おかあさんが学んできたやり方で焼いてみたんです」

「やり方が間違ってたけがの」

「違いました。お水をね、たくさん含ませるのが、柔らかな食パンを作るコツなんです。でもやりすぎると、型が崩れて、くたってなってしまう。その加減がむずかしくて。おとうさん、フランスパンの周りが固い理由、解《わか》りますか？」

「フランスパン？　さあねぇ」

「あれは、中を柔らかくするためなんです。周りが固いと、中を柔らかくできるんです。型が崩れないから」

「ああそうか。食パンは、できないなの」

「そう。だからむずかしい。フランスパンは加水率ていうの？　七十%なんです。水分たっぷり。だから中がもっちり柔らかくて、おいしいの。でも食パンはそんなに水が入れられない。でもこつがあってね、小麦粉をお湯で練るんです。そしたらね、ぎりぎり六十%くらいまでもっていけるんです」

「水分を」

「はい。そうしたら、びっくりするくらいにおいしい食パンができて、すごく売れたんです。うちで、一番の人気商品になって、朝に行列までできるようになったんです。近くの喫茶店の経営者も買いにきて、サンドウィッチにするんだって。うちの食パンで、サンドウィッチ作ったら人気が出たって。

　だからね、うち、何から何まで、日本人のおかげなんですよ。日本人に、もういろんなことお世話になって、日本人に何から何まで教えてもらって、それでどうにか家族全員、ここまでやってこられたんです。だからうち、本当に日本の人に感謝してるし、日本に来たかったし、勉強しに。

　でもうち、あんまり頭よくなかったから成績よくなくて、それに家にお金なくて、大学とか行けなかった。それで日本舞踊の一番安い教室とか、近所の奥さんからお茶の作法教えてもらって、いつかきっと、日本に来ようって決めてた」

「日本の踊りも、やってだな」

「はい、子供の頃からずっと。でもそんな日本舞踊、よく知っている先生じゃなかったし

「いつか相馬楼に入ろうて思って?」

……」

するると駒子は少し笑った。

「それは、できたらいいなとは思ったけど、まさか入れるとは思っていなかったです。きっときれいな女の人、いっぱいいいると思ったし、日本人の」

「駒子はきれいだよ。誰にだって負けねよ」

言われて駒子は、お礼に黙って頭を下げた。

「それは夢だったから、挑戦したいとは思っていましたけれど。でもまさか本当にできるとは……」

「まあ、京都や東京の料亭だば大変だろうんども、ここだば、そこさ較《くら》べればの。して最近は、芸妓《げいぎ》になりたがる娘の子もいなくなったしの」

「はい。京都の楼にもしばらくおらせてもらいましたけど、アルバイト以上はとても無理でした」

「ああそうか」

「はい、許されませんでした。うちは何も芸ないし、踊れるいうても子供の芸で。京都のお勤めは、勉強にはなりましたけど。ここなら、こんな外国から来た子にでもチャンスがありました。芸も教えてくれました」

「でも、厳しんでろ? 稽古《けいこ》」

「はい。でもそれは当たり前ですから。それでご飯食べるんですから」

「台湾のお家の方は大丈夫だったな、出てきてしまって。お店やってんなだろ？」

「兄がお嫁さんもらってやっています。その兄が、おまえは日本に行けて、言うてくれたんです。おまえにはその方がいいからと」

「ほう。おかあさんは？」

「亡くなりました。もう五年になります」

「病気？」

「はい。癌《がん》でした」

「おとうさんは？」

「父は、うちが九つの時に、女の人作って、家を出ていってしまいました」

「そうか。遠くの街さ行ったか」

「いいえ。歩いて行けるところ。だから、子供の時、訪ねたことあります。お父ちゃん、おかあさんとこに帰ってきてちょうだいと言いに。おかあさん、苦労してるからて」

「そうしたら何て？」

「すまんのう、帰れんて」

「ふうん」

「家の外に送って出てきて、しつこくしていたら、ばしって頭叩《たた》かれました」

「ほう」

「それで、泣いて帰りました」

「それが一回きりか？　訪ねだな」

「まだあるけど、鍵《かぎ》がかかっていて、出てきませんでした。中にいる感じがあったんだけれど」

「そうか。おいは娘の子、病気で亡くしてるさげの」

「そんな気持ち、解らないでしょう？　おとうさんには」

「まあの。でも人それぞれださげ。それからおかあさん、女手ひとつであんたを？」

「はいそうです」

「それは、大変だったろうのう」

「はい。でも、男の人いたみたいでした。時々お店来てた」

「ああそうか」

「援助してもらってたみたいです。うち、生活苦しいから」

「ふうん、そうか……。でもあんた、心配でないか？　家族放って、こんな遠くまで来てしまって」

「それが、もう帰れないんです」

「帰れない、なんで？」

「あんまり言ってはいけないことかもと思うんです。でもおとうさんには、うちのこと、何でも知っていて欲しいから」

「嫌なことだば言わねぐってもいいよ。おいは訊かねさげ。駒子の嫌な思い出だば、聞きたくない」

「街歩いていたら、ホテルに連れ込まれそうになって。その、おかあさんの援助していたおじさんに。嫌やて言うたら、おかあさんの面倒いっぱい見たぞ、何べんも無理をきいた。おまえの養育費も出しとった。恩知らずなことするなと、それで体も探られて。思わず叩いてしまいました。お腹《なか》も蹴《け》ってしまって」

「あれ、そんだごどしたな。みかけによらぬこどするの」

「学校で護身術教わったから。それでその人、倒れて、ちょっと手と足、怪我《けが》してしまって、血が出て、恩知らず、警察に言うてやると叫ばれました」

「はあ」

「その人だって、そんなに大金持ちというわけではなかったと思うから。母やうちらのために無理したんだと思います。それで、帰って兄に相談したら、おまえはもう日本に行けと。当分帰ってこん方がいいと言われました。ここにおったら危ないと。あとは自分がうまくやるから、店のことは心配するなと」

「なるほどのう」

「それで兄はありったけのお金、持たしてくれて。うちも日本に行こうと思って自分で貯金していたし、それ全部持って家出て、今ここにおります」

「ああ、そうかあ」

「でも、おとうさんに会えてよかったです。それがなかったらうちは、とってもここまではやってこられませんでした」
駒子は言って、また頭を下げた。

二

卓三の職業は、船簞笥の職人で、終日自宅の仕事場で、こつこつと船簞笥を造っている。職人としての腕には、少なからぬ自信を持っている。卓三は、酒田では三本の指に入ると言われていた。

作業をしながら、卓三は思い出していた。知り合って、まだそれほど間がない頃の駒子のことだ。酒田の船簞笥のことを、彼女に説明する機会があった。

駒子は卓三のことを気に入ってくれ、よくなついてくれた。卓三も、娘のように若い駒子に魅力を感じていたから、こんなに美人なのに何故《なぜ》自分などにと思った。そして理由を知りたく思った。自分より金持ちはいくらでもいる。若い客もいるだろう。問うと、九歳まで知っている自分の父親に、感じが似ているからという。

その頃の彼女の父親はとても優しく、よく街のあちこちを連れ歩いてくれたと駒子は言う。だから駒子は、卓三とともに酒田の街を歩くことを好んだ。卓三は体が悪くなっていて、早く歩けない。何かと迷惑をかける。しかし彼女は少しも嫌がらなかった。

それどころか、時々彼女の方から卓三を誘ってくれた。商工会議所のホールで開かれていた船簞笥の見本市も、駒子の方から行きたいと言ったのだ。

見本市の会場を歩きながら、駒子が卓三に尋《たず》ねた。

「これが船簞笥？　酒田の街の名産て聞きました」

「ああ。江戸時代からのこの街の特産品だな」

卓三は言った。

「独特のデザインですね。色も変わっていて、一見して酒田のものと解ります。うち、好きです。でも、普通の簞笥とどう違うの？」

「酒田はしょってから（昔から）北前船の港で」

「北前船？」

「うん。さまざまな売りものを、こっから上方の大阪や、江戸さ運んだ船。北の特産品を、南の都まで運んだなだよ」

「ふうん、その船に載せる簞笥？」

「そうだ。ほら見てみなさい」

卓三は展示品の簞笥のひとつに寄っていった。簞笥の上には、石井卓三と、卓三の名が書かれたカードが載っていた。彼自身が造った船簞笥らしい。

「普通の簞笥とどこが違うか」

卓三は抽《ひ》き出しのひとつを引き、続いてゆっくりと押して閉めた。すると別の抽き出しがこれもゆっくりと飛び出してくる。

「あら、こっちの抽き出しが出てきた、どうして？」

駒子が驚いて言った。

「細工が正確だからの、密閉された箪笥の中の空気に押されて、こうなんなだよ」

「へえ。造りが精密なの？」

「んだな、よその土地の箪笥より、造りが精密にできてんな。抽き出しや枠、あちこちがぴたっと、どんぴしゃに造られていて、遊びというものがほとんどない」

「へえ」

「だからこういうことが起こる」

「すごいね」

「こういう箪笥、何がすごいかというとの、抽き出しが飛び出すだけでなく、船が沈んだ時。この箪笥だけは浮いでだな。いつまでも長い時間浮いてた。気密構造なったさげ、中さ水が入らないから、箪笥だけが船の中から海上に飛び出してきて、浮いたまま、ずっと海の上を漂ってだな。だから金銭や証書や、商人にとって大事なものどご、安心してこの箪笥に仕舞っておけんなだよ。あとで別の船に見つけてもらえるさげな」

「へえ、はじめて知った、すごいんですね。この箪笥は、もしかして？」

「ああ、おいが造った」

「へえ、すごい」

感心した駒子の表情に、卓三はしばらく見入った。自分の造った簞笥の気密性に感動してくれたあの時の駒子の表情を思い出せば、作業に力も入る。

卓三はかつて自分の娘を、十八の時に病《やまい》でなくしていた。いつまでも子供のように頼りない性格の娘で、十八という感じはしなかったのだが、それは父親ゆえの感じ方かもしれない。顔だちはそれなりによい子で、あのまま無事育って二十歳をすぎ、娘盛りになったら、あるいは美人になったかもしれんと思うことがある。それは、最もうまく育ってくれたらということだが、あるいはこの駒子のような顔だちになったのではないか、こんなふうにきれいになったかもしれんと、親の欲目かもしれないが、思うことがある。

だから卓三は駒子を、理想的に育った自分の娘のように感じていた。生きていれば、この駒子よりも歳上《としうえ》になるのだが。ともあれ卓三は駒子がいたく可愛《かわい》かったし、一人前の芸妓に育って欲しいとも願っていた。そのために、自分ができる限りの援助をしたいものと考えた。

駒子もまた、父性への憧れが人一倍強い娘のようだった。そうなる理由を彼女は持っていて、それは彼女の家族の女たちが、何故かみんな、父親に縁がない生活を送ってきていたからのようだ。駒子の父親は、すでに述べたように、女を作って家を出ていき、母親が女手ひとつで息子と娘を育てた。

その母親もまた、父の記憶がほとんどないらしい。父親、つまり駒子にとっては祖父だが——は、当時国民党によって街に敷かれていた戒厳令下、国民党の警備総司令部に逮捕連行され、数年の拘留生活の末、行方不明になった。家族には知らされなかったが、おそらく処刑されたのだと周囲は言っていた。彼は国民党を憎んでいて、仲間と抵抗活動をしていた。

それは彼の父親、つまり駒子のひいおじいさんがそういう人だったからで、その影響らしかった。ひいおじいさんは日本統治時代の台湾に育ち、日本式の教育を受けた。成績はよく、日本人教師は彼を日本の大学に行かせたがったが、当時は戦局が日に日に厳しくなる時代で、アメリカの潜水艦が台湾海峡をうようよしていた。魚雷に沈められずに中国、朝鮮を経由して九州に到着するなど、奇跡頼みだと言われるほどに、むずかしい時代だった。

だから彼は、日本行きをあきらめて台湾に留まり、日本軍に入った。当時、日本軍に入れる台湾人はエリートで、倍率が何十倍といわれる時代だった。それに彼は合格したのだが、戦闘を経験することなく終戦になった。母親から聞いたそんな話を、見本市の会場すみに作られた喫茶コーナーで、駒子は卓三に話してくれた。北の土地に生まれ育った卓三には、まったく耳を疑うような話だった。

「ひいおじいちゃん、日本軍に入れたこと、とっても誇りにしていたそうです」

駒子は言う。

「でも日本が負けて、日本人はみんな台湾から出ていって、本国に帰りました。近所の人たち、みんないなくなった。うちのおばあちゃんたちは、みんな泣いてとめたそうです。帰らんといて、ずっとこっち、いてくださいて」

「そうが」

「日本人たちに代わって、大陸から国民党軍が台湾に入ってきました。蔣介石《しょうかいせき》総統の国民党軍も、大陸で毛沢東《もうたくとう》の共産党軍に負けて、大陸を追われたんだそうです。それで、台湾に逃げてきたんです。

おばあちゃんたち、同胞が来たということで、みんな道の左右に並んで小旗振って、歓迎したそうです。同じ中国人が来たから、これからはきっとまた、何かいいことがあるんだろうと思ったそうです。

でもみんな、国民党軍見て、びっくりしたそうです。日本軍は規律正しくて、行進も立派だったけど、国民党軍はみんな、それはみすぼらしいなりで、全体に薄汚れていて、お尻《しり》に鍋《なべ》やら何やら下げて、歩き方もだらだらして……。

それから国民党の統治の時代が始まって、これが本当にひどかったそうです。国民党相手は、袖《そで》の下を用意しないと、何もできませんでした。治安が良かった日本統治時代と雲泥の差で、日本人の警察官がいなくなって、街には泥棒や、婦女暴行がたくさん起こったって。でも国民党の関係者なら、犯人が解っても、全然処罰されないんです。

ある日、うちの家にも国民党軍が土足で入ってきて、家の中物色して、金目のもの、みんな持っていったそうです。

その当時はまだうちの家、割と豊かだったから、絵皿とか、置き時計とか、掛け軸とか、武者人形とか、いろんな骨董品《こっとう》、ひいおじいちゃんが好きでいっぱい集めていたらしいんだけど、兵隊にみんな持っていかれてしまって、どうしてですかとおばあちゃんたち訊いたんだけど、検査だ、ちょっと軍で預かると言われて、いずれ返却するからと言われたんだけど、もちろん帰ってはきませんでした。それらの品、その後みんな、上海の市場で売られていたそうです。軍隊にお金がなかったから、そんな泥棒してまでお金作ったんです。

おばあちゃんが言っていたのは、ひいおじいちゃんが大事にしていた、高価な懐中時計があって、それが鴨居《かもい》にさげてあったらしくて、そうしたらそれ、兵隊の一人がさっと鎖引きちぎって、ポケットに入れて、にやっと笑ったそうです。

泥棒に入られたのと同じです。台所のみずやまで持っていかれて、うちは一挙に貧乏になりました。ものは売れなくなって、ヤミで商売するしかなくなって、ひいおばあちゃんも、果物なんかを広場で売ったそうです。

そうしたら、そばで、ヤミの煙草《たばこ》売っている女の人がいて、そこに役人が来て、商売品をすべて取りあげられて、しかも女の人の所持品検査して、財布を開けて、中のお金もみんな奪ったんです。そして帰れと言われたんだけど、女の人が、自分の家、貧しくて、暮らせません、どうか商売品返してと、土下座して頼んだんだそうです。そうしたら役人が銃の柄《え》のところで女の人を殴りつけて転がして、さらに蹴ったんだそうです。煙草は当時、大陸では販売が許されていて、それなのに、台湾では許さんと言われたんです。

それを見ていたひいおじいちゃんがとめに入って、あんまりの態度に銃を奪おうとしたら発砲されて、関係ない街の人に当たって、その人は死んだそうです。それで周りのみんなが怒って加勢してきて、その役人をどんどん殴って、司令部に追い返して、そうしたらみんなが勢いづいて、道を歩いていた治安部隊の人たちを次々に襲って、罵声《ばせい》を浴びせたんです。みんな、国民党軍を腹に据えかねていたから。

それから、デモ隊作って、市庁舎にデモをかけたんですけど、そしたら市庁舎の屋根に機関銃が据え付けられて、市民に向かって発砲してきたんです。そして、デモ隊の人、何人もが死んだそうです。

見る間に町中が戦争みたいになって、国民党の治安部隊も出動してきたんです。街の人は、バリケード積んで、石を投げて抵抗したんだけど、武器がないからかないません。ひいおじいちゃんたちは、反乱軍だとして、逮捕されてしまったそうです。

でもそれを機会に抵抗運動が台湾全土に飛び火して、だんだんに内乱みたいになってきたから、国民党は見せしめのために、拘束したデモ隊の手のひらに穴をあけて、針金を通して、みんなを数珠繋《じゅずつな》ぎにして、民衆の目の前に立たせて銃殺したそうです。そしてひいおじいちゃんたちは、やっぱり針金を手のひらに通されて、そのまま港に連行されて、船に乗せられて、重しをつけて海に投げ込まれて、殺されたそうです」

聞いて、卓三はびっくりした。台湾でそんなことがあったとは、まったく知らなかった。

「そんだことあたけが、台湾で」

「はい。それから街には戒厳令が敷かれて、夜に出歩いていたら、逮捕するか、銃殺されても文句が言えないというお達しが出たんです。この戒厳令は、それからも長いこと続きました。抵抗運動していたおじいさんも、それで逮捕されたんです。

だからうちは、国民党が大嫌いです、到底許す気にはなれません。国民党はそれから長いこと台湾で独裁制を敷いて、戒厳令も解かないで、うちらを苦しめ続けました。民主選挙が実施されて、台湾が民主化されたのは、ずっとのちに李登輝《りとうき》総統が出て、本当に苦労して、台湾に直接選挙を導入してからです。それまでの台湾は、まるで国民党の植民地みたいで、私たちは奴隷でした。

　李登輝さんが出るまでの政治家は、すべて国民党の終身議員でした。独裁制ですから。それを李登輝さんが何百人もの議員の一人一人、家を訪ねて辛抱強く説得して、とうとう全員の引退を取りつけたんです。そして、やっと直接選挙を行ったんです。

　李登輝さんは、日本統治時代に、日本人の教育を受けた人で、京都帝大で学んで、その後日本軍にも入っていました。ひいおじいちゃんと一緒ですね。国民党は、日本時代の教育を受けたこのエリート層をすごく嫌っていて、騒乱の時代には、この人たちを中心に逮捕して、二万人も処刑して、日本の影響を根絶やしにしたんです。

　日本人に教育されたこの人たちがもしも生きていたら、台湾はもっと早くに民主化しただろうし、それでうちはますます日本人に憧れました。国民党があんまりひどくて、家族を殺して、大嫌いだったからです。まるで殺人集団です。暴力団よりひどい。日本人ならこんなこと、絶対にしないと思いました」

　話を聞いて卓三は、戦後台湾の人々が生きてきた、地獄のような時代を思った。平和ボケの日本では、到底考えられない暗い世情で、明るい印象の駒子が、実は大変な暗闇《くらやみ》をくぐり抜けてきた苦労人であることを知って、仰天した。そして密《ひそ》かに、ますます力になろうと考えた。

台湾の人々が味わったこの地獄は、日本人にも責任のあることだからだ。

三

作業場でしばし手を停《と》め、卓三は、駒子とはじめて出逢《であ》った日のことを思い出す。

相馬楼内にある竹久夢二美術館でのことだ。緋毛氈《ひもうせん》の廊下を抜けて卓三が展示室に入ってくると、懸命に絵に見入って立つ若い娘がいた。

その時卓三は、必要なパンフを取ってすぐに出ていった。そして小一時間経《た》って戻ってきたら、娘はまだぽつねんと立ち、夢二の絵に見入っていた。

「おめさん、夢二どこ好きだなだのう」

思わず、卓三はそう彼女に話しかけた。彼女は卓三の土地の言い廻《まわ》しに一瞬戸惑ったようだが、すぐに理解したか、

「はい、好きです」

と答えた。言葉にかすかな外国語の訛《なま》りが感じられたので、卓三はおやと思った。どういう素性の娘かと思った。

お茶が置かれたコーナーに、卓三はすわって娘を見ていた。痩《や》せて、きれいな娘だったから、相馬楼の新顔かと考えた。そうしたら娘が近くに寄ってきて、

「このお茶、勝手に飲んでもいいのですか」

と訊いたので、

「あぁどうぞ」

と答えて、お茶を淹《い》れてやった。それで娘はお礼の会釈をしてから卓三の目の前にすわって、なんとなく話すことになった。何故夢二が好きなのかと問うたら、

「うち、ずっと夢二の絵見ながら育ったんです。お店やっているうちの壁に飾ってあったし、生まれ育った街の、市役所のロビーにもあったから」

「ほうそうかね、どこの街？」

と尋ねたら、

「汐止《しおどめ》です」

と言うから、

「汐留。したば、東京だが？」

と問うと、

「いえ、台湾の汐止なんです」

と言ったので、驚いた。

「台湾？　台湾に汐留があんな⁉」

「はいあります。うち、夢二のほかの絵を観るために、日本に来たんです」

と言った。

「ほう、そうかね」

「日本に夢二の美術館いっぱい。でもここが一番来たかった」

「ここの？　こんな北の街の夢二か？」

「はい」

「遠かったろに。またなして」

「この相馬楼に、昔夢二がよく来ていたって聞いて」

娘が答えたので、

「ああそうかぁ」

と言ってから、卓三は娘に聞こえないような小声でつぶやく。

「死んだ娘も、夢二が好きな子だけなぁ……」


そんなことがあって何週間か経ち、北国に初雪が舞った日の日暮れ、卓三は二人連れの芸妓と道ですれ違った。

「あ」

と漏らされたふうの女の声に、卓三は振り返った。三味線が入っているらしい布袋を持ち、先を行く和服の女性にしたがっているやはり和服の娘が、和傘をさして立ち尽くしている。うしろを歩いていたから、後続の娘の方が卓三の近くになった。

「あれ、おめさん、相馬楼さ入ったなだが？」

びっくりしたので、卓三は幾分大声で言った。和傘に相馬楼の文字が見えた。美術館で話した駒子だった。もっともその時はまだ、駒子という源氏名は知らなかった。

「はい、見習いの芸妓です」

「駒《こま》ちゃん」

先輩に呼ばれたので、卓三にぺこりと頭をさげて駈《か》け出していった駒子。小雪の中、傘もささずにたたずみ、いつまでもじっと見送った卓三だった。

相馬樓は、卓三にはなじみだった。船簞笥をいくつもおさめていたからだ。翌日卓三は客として相馬樓にあがり、駒子を呼んだ。職人仲間三人で、集まる機会があったからだ。座敷《ざしき》にすわっている卓三の前で、お囃《はや》子《し》組の中に入り、駒子は真剣な表情で太鼓を叩いていた。

演奏が終わり、そばに来て、卓三のさかずきに酒をついでくれ、駒子と申しますとはじめて名乗って、小さな名刺をくれた。

「おぼげだのぅ、この楼さ入ったどは」

さかずきを口に運びながら、卓三は言う。

「はい。なんとか入れていただけましたー」

駒子は笑って、嬉しそうに言った。

「そいだども、こういうとこさ入ってしまって……」

「ちょっと事情があって、うちはしばらく台湾に帰れないんです。この相馬樓、すごく素敵な建物、子供の頃から夢見ていた様子とそっくりで、大好きです。だからしばらくお世話になります、この街にも」

「おいにもか？」

「はい、もしも旦那さま、許してくださるなら」

卓三は聞いて笑った。誰にも言っていることかもしれないが、言われて悪い感じはしない。

「こごいい店だんでろ。おいも好きでな。昔は竹久夢二も、船でここさ通ってきたというからの」

「はい、私もそう聞きました」

「よく遺ったものだの。ここは、このあたり一の楼ださげ、夢二さんも気に入てだみでいだの」

「ここ、小さい京都みたい」

駒子は言う。

「京都？　小さい？」

「はい、うちはしばらく京都の楼におりましたョ」

「ああ、そうかね。だんども、京都どだば、較べものさなんねんでろ。こんだちいさい規模だば。ここだけ田舎《いなか》でねみでだんでろ」

「はい、楼の中はどこにも負けませんよ。とってもきれい。こういうの、どこにもないです」

「そうかね。簞笥は負けねんどもな」

卓三はそう言って笑った。

この時はまだ事情を知らないから、駒子は怪訝《けげん》な表情を見せてから、意味も解らずに少し笑った。

「だんども稽古はつらいなでねが？」

卓三が話すと、駒子は眉《まゆ》をひそめるようにして、懸命に聞き取ろうとする。方言の意味が、時として解りづらいのだ。しかし土地を離れたことのない卓三は、ほかの話し方ができない。

「少し。でも大丈夫。頑張れます」

駒子は言った。

「踊りも稽古してんなだが？」

「はい、してます。いつかはきっと、お見せできますから」

駒子は言う。

「ああそ？」

「はい。必ず上手になります。そして旦那さまにお見せします」

「そいだば楽しみだの」

「はい。これならお座敷でお客さまにお見せしてよいと言われたら、真っ先に」

「そうなら期待してるだが」

「はい。旦那さまは、この街に来て、うちが最初に知り合った殿方です。そして最初のお客さま。踊り、自信持てるくらいに上手になったら、必ず、一番にお見せします。約束します」

言って、駒子は小指を出してきた。

「指切り」

「おや、指切りすんな」

卓三は言って、のろのろと右手を出した。駒子はその小指に、自分の小指をさっと絡ませた。

「旦那さま、信じてないね？」

卓三は、ただ笑って、何も言わなかった。信じていないわけではない。が、芸妓のお座敷での約束は、いわば遊びの口だ。本気で信じる者はない。いちいち信じていては、粋人といえない。

「んだばそれまで、せいぜい観にくっがの、駒子の芸の上達」

「本当ですか？　嬉しい！」

駒子は言った。


別の日、卓三は今度は一人で、楼にあがっていた。駒子は懸命に三味線を弾《ひ》いている。それを、卓三はじっと見入っていた。駒子の芸は日に日に、着実に向上しているようだ。

「うまぐなたの駒子」

座敷におり、横に来て酒を注いでくれる駒子に、卓三は言った。

するとと駒子は、照れたように手を振り、笑って否定する。

「いいえー、まだまだです旦那さま」

「そうかぁ？　ほかの子より早ぐねが？　だってほかの子は、まだ全然変わてねようだけんど、おめさんだば早えなんでね。三味線までまかされて」

「はい、まあ、一応よそでやってきていましたから、台湾と京都で。みなさんみたいに、まったくはじめてではないです。でも悪い癖《くせ》もついておって、直さないといけないです」

「そうかね、悪い癖？」

「はい。でもそれ、よく理解できますから。どこを直せばいいか解ります。ですから、まあ、少し早いかな、周りのみなさんよりは」

「大丈夫。駒子は、みんなより力あっさげ」

言われて駒子は笑った。

「そうでしょうか。それならいいけど」

「あるよ、見れば解る」

「本当ですか？　ありがとうございます」

「周囲とは、仲よくできてる？」

「あ、はい。大丈夫です」

「おいも覚えある。ここだけの話、自分で言うのもなんだんども、腕があっど、中にはやっかむ人もいっさげ、意地悪ってば、いい人ばかりでもねさげの」

卓三は苦笑するように表情を歪《ゆが》めて言う。

「駒子さださげ言うんでも、口答えとかしたら駄目。何言わっでもじっと我慢して、ものでも勝負すればいいなや」

「うちの場合は、ただ踊りを見せて……」

「んだ。それで勝負すればいいな。それだけでいい、ほかに何もすることはね」

「はい、肝に銘じます。旦那さまは、何をされる方なんです？」

駒子は訊いた。

「この楼の簞笥、みんなおいが造ったんだよ」

その部屋にもあった簞笥を指差し、卓三は言った。

「えっ、そうなんですか？」

駒子は驚いて目を見張った。

「旦那さま、簞笥を造るお仕事の人だったんですか？」

「そうだよ、聞いてないなが？」

「はい。知りませんでした」

「ここの簞笥、ちょっと変わってるだろ、酒田の特産、船簞笥」

「はい、変わってます。素敵です。前から気になっていました。旦那さまが造ったの」

「そうだよ、これ一筋。もう五十年だのぅ。おれ、これしかできねさげ」

「へえ」

駒子は感心したように言う。

そしてその数日後、駒子は卓三のところに電話してきて、今商工会議所で行われていると聞いた船簞笥の見本市に行きたいと言ったのだった。

四

後日、卓三はまた一人で相馬楼の座敷にあがっていた。

一人で踊る年配の踊り手の背後で、駒子が二人の仲間と三人で踊っていた。

芸がすみ、座敷におりてきた駒子に酒をつがれながら、卓三は言う。

「すごいんでねが。とうとう踊らせてもらえるようになったのう」

駒子は笑って首を横に振る。

「でもまだうしろで大勢です」

卓三はさかずきを口に運び、言う。

「でも、もう少しでねが？」

駒子、空になったさかずきに酒をつぎ、

「はい。もう少しで、前で一人で踊れます。そうしたら一番に旦那さまにお見せしたいな。そうなったらね、うち、自分のお部屋もらえるんです」

「ほう、そうが！　それはすごいでねが」

「はい」

「それで独《ひと》り立《だ》ちか」

「はい」

「それだばその時は、駒子に力作の簞笥ひとつでも、プレゼントすっがの」

「えっ？　ほんとに⁉」

「ああ。駒子がきっと好きになる簞笥、頑張って造る」

「本当ですか？　嬉しい。では、頑張ります！」

駒子はまた酒を注ぐ。

「うんうん」

と卓三は嬉しそうにうなずく。

「駒子が独り立ちできるまで、駒子の面倒みっがなあ」

「えっ？　旦那さんになってくれるんですか？」

「いや、父親だ。あくまで父親としてださげの」

卓三は言う。

「でも急いでくれよ。早くしてくんねど、おいも歳ださげ、そう長く持だねかもしんねさげの」

そしてまた、きしるような声をたてて笑った。

相馬樓のお稽古場で、窓の外の雪を一人見ている駒子。そうしていたら、娘たちと、師匠役の女将《おかみ》がにぎやかに入ってきた。お囃子の者たちも入ってきて準備が始まる。

準備が終わり、女将が手を打ってみなを位置につかせ、稽古が始まった。駒子は今日も、後方でみなと踊っていた。

そのまま小一時間の稽古が終わり、みながすわって休みはじめたら、女将が言う。

「したば駒ちゃん、あんた一人で、やてみれ」

「え？」

駒子が驚いて声を出した。

ひゃあという娘らの驚きと、羨望《せんぼう》の声が続いた。

「いいんでしょうか」

駒子は言った。

「せっかくのチャンスだでば。駒ちゃん、やらね気？」

「いえ、やります」

そして稽古が再開され、駒子は一人で踊った。とうとう独り立ちの日が、駒子に訪れたのだった。窓の外では、雪がひとしきり強くなっている。

相馬楼の裏座敷、二重ガラスの窓の手前には厚手のカーテンが引かれて、狭い部屋は薄暗い。女将が入ってきて、カーテンを開ける。すると曇ったガラスの向こう、しきりに舞う雪が見えた。

「駒ちゃん、ここあんたの部屋だよ、今夜からは。ここさ寝てくれの」

「はい」

駒子は女将について入ってきて、部屋を見廻す。これまでは新人の娘らと三人部屋だった。

「あれ？　これ……」

駒子が言った。真新しい船簞笥がひとつ、置かれてあったからだ。

「ああ、これの」

女将は言い、

「ちょっとそこさすわれぇ」

と言って、自分が先に、窓を背にしてすわった。

「駒ちゃんあんた、この簞笥だば、大事にしねばねよ」

深刻な顔を作って女将が話しはじめ、駒子は悪い予感が体を駈けのぼってくるのを感じた。

「今朝届いたんよ、卓三さんから、あんたにって」

「夢二の絵……」

駒子はつぶやいた。簞笥の横の面に、夢二の絵が模写《もしゃ》されていた。それは見事な出来だった。

「卓三さんの、ゆうべ、夜遅くに倒れての、この簞笥仕上げてすぐに……」

悪い予感に、駒子の目が次第に大きく開く。

「亡くなたんよ」

「嘘《うそ》……」

駒子の脳裏に、懸命に夢二の絵を、箪笥の側面に模写している卓三の横顔が浮かんだ。そして筆を持ったまま、胸を押さえて倒れ込む卓三の姿。ごろりと仰向く。苦痛に食いしばった歯が覗《のぞ》く。

はじかれたように立ち上がる駒子。


降りしきる雪の中、一人懸命に駈けていく駒子。

石井家の玄関前にたどり着く。ガラス戸に、「忌中」の貼《は》り紙《がみ》。

「ごめんください!」

ガラス戸を引き開け、荒い息のまま駒子は叫ぶ。

すると、硬い表情の妻の留子《とめこ》が、奥から早足で出てくる。後方に親戚《しんせき》の者らしい半白髪の男たちが三人、したがっていた。暗く硬い表情のまま、玄関先の畳にゆっくりと膝《ひざ》をつき、正座する留子。その口から、まずひと言が飛び出す。

「帰ってください」

啞然《あぜん》として、玄関の土間に立ち尽くす駒子。留子は続ける。

「あんたからだば、この家の敷居《しきい》だば、決して跨《また》いでもらいたくね!」

暗澹《あんたん》とした表情の駒子。いっときの無言、そして、涙がぽろぽろと頰《ほお》にこぼれ落ちる。

「失礼は重々承知です、奥さま」

駒子は言い、土間に膝をついた。

「うちは、卓三さんに、すごくすごく、お世話になりました。異国からここまで来て、周りにだあれも知り合いいない、頼る人もおらん」

聞いて留子は鼻を鳴らした。そんな個人事情は、留子の知ったことではなかった。

「ここまで来られたのはおとうさん、いや、旦那さまのおかげです。旦那さま、もしおられんかったら、うちは駄目でした。だから、それだから……、ひとめ、ひとめだけお会いしたい。ひと目お顔を……、そしてお線香だけ、ひとことお礼言いたいです、お願いします……」

土間に正座し、額をたたきに押しつけた。

「お断りするさけ！」

留子は強い声を出した。

「こういう中で、あんた、よっく来られましたの。いったいどういう神経してっとそういうことできんなんでろの！　うちどこ笑いさ来たなが！」

そばに立つ親戚の老人が、おろおろとたたずみ、それから膝を折ってすわる。

「あんた、なにもそんだげ……、ご焼香だけでもいいんでねが。それで仏も満足するなださげ……」

「私だば許さんね。見で見でくれ。もうこの家の中、なんにもねんでろ。全部全部、この小娘さ入れあげださげ。この家の中、なんにも残ってねぐなってしまったよ。私、明日から、どうやって生きていけばいいなんでろう」

「それだばなにもこの子のせいではねなでねが」

「んだば誰のせいだって言うなっ⁉」

背後の男どもに向かい、留子は激しい声を出す。

「娘の織恵《おりえ》まで病で死んでしまてから、私はなんにもいいことねけ。神も仏もあるもんだんでろが。明日から私、どうやて口さ入れるもの買っていたらいいな。出ていってくれ！　早く！」

ガラス戸にすがって立ち、ゆるゆると頭を下げ、悄然《しょうぜん》と雪の表に出ていく駒子。


その日の夕刻。石井家の六畳の間で、親戚の一同と、職人の仲間が集まって通夜を行っている。部屋の廊下側《がわ》で、石油ストーヴがひとつ燃えていた。

親戚の男が一人、さかずきを持って立ち上がり、箪笥の抽き出しをひとつ引く。それからゆっくりと押し込んでいった。すると別の抽き出しがひとつ、ゆるゆると飛び出す。

「卓三さんだば、ホント腕よかったのぅ」

その声に、職人仲間を含めたみながうなずく。

「卓三さんの箪笥、この通り、全然やつれねもんのぅ」

「酒田一だの。もうあんだけの船箪笥の職人、出っがどうだがの」

職人の一人が言った。

「箪笥職人は、腕だけの話でないさげの。卓三さん、木見る目があたもんの。伐《き》って何年経った木で、今狂いがどんだけ出てて、これが十年あとにはどうってるかな、木目だけ見てぱっと、あの人は、そういうなんでもかんでも解ってだけの」

「そうだな、だから箪笥がやつれないのよの」

抽き出しを閉めながら、親戚の男が言った。

「んだのぅ、箪笥だけでねぇよ。おらだ人間だぢどごも、先でどうなっが解ってどごあたよの、あの人は」

職人仲間が言う。

親戚の男は、棺《ひつぎ》の横まで行って立ち、中の顔を覗き込みながら言う。

もう一人が立ってきて、横でやはり卓三の死に顔を見おろしながら言う。

「卓三さんさ、男《おど》ん子でもいればいがったんども、おなんこだったしの」

「それも死んでしまたなんさげの、胸の病でのぅ」

座布団にすわった親戚の者が、さかずきを口に運びながら声をかける。

「卓三さんの腕どこ引き継ぐ者がいねなんさげ。悔《くや》しいことだの」

「弟子取ればいがったかの」

「卓三さんが嫌ったなんよ、あの人は弟子取んなどご嫌ったなださげの。娘さんが死んで、若いものどごそばさ置くなが嫌だったなんでろの」

「いっつも一人さなりたがてだけの」

「織恵さんどご、そりゃ可愛がていったけさげの。娘さんどご思い出してしまうなんでろの」

その時、縁側《えんがわ》の方から三味線の音が聞こえた。

「ん？　三絃《さんげん》の音か？　なんだ？」

続いて太鼓の音、笛の音。

「なんだ？　えらい近いんでねが」

一人が立ち、廊下に出る。そしてカーテンを引いて、びっくりした声を上げた。

「なんだ、なんだこれ、何ごとだ！」

言って、ガラス戸を開けた。座卓について故人を偲《しの》んでいた職人や、親戚の男らがみな立ちあがり、ぞろぞろと廊下に出てきた。

表の庭は、すでに日がとっぷりと暮れ、しんしんと雪が降りはじめている。

松の木の下、雪の上に、芸妓が一人正座していた。そして雪につくほどに下げていた頭を上げると、つと立ち上がり、仲間が鳴らしはじめた三味線に合わせ、舞いはじめた。

はらはらと舞い落ちる雪。頬や黒髪、首筋にかかる雪をものともせず、それは見事な舞いだった。

ようやく一人で舞うことを許された駒子だった。雪の上で奏《かな》でる三絃、笛、太鼓をしたがえ、駒子はいっさいの心の乱れを感じさせぬ、完璧《かんぺき》な舞いを舞った。

卓三に見せるために懸命に稽古をして、一日も早く独り立ちをしようと駒子は頑張っていた。これに間に合わせようと、卓三も黙々と簞笥を造り続けていた。しかし、一日遅かった。卓三の簞笥は届いたが、眼前で舞う前に、卓三は逝ってしまった。だから駒子は、せめて棺の望める庭で、卓三の亡骸《なきがら》に自分の踊りを見せようと考えたのだ。

縁側に立ち尽くし、見守る男らの前で、見事な舞いが終わり、駒子はまたゆっくりと雪に膝をおり、正座して、雪の上に深々と頭を下げた。すると、それを待っていたかのように、雪が急に激しくなった。

お囃子の者たちが急いで立ち上がり、楽器をかばうように黙々と布の袋に仕舞っている。

駒子も立ち上がった。

その時、はっとわれに返った縁側の男たちが拍手を始めた。拍手はだんだんに大きくなり、それに応《こた》え、駒子はまたこちらに向いて頭を下げた。そしてついと身を返し、往来に向かって歩きはじめた。相馬楼に帰っていくのだ。

舞いしきる雪の中、傘もささず、無言で去っていくその背中に、その熱い思いに、男たちはますます激しく手を打ち、拍手を浴びせた。

「ありがとう、ありがとう」

「見事だ、見事な舞いだのぅ！」

「卓三さんも、きっと喜んでるはずに違いねの！」

「卓三さんの箪笥にも負けねぇ、見事な舞いだ！」

男らは揃《そろ》って、そう大声もかけた。駒子はかすかに振り返り、また頭を下げ、静かに遠ざかる。

その時だった。玄関のガラス戸を開けて、留子が飛び出してきた。そして駒子に追いすがり、その冷えた手を握っている。

幾度も頭を下げながら、

「駒子さん、どうか、どうか、夫さ焼香してやってください！」

そう言うのが縁側まで聞こえた。

それで男らはてんでにうなずき、ゆっくりとガラス戸を閉め、カーテンを引いて、石油ストーヴの前に戻っていった。


〈了〉

石黒順子

◎近著

『訪問看護師
さゆりの探偵ノート』

島田荘司、熱烈推薦！
来たるべき「老人の時代」への警告の書となる、
新タイプのミステリー！

訪問看護ステーションで働く白井さゆりが直面する、老人たちのさまざまな実相。
その背後に隠れている、老人を利用する「犯罪」！
超・高齢化社会における訪問看護の実態をドキュメンタリータッチで描きながら、
ミステリーの面白さも兼ね備える意欲作！
事件は毎日、訪問看護の現場で起きている。

講談社
ISBN:9784062205658

オンライン書店で好評発売中
https://bookclub.kodansha.co.jp/product?item=0000190294

島田荘司

◉近著

『盲剣楼奇譚』

吉敷竹史、二十年ぶりの長編小説

江戸時代から続く金沢の芸者置屋・盲剣楼で、
終戦直後の昭和二十年九月に血腥い大量斬殺事件が発生した。
軍人くずれの無頼の徒が楼を襲撃、出入り口も窓も封鎖されて密室状態と
なった中で乱暴狼藉の限りを尽くす五人の男たちを、
一瞬にして斬り殺した謎の美剣士。それは盲剣楼の庭先の祠に祀られた
伝説の剣客〝盲剣さま〟だったのか?
七十余年を経て起きた誘拐事件をきっかけに、驚くべき真相が明かされる!?

文藝春秋
本体価格:2,100円

ISBN:9784163910772

著者プロフィール

陳浩基（ちん・こうき、チャン・ホーケイ）

１９７５年生まれ。香港中文大学計算機学科卒。台湾推理作家協会の海外会員。２００８年、短篇「ジャックと豆の木殺人事件」が台湾推理作家協会賞の最終候補となり、翌年「青髭公の密室」で同賞受賞。２０１１年『世界を売った男』で第２回島田荘司推理小説賞を受賞。２０１４年の連作短篇集『１３・６７』は台北国際ブックフェア大賞など複数の文学賞を受賞し、十数ヵ国で翻訳が進められ国際的な評価を受ける。２０１７年刊行の邦訳版（文藝春秋）も複数の賞に選ばれ、２０２０年刊行の邦訳の『網内人』邦訳版（文藝春秋）とならび各ミステリランキングにランクインした。ほかの邦訳書に自選短篇集『ディオゲネス変奏曲』（早川書房）がある。

知念実希人（ちねん・みきと）

1978年沖縄県生まれ。東京慈恵会医科大学卒。日本内科学会認定医。2011年、第4回島田荘司選 ばらのまち福山ミステリー文学新人賞を「レゾン・デートル」で受賞。2012年、同作を改題、『誰がための刃』（講談社、後に『レゾンデートル』 実業之日本社）で作家デビュー。「天久鷹央」シリーズが人気を博し、2015年『仮面病棟』（実業之日本社）が啓文堂書店文庫大賞を受賞、ベストセラーに。『崩れる脳を抱きしめて』（実業之日本社）『ひとつむぎの手』（新潮社）で、2018年、2019年、2020本屋大賞連続ノミネート。近著では『傷痕のメッセージ』（KADOKAWA）がある。

林千早（はやし・ちはや、リン・チエンザオ）

1989年上海生まれ。同済大学英文学部卒業後、復旦大学古籍研究所で中国古典文献学の修士号を取得。大阪大学大学院文学研究科（インド哲学研究室）博士後期課程在学中。深緑野分や梓崎優の作品を意識した「杣径」は修士在学中に個人出版の電子書籍として発表、のちに復旦大学推理協会の会誌に収録された。2021年現在大阪に在住、専攻するヴェーダ学の知識を生かした長篇を準備中。日本語書籍からの翻訳にも携わり、手がけた作品に相沢沙呼『マツリカ・マハリタ』（原著 角川書店）、宮崎市定、礪波護 編『中国史の名君と宰相』（原著 中央公論新社）がある。

陸秋槎（りく・しゅうさ、ルー・チウチャー）

1988年北京生まれ。復旦大学古籍研究所で中国古典文献学の修士号を取得。在学中は復旦大学推理協会に所属。2014年、雑誌『歳月・推理』の主催する第2回華文推理大奨賽（華文ミステリ大賞）で短篇「前奏曲」が最優秀新人賞を受賞。島田荘司推理小説賞応募作を改稿した『元年春之祭』で2016年に長篇デビュー。2018年に刊行された『元年春之祭』邦訳版（早川書房）は、2019年本屋大賞翻訳小説部門第2位ほか高い評価を得る。ほかの邦訳書に『雪が白いとき、かつそのときに限り』『文学少女対数学少女』（ともに早川書房）がある。金沢在住。

石黒順子（いしぐろ・よりこ）

山形県酒田市出身。群馬大学医療技術短期大学部看護学科卒。総合病院勤務後、訪問看護を経験。2017年、島田荘司氏の推薦を受けた『訪問看護師さゆりの探偵ノート』（講談社）でデビュー。

小野家由佳（おのいえ・ゆか）

1994年愛知県生まれ。成城大学卒。〈翻訳ミステリー大賞シンジケート〉で「乱読クライム・ノヴェル」を連載のほか、『ミステリマガジン』、早川書房〈ｎｏｔｅ〉で書評を執筆。『ミステリーズ！』vol.104では「ロジャー・シェリンガム長編ブックガイド」を担当する。

島田荘司（しまだ・そうじ）

1948年広島県福山市生まれ。武蔵野美術大学卒。1981年『占星術殺人事件』で衝撃のデビューを果たして以来、『斜め屋敷の犯罪』『異邦の騎士』など50作以上に登場する探偵・御手洗潔シリーズや、『奇想、天を動かす』などの刑事・吉敷竹史シリーズで圧倒的な人気を博す。2008年、日本ミステリー文学大賞を受賞。また「島田荘司選　ばらのまち福山ミステリー文学新人賞」や「本格ミステリー『ベテラン新人』発掘プロジェクト」、台湾にて中国語による「金車・島田荘司推理小説賞」の選考委員を務めるなど、国境を越えた新しい才能の発掘と育成に尽力。日本の本格ミステリーの海外への翻訳や紹介にも積極的に取り組んでいる。

島田荘司選《しまだそうじせん》 日華《にっか》ミステリーアンソロジー

◉著者

陳浩基《ちんこうき》

知念実希人《ちねんみきと》

林千早《はやしちはや》

陸秋槎《りくしゅうさ》

石黒順子《いしぐろよりこ》

小野家由佳《おのいえゆか》

島田荘司《しまだそうじ》

2021年3月29日　第1刷発行

◉発行者　鈴木章一

◉発行所　株式会社講談社

〒112-8001　東京都文京区音羽2-12-21

電話　出版　03-5395-3506

販売　03-5395-5817

業務　03-5395-3615

◉本文データ制作　講談社デジタル製作

◉印刷所　豊国印刷株式会社

◉製本所　株式会社若林製本工場

定価はカバーに表示してあります。

落丁本・乱丁本は購入書店名を明記のうえ、小社業務宛にお送りください。

送料小社負担にてお取り替えいたします。

なお、この本についてのお問い合わせは、文芸第三出版部宛にお願いします。

ISBN 978-4-06-523024-4

N.D.C.913 414p 19cm

Japan and China
Mystery anthologies
Selected by Soji Shimada